異世界で失敗しない100の方法2

Main Characters
登場人物紹介
ハイル
金髪碧眼を持つ
美貌の旅の剣士。無口だが、
行動は紳士で優しい。
ソーマに心を開き、
友人となる。
ソーマ（相《そう》馬《ま》智《ち》恵《え》）
異世界にトリップした、
ファンタジー小説好きな女子大生。
身の安全のため男装をして、
ミレーユの村で書物整理の
仕事をしている。

ウォーレン
ハイルの旅の仲間。
巨大な体躯と厳めしい
顔つきだが、態度は
紳士そのもの。
セス
ハイルの旅の仲間。
常に冷静沈着で、
感情がなかなか
表に出ない。
ジャック
ハイルと共に
旅をしている弓の名手。
やんちゃな性格で、
周囲の人を明るくする。
メアリー
ミレーユ村で、ソーマの
仕事を手伝う少女。
ちょっと勝気で
不器用な性格。
マチルダ
ミレーユ村で
染色業を営む女性。
きっぷが良く、
かなりの世話焼き。

1　色は直感で選びましょう

山間にあるミレーユの村は、秋が深まるのが早い。

麓《ふもと》の町の木々が煙《けむ》ったような深緑色に変わり始める頃、村を囲む森はすでに赤や黄の鮮《あざ》やかな色が混じり始める。

その森の中を歩くと、草の上の落ち葉がかさかさと乾いた音を立てた。

「あ……綺麗な木の実」

落ち葉の上に鮮《あざ》やかな赤い実が落ちているのが見え、私はしゃがんでそれを拾う。小さくて外皮の硬い、クリスマスリースの飾りなんかでありそうな真っ赤な実だ。

うん、これも十分髪飾りの材料に使えそうだ。その傍に咲いている薄桃色の花も可愛い。続けてその花も摘《つ》み、小さく微笑む。

すると、数歩先で花を摘《つ》んでいた村娘のティナが振り返った。

「あら、ソーマ先生。その花ならあっちにもっといっぱい咲いてたわよ」

「あ、そうなんですね。ありがとうございます。では、あちらも探してみます」

お礼を言い、私はゆっくりと腰を上げる。見れば、ティナを含めた三人の少女たちが、色とりどりの野花を腕いっぱいに抱《かか》えていた。

白や薄桃、水色――薔薇《ばら》や菫《すみれ》に似た、けれど微妙に色や形が異なる花たち。漂《ただよ》う香りも、記憶の中にあるそれらとはわずかに違っていた。そうしたささやかな違和感が、この世界が元いた世界とは違うのだと私に知らしめる。

「先生、どう？　綺麗でしょ」

ティナが百合《ゆり》に似た白い花を腕いっぱいに抱《かか》えたまま、得意げにこちらを振り返る。

「ええ、とてもお綺麗ですよ。あなたには白がよく似合いますね」

「やだ、私じゃなくて、この花のこと」

「あ、そちらでしたか……」

おかしそうにくすくすと笑われ、私は恥ずかしくてぽりぽりと頭を掻《か》く。

彼女の茶色い髪に白がよく映《は》えて似合っていたから、早合点《はやがてん》してしまった。

そんな私に、ティナがはにかんだ表情で首を振る。

「ううん。……けど、ありがと。お祭りの当日は、もっと綺麗になってみせるから見てね」

そう。もうすぐ村の祭り――豊穣祭《ほうじょうさい》が始まる。秋の実《みの》りを祝うそのお祭りで、自らを彩《いろど》る髪飾りを作るため、彼女たちはこうして野花や木の実を摘《つ》んでいるのだ。

＊　＊　＊

申し遅れたけれど、私の名前は、相馬智恵《そうまちえ》。

元々は日本で就職活動の日々を送っていた、ファンタジー小説好きの冴《さ》えない女子大生だ。

それが、ある日の面接の帰り道、突然真っ黒い穴に落ちたかと思ったら、異世界にトリップしてしまった。

——異世界に行ってみたいと思ったことは何度もあったけれど、まさかそれが自分の身に起きるなんて。最初は、そんな風に驚き戸惑った。

どうやらトリップしたのは森近くの草原だったらしく、見えるのは鬱蒼《うっそう》とした緑ばかり。灯りもないから、このまま暗くなったらいずれ身動きが取れなくなるだろう。悪くすれば、野生動物やならず者に襲われる可能性だってある。

それに、ここが日本とは違い、危険性が未知数の世界なのだとしたら……異世界人で、それも女だと知られたら、さらに危険が増すだろう。異世界トリップ小説をいくつも読み漁《あさ》ってきた知識を総動員して、そんな結論に至った。

そうして、私は男の学者の振りをすることにしたのだ。

異国から来た風変わりな学者だと周囲に思わせておけば、多少この世界の常識が抜けていたりおかしな行動を取っていたりしても、なんとか納得してもらえるだろうと考えて。

幸い、女性にしては高めの身長と凹凸《おうとつ》の少ない身体つき、それに短い髪型をしていたことで、変装するのは簡単だった。

そして、色々あったのち、このミレーユの村に腰を落ち着けて、二週間。

青緑色のチュニックにズボン、そして頭に巻いた同色のターバンという、この世界の男性の格好をした私は、学者『ソーマ先生』として生活している。ちなみに、村長さんから請け負っている書庫整理が主な仕事だ。

ティナの隣で花を摘《つ》んでいた栗毛の少女が、ふと手を止め思い出した様子で尋ねてくる。

「ソーマ先生。そういえば、マチルダさんの家に行くんじゃなかった？」

「あ、そうでした。つい時間が経つのを忘れてしまっていました」

慌てて花を握っているのとは逆の手で膝《ひざ》についた土を払い、さっと身支度を整える。

マチルダさんは、私がこの世界に来て初めて出会った女性だ。母と同年代で染色師をしており、きっぷが良い。

私は彼女の案内でこの村に来た。それ以降、マチルダさんは親身に相談に乗ってくれるようになったのだ。彼女の家は私の家とは逆方向で、村の東側にある。

昨日訪ねたときは留守だったので、今日こそはと向かったところ、途中にある森の小道でティナたちが花を摘《つ》んでいるのを見かけた。それを手伝っているうちに、熱中して結構な時間を過ごしてしまったというわけだ。

少し離れた場所にいた赤毛の少女が、橙《だいだい》色の花を摘《つ》みながら頷《うなず》く。

「先生、材料集めに夢中だったものね。お祭りのこともなんだかすごく気になってるみたいだし」

「ええ……この村に来て初めて迎える催《もよお》し物ですから。皆さんが準備しているのを拝見しているだけでも興味深くて、楽しいです」

そうのんびりと答える。基本的にこの世界で見聞きするあれこれは、私にとってすべて新鮮だ。

ちなみに今いるこの世界は、よくあるファンタジーのように魔法が存在する世界ではなく、騎士道精神が浸透している、剣の世界だ。中世ヨーロッパによく似ている。

私自身はよくわからないチート能力で、言葉が通じたり文字を読めたりしているけれど、基本的には超常的な力の存在しない、ある意味現実的な世界と言えた。

その一方で、獣《けもの》のいなくなった森を『精霊の森』と呼んだり、その森に住む鳥を《精霊の御遣《みつか》い》と呼んだりと、神秘的な風習が人々の生活に息づいていて、遠い国のお伽噺《とぎばなし》のように感じることもある。

それはさておき、今はマチルダさんだ。

特に訪問の約束をしていたわけではなかったけれど、彼女の家事や仕事の都合を考えて、できるだけ早い時間に用事を済ませておきたい。私は少女たちに向き直る。

「ありがとうございました、皆さん。よろしければ、またお時間のあるときにでもお手伝いさせてください」

「もちろん。あ、でも今度はメアリーが一緒にいるときじゃないと駄目よ」

「そうそう。じゃないとあの子、きっと膨《ふく》れちゃうから」

快《こころよ》く頷《うなず》いた少女たちが、顔を寄せ合い意味ありげにふふっと笑う。

うん？　どうしてここでメアリーが出てくるんだろう。私はきょとんとして首を傾《かし》げる。

メアリーは、書物整理の仕事を手伝ってくれている十四歳の少女だ。金茶の長い髪に緑色の瞳が印象的で可愛いが、少し勝ち気で不器用なところがある。

そんな彼女が、こうして少女たちと私が一緒にいるだけでなぜ膨《ふく》れるのだろう。そう思い、口を開こうとしたとき、道の向こうから足早に歩いてくる人影が目に入った。

——噂《うわさ》をすれば、メアリーだ。

「あら、やっぱり先生の気配を嗅《か》ぎつけてきた」

「さすがメアリー。先生に関しては目ざといわね」

少女たちが感心したように腕を組み、うんうんと頷《うなず》く。まるで鼻や目の利く野生動物みたいな言われようだ。

その表現に内心で苦笑しながら、私は目の前まで歩いて来たメアリーに声を掛ける。

「メアリー、こんにちは。昨日はありがとうございました」

ほぼ毎日助手をしに家に来てくれるけれど、今日顔を合わせるのはこれが初めてだ。それに、昨日彼女はマチルダさんへのお使いを頼まれてくれたので、そう挨拶《あいさつ》する。

「ううん、大したことない。……それより先生たち、ここでなにしてるの」

メアリーは後ろの少女たちが気になるようで、少しだけ拗《す》ねた感じで言いながら、ちらちらと視線を向けている。

考えてみれば、ティナたちよりも二歳ほど年下とはいえ、彼女も年頃の少女だ。

もしかしたら、自分も村のお姉さんたちと一緒になにかしたかったのかもしれない。

そう思い、穏やかな口調でそっと誘ってみる。

「村のお祭りで使う、髪飾りの材料集めをしていたところです。私はそろそろお暇《いとま》するところなのですが、よろしければメアリーも、ティナたちと一緒に花を摘《つ》んでいきませんか？」

「先生が帰るなら、別にしなくていい」

うーん……人見知りしたのだろうか。固い表情の上、にべもない返答だ。

そんなメアリーに、ティナがお姉さんらしく話し掛ける。

「あらメアリー、せっかくだから作っておいて損はないわよ。あなただって豊穣祭《ほうじょうさい》に出るんでしょ」

「でも、今から花を摘《つ》んで髪飾りを作っても、祭りの日には枯れちゃうのに」

少女たちの手にある花を見ながら、メアリーがどこか釈然としない様子で口にする。

祭りは一週間後に開催されるので、確かに今作っても花がもたない。そのことに、私は今気がついた。

すると、赤毛の少女がちっちっちと人差し指を振る。

「もちろん、今から花冠や花飾りを作っても枯れちゃうわ。これは試作品用よ。どんな組み合わせで花を編むか決めておかないと、当日慌てちゃうでしょ」

「……そうなんだ」

メアリーが短く答える。元々口数がそう多い子ではないけれど、今日はさらに遠慮がちというか、ちょっと固い感じがした。

そもそも、不器用な性格から、村の同年代の子供たちとは距離を置いていた子だ。以前よりも雰囲気が柔らかくなり、こうして世間話ができるまでになったとはいえ、まだ慣れないのかもしれない。

もう少し彼女たちの距離が縮まればいいのだけれど……

ふと、握っていた右手の花が目に入り、私はとっさに思いついたことを口にする。

「そうだ、メアリー。少しの間だけ俯《うつむ》いてもらってもよろしいですか？」

「……？　いいけど……」

不思議そうにしつつも、メアリーは言われるまま顔を俯《うつむ》ける。そんな彼女の髪に、私はさっき摘《つ》んだ薄桃色の花をそっと挿《さ》した。

彼女の髪はウェーブがかっているしボリュームもあるので、簡単には落ちないだろう。

「え……先生、これ」

メアリーが弾かれたように顔を上げ、髪に片手を触れる。驚いたのか、緑色の瞳が大きく見開かれていた。

あ、思った通り可愛い。そう考えながら、私はのんびりと微笑む。

「明日には枯れてしまうかもしれませんが、あなたに似合いそうな可愛らしい花でしたので。もしお嫌でなければ、今日一日つけて頂けたら嬉しいです」

「そんなわけ……嫌なわけない」

メアリーは緑色の瞳を揺らし、ぶんぶんと首を横に振った。そんなメアリーの額《ひたい》を、傍にいた栗毛の少女が小突く。

「あらメアリー、よかったじゃない。ちなみにその花の花言葉、知ってる？」

「知らない。お願い、教えて」

さっきよりも真剣な表情で、メアリーが少女に向き直る。

良かった。なんだか打ち解けてきたようだ。活き活きとしたメアリーの様子に、私はほっと胸を撫で下ろす。

少女たちも、いつも不愛想なメアリーが食いついてきていることが嬉しいらしく、時折からかいつつも楽しそうにしている。

それを見ていると、私まで嬉しい気持ちになる。

そうして私は、少女たちの語らいを邪魔しないよう、小さな挨拶《あいさつ》とともにその場を後にしたのだった。


少女たちと別れると、当初の目的だったマチルダさんのお宅に向かう。

見慣れた青い屋根の玄関先に近づくと、彼女の恰幅《かっぷく》の良い姿が見えた。傍に誰かが立っている。

どうやらマチルダさんは玄関前で村の女性――バーサさんと立ち話中のようだった。今日はやけに女性陣と縁のある日だ。

バーサさんは井戸端《いどばた》で初めて会って以来、マチルダさんと同様なにかと私の世話を焼いてくれる。

今ではだいぶ気心が知れていて、気軽に声を掛けることができる仲になった。

「こんにちは。マチルダさん、バーサさん」

「おや、ソーマ先生。数日振りじゃないか」

バーサさんが振り返り、ちょっと目を見開く。淡い金髪と鷲鼻《わしばな》が特徴的で、どことなくロシア系を思わせる風貌の中年女性だ。

二人とも、いつもと同じ茶や紺の落ち着いた色味のブラウスとスカートに、白い前掛けをつけている。この村の女性は、このような質素な服装が標準らしい。

バーサさんの向かいに立っているマチルダさんも、私の姿を認めて朗《ほが》らかに声を掛けてくる。

「いいところに来てくれたね、先生。頼まれてた鴨《かも》はちゃんと仕上がってるよ」

「ありがとうございます。すみません、急にお願いしてしまって」

昨日まで我が家には二人の旅人が滞在していた。寡黙《かもく》な美青年のハイルと、やんちゃで弟のようなジャック。そのジャックからもらった鴨《かも》を捌《さば》いてくれるよう、メアリー経由でマチルダさんにお願いしていたのだ。

肉を処理できるような刃物を持っていなかったし、そもそも私には、野生動物を解体する知識や技術がない。本当は今後のことも考えてやり方を習っておきたかったが、今回は時間がなかったので、すべての処理を任せていた。

私が感謝を込めて頭を下げると、マチルダさんは手を振ってからりと笑った。

「なーに、大したことじゃないよ。駄賃に立派な鴨《かも》を一羽もらえて、あたしの方こそ儲《もう》けものさ」

鷹揚《おうよう》で気持ちのいい彼女の言葉に、私の顔にも自然と笑みが浮かぶ。

「本当は捌《さば》き方を教えて頂こうと思ったのですが、急な用事が入ってしまいまして」

「おや、そうだったのかい。じゃあそれはまた今度教えようかね。なに、慣れりゃあそんなに難しいものでもないんだよ」

そんな私たちの会話に、バーサさんが加わってくる。

「ああ……用事と言えば。聞いたよ、ソーマ先生。なんでも昨日、酒場で酔っぱらった傭兵をやっつけたんだってね。やるじゃないか」

「へえ、そうなのかい？　すごいねぇ、先生！」

「えっ!?　あ、いえ、私じゃなくて、正しくは一緒に酒場にお邪魔した剣士の方《かた》なんです、場を収めたのは」

なんだか事実と違った噂《うわさ》が出回っているらしく、私は慌てて訂正する。

実際、酒場で横暴な振る舞いをしていた傭兵を取り押さえたのは、一緒にいた旅の剣士――ハイルだったから。

涼しげに整った彼の容貌を……そして、それ以上に胸に刻まれた彼とのやりとりを思い出し、胸が小さく跳ねる。傭兵に斬りかかられそうになったところを彼に助けられて以来、どうも胸の辺りがおかしいのだ。時々、ちくりと痛んだりもする。

やっぱり傭兵に突き飛ばされたとき、どこかにぶつけたのかなぁ……。私は首を傾《かし》げ、そっと胸を撫でさする。

すると、バーサさんはゆるりと首を振った。

「けど、その剣士さんを連れて行ったのはソーマ先生だろう？　なら先生の手柄でもあるってことさ。ティナが助かったって、酒場の女将《おかみ》が何度も言ってたよ。いいことしたじゃないか」

あくまで私のことも評価しようとしてくれるらしい。

これ以上否定するのもかえって失礼に当たるだろうと思い、後半の部分で静かに頷《うなず》く。

「ええ……そうですね。彼女が元気になってくれて、本当に良かったと思います。若い娘さんにとっては不愉快極《きわ》まりないことですから」

すると、事情を知らないマチルダさんが首を傾《かし》げて尋ねてくる。

「なんだか穏やかじゃないねぇ。一体なにがあったんだい？」

「ああ、なんでもその傭兵は、酒場の看板娘のティナに酌《しゃく》をさせて、挙句の果てに身体を撫でくり回したんだそうだよ。嫌がるのを何度もね」

「おやまあ、そんなことがあったのかい！　やだねぇ……」

マチルダさんが眉を顰《ひそ》める。それに頷《うなず》き、バーサさんが吐き捨てるように言う。

「しかも昨日聞いた話じゃ、他の村人たちにマムルト山の魔物を退治してくるって大口叩いてたらしいけどね。村でもこんなありさまじゃ、山に登ったって魔物にすぐにやられる始末だろうよ」

「ああ、傭兵はそれが目的でこの村を訪れていたんですね……」

そうだろうとは思っていたが、改めて納得して頷《うなず》く。

このミレーユの村からほど近いマムルト山に凶暴な魔物がいるというのは、村で最近よく話題にのぼる話だった。

魔物というと、ファンタジー小説好きな私はグリフォンやガーゴイルのような幻想的なモンスターを想像する。けれど、魔法がないこの世界では、どうやら凶暴な獣《けもの》を指すようだ。

村人の何人かがその魔物に出くわし、怪我をしたり驚いて逃げ帰ったりしたらしい。それゆえ、話を伝え聞いて腕試しに山に登る猛者《もさ》もいるのだとか。

件《くだん》の酔っ払い傭兵も、どうやらその一人だったということか。

それにしても――バーサさんの様子を見るに、あの傭兵に対しての村人たちの心証はだいぶ悪くなっているようだ。

それに、この村の噂《うわさ》の広まる速度とネットワークはすごいなぁと、変な部分に感心してしまう。それだけ村人同士の繋《つな》がりが密接な証《あかし》なのだろうけれど、自分におかしな噂《うわさ》が流れたときのことを想像すると、ちょっと戦々恐々する部分もある。

「まあ魔物ったって、あたしも噂《うわさ》でしか聞いたことはないけどね。恐ろしい姿らしいから、あの間抜けな傭兵だってきっと腰を抜かして――」

バーサさんの台詞《セリフ》がふいに途切れる。彼女は、素朴な家がぽつりぽつりと立ち並ぶ道の向こうから歩いてくる男性に目を向けていた。

四十代くらいのひょろっと痩《や》せ細った体型の男性で、私は初めて見る顔だ。

同じように視線を向けたマチルダさんが眉を上げる。

「おや、丁度いい。イアンじゃないか」

「イアンさん？　……ああ。確か、魔物を見たっていう方でしたっけ」

前に井戸端《いどばた》の女性に聞いた話をなんとはなしに思い出し、そう言う。すると、今度は隣のバーサさんが頷《うなず》く。

「そうさ、魔物に出くわした数少ないうちの一人でね。……おーい、イアン！　あんたが見たっていう魔物についてちょっと聞かせてくれないかい！」

バーサさんの呼び声に気づき、イアンさんがこちらに視線を向けた。見ればひどく顔色が悪く、うろうろと視線を彷徨《さまよ》わせ、落ち着かない様子だ。

彼は一度逡巡《しゅんじゅん》した様子を見せてからこちらに近寄ってくると、ぼそぼそと呟《つぶや》いた。

「お、俺は……ちらっと魔物を見たってだけだ。大したことは知らねぇし、関係ねぇ。……そういうのは他の奴に聞いてくれ」

それだけ言い、彼はそそくさと去って行く。気弱さと神経質さが同居したような印象の男性だった。

そんな反応が返ってくることを予測していたのか、バーサさんは呆れたように肩を竦《すく》めてその後ろ姿を見送っている。

「全く、相変わらず陰気な男だねぇ……。あれでも腕のいい養蜂家《ようほうか》なんだけどね」

「へえ、イアンさんは養蜂《ようほう》をされてるんですか」

「そうさ。マムルト山にもいくつか蜂の巣箱を置いてるからね。それでよく山に登ってるんだよ」

「なるほど……そこで魔物に出くわしたというわけなんですね」

少しずつ話が見えてきて、私は一人頷《うなず》く。

話が丁度途切れたところで、バーサさんがやや日差しが傾き始めた空に目をやり告げる。

「さて、夕餉《ゆうげ》の支度もあるから、あたしはそろそろ帰らせてもらうよ」

「あ、はい。さようなら、バーサさん」

「またね、バーサ。今日は来てくれてありがとうよ」

「なんでもないさ。マチルダも先生も、また今度ゆっくりお話しておくれ。じゃあね」

バーサさんはゆるりと手を振り、自宅の方角へと去って行った。

その姿を見送り終えると、マチルダさんが私に声を掛けてくる。

「さて先生、それじゃあさっそく鴨《かも》を渡すとしようかね。ちょっと見てもらいたいものもあるし、家の中へ入っておくれ」

「はい、ではお邪魔します」

見てもらいたいものってなんだろうと思いつつ、私は気心知れたマチルダさんの家の中へと足を踏み入れたのだった。

マチルダさんの後に続き台所へ入ると、そこには処理された鴨《かも》が三羽、調理台の上に並べられていた。

羽はむしり取られ、首や手足は切断されており、白っぽい薄桃色の肌を見せる肉の塊《かたまり》になっている。見慣れた食材の姿になっていたそれに、ほっと息を吐く。ここからなら私でもなんとか調理できそうだ。

「傷《いた》まないよう、塩漬けにしてあるよ。あたしの分は燻製《くんせい》にでもしようかと思ってね。もし良かったら、ソーマ先生のもそうするかい？」

「よろしいのですか？　できましたら、私の分もお願いします」

一人で三羽は多かったので、実を言えば保存が心配だった。

火を通してももって数日だろうし、この世界には冷蔵庫や冷凍庫のような便利なものはないから、すぐ腐ってしまう。

加熱して、あとは傷《いた》まないうちに近所にお裾分けしようか思案していたが、長期保存に適した状態にしてもらえるのであればありがたい。

「わかったよ。じゃあこれは預かっておくね。早けりゃ明日には渡せると思うよ」

「ええ、すみません。助かります」

胸を撫で下ろし、お礼を言う。マチルダさんは燻製《くんせい》の前準備なのだろう、奥から持ってきた大きな桶《おけ》に鴨《かも》をすべて入れると、私の方へと向き直った。

「さて、じゃあ鴨《かも》はこれでいいとして、今度は別のを見てもらっていいかい」

「あ、はい。なんでしょう」

「ちょっと待っておくれね」

なぜか、ふふっと楽しげに笑い、マチルダさんが前掛けで手を拭きながらまた奥に消える。

そして戻ってきた彼女が持っていたのは、三着のワンピースだった。——いや、この村の人たちが通常着ているものより鮮《あざ》やかな色で飾りが多いので、これはめでたい日に着る晴れ着のようなものなのかもしれない。

私の心中の疑問に答えるように、マチルダさんが説明してくれる。

「これはね、あたしが若い頃に着てた、村の祭り用の晴れ着なんだよ」

「へぇ……綺麗ですね。それに花の飾りもついていて、とても可愛らしいです」

「だろう？　もし良かったら、これを今度の豊穣祭《ほうじょうさい》でメアリーに着せたいと思ってね。祭りじゃあ、若い衆はこういう服を着て、気になる相手と踊るのが習わしなもんだから」

「ああ、なるほど……」

先ほどいそいそと花を摘《つ》んでいたティナたちの様子を思い出し、納得して頷《うなず》く。

どうやら豊穣祭《ほうじょうさい》は、若い男女が恋の相手を見つける場でもあるらしい。だから少女たちは、準備段階からあんなに熱が入っているのか。

そして当日ともなれば、髪を花で飾り、目の前にあるような衣装でさらに着飾って――

鮮《あざ》やかな生地《きじ》に花の飾りや刺繍《ししゅう》が施《ほどこ》されたそのワンピースは、ヨーロッパの民族衣装を思わせる意匠《いしょう》で、白色人種系のこの世界の人たちが着たら、とても映《は》えそうだ。

感心して見惚《みと》れる私に、マチルダさんが楽しげに口を開く。

「それでね、どれがいいか先生に選んでもらおうと思ってさ」

「私が選んで良いのですか？」

当事者であるメアリーでなくて良いのだろうか。思わずきょとんとして尋ねると、マチルダさんはふふっと笑う。

「いいんだよ。メアリーは自分で選ぶより、先生が選んでくれた方が嬉しいだろうからね」

「ええと……そういうものなのでしょうか」

「そういうもんなんだよ、乙女心ってやつはね」

私も一応は二十代の乙女なのだけれど、とりあえずそういうものなのかと思うことにする。

自分だとどの服がいいか迷っちゃうけど、店員さんがおすすめしてくれたものなら、なんか安心！　そんな感じだろうか。

女子力が低い私は適当にぱぱっと決めてしまう性質《たち》だけれど、まだまだ若いメアリーなら、そういう傾向があるのかもしれない。ならば是非力になりたいと思う。

それに彼女が晴れ着姿になったところを想像すると、年の離れた妹の七五三姿を見るような感じがして、なんだか微笑ましくなる。

「そうですねぇ……」

三着あるワンピースは、左から鮮《あざ》やかな赤、清楚《せいそ》な雰囲気の水色、森のように深い緑の三色だった。うーんと悩む。

メアリーのやや苛烈《かれつ》な性格を考えると、赤も似合うとは思う。

湖の色に近い水色も、水面《みなも》に足を遊ばせていたメアリーの姿に重なり、彼女を引き立てるだろう。

けれど……私の目を捕らえて離さないのは、森のように深い緑色のワンピースだった。

年頃のお嬢さんが着るにしては、やや落ち着き過ぎた色合いかもしれないが、彼女の緑色の瞳に最も映《は》えるのはこの服だと思ったのだ。なにより、この色は森に生きる彼女にぴったり合っているように感じる。

私は緑のワンピースを手に取り、マチルダさんに答えを返す。

「もし私が選ぶとしたら、この深緑のものでしょうか」

「これかい？」

「ええ。どれも素敵なのですけれど、これを着たらメアリーはきっとさらに可愛らしくなると思います」

いつものように目の端を赤く染め、不器用ながら嬉しそうにしている彼女を思い浮かべ、つい頬が緩む。そんな私を見て、マチルダさんが快活に頷《うなず》いた。

「よし！　じゃあ決まりだね。祭りの日まで、これはちゃんと仕立て直しておくよ。もちろん、着るかどうかメアリーに確認してからだけどね」

「あれ？　そのまま渡すのではないのですか？」

「いいや。あたしの若い頃と今のメアリーとじゃ、だいぶ体型が違うからね。丈や幅を詰めないと、きっとずり落ちちまうよ」

「ああ、なるほど」

マチルダさんは多分若い頃も胸回りが大きかったのだろうし、メアリーは年頃の少女に比べて痩《や》せぎすと言って良いほど細身だ。

「先生も、晴れ着の準備が必要ならいくらでも相談に乗るよ。祭りは若い衆のものだからね。先生だって主役なんだから」

「いいえ、私はお気持ちだけで十分です。皆さんの楽しんでいる様子を見られれば、それで満たされますから」

微笑んでやんわりと断る。若い人たちの恋の鞘当《さやあ》ての場ならば、尚更、男装している私が出てはいけないと思った。踊る相手が見つからない少女が、たまたま私の相手に割り当てられてしまったら可哀想だ。

だが、マチルダさんはなぜか残念そうだ。

「本当に出ないのかい？　踊りも？」

「ええ。祭りでは色々準備も大変でしょうし、裏方に徹したいと思います」

祭りだと、きっと常よりはしゃぐ人も多いだろう。お酒を飲んで倒れる人や、怪我をする人だって出てくるかもしれない。

それなら祭りの様子を楽しく眺めつつ、救護班みたいなお手伝いができればいいなと思う。

「そうかい……。気が変わったら、いつでも言っておくれよ。うちにはダグラスの昔の晴れ着だってあるんだからね」

なぜか何度も念を押すマチルダさんを、内心不思議に思い、首を傾《かし》げる。

多分気が変わることはないだろうけれど、彼女の厚意を無下にするのも憚《はばか》られたので、微笑んで答えた。

「ええ。そのときはどうぞお願いします」

そして、祭りの話が一区切りついた頃。

「ああ、そういやさっきのバーサとの話だけど……」

ワンピースを近くのテーブルの上で畳みながら、ふと思い出したようにマチルダさんが顔を上げた。

「確か旅の剣士さんだっけね、酒場でティナを助けてくれたってのは」

「あ、はい」

「そんな人がいつの間にか村に来てたんだねぇ。あたしゃ、ちっとも気づかなかったよ」

マチルダさんが首を傾《かし》げる。

村人の中でもフットワークが軽く、様々な場所に顔を出す彼女からしてみれば、いつの間にと疑問に感じる部分があるのだろう。

「多分、マチルダさんだけでなく、他の皆さんも気づいていらっしゃらなかったと思います。彼——剣士のハイルさんと、お連れの方は弓士のジャックさんと仰《おっしゃ》るのですが、お二人がいらしたのは一昨日の大雨の晩のことでしたから」

「ああ、ってことは、雨宿りにでも来たのかい？」

「ええ、そのような感じです。私の家の明かりが一番に目に入ったらしくて」

「そうかい、風邪をひかなかったんなら良かったねぇ」

マチルダさんがのんびりと嬉しそうに言う。

いや、片方は思いっきり熱を出していたんだけど。心の中でそうつっこみつつ、ジャックの名誉のためにもそこは触れずにおく。

「それにしても弓矢を扱うのかい、そのジャックさんて人は。まるでメレルの騎士みたいだねぇ」

ふふっと楽しげに笑うマチルダさんの言葉が、なんとなく気になって尋ねる。

「メレルの騎士?」

うん? なんだかメレルって、どこかで聞いたことがあるような……

「ほら、前にニコラスさんが言っていたじゃないか。最近名が知られるようになってきた騎士の一人、『狩人《かりうど》ジャック』のことさ」

「狩人《かりうど》……ああ!」

この村に向かう途中の森で出会った行商人のニコラスさんが、そんな話をしていたっけ。

この国には、中央を守る近衛《このえ》騎士団とは別に、四つの騎士団があるらしい。東西南北に置かれた騎士団のうちの一つが、確かメレルという名前だった気がする。

言われてみれば、弓を構え獲物を射ていたジャックと妙に印象の被る通り名だ。

よくある名前なのであまり気にしていなかったが、確かに面白い偶然の一致だと思う。

だからと言って、旅の傭兵紛《まが》いのことをしているジャックがその騎士本人のはずはないだろう。

けれど、興味を引かれてさらに尋ねてみる。

「確か、他にも通り名を持った騎士がいるんでしたっけ? ええと……」

こう、なんとなく強そうな通り名だった気がするが、何分《なにぶん》二週間以上前のことなのではっきり思い出せない。

マチルダさんは顎《あご》に手を当て、天井付近を見つめながら言葉にする。

「他は……そうだねぇ。英雄って言われてる『金獅子《きんじし》レオン』は別格としても、あと最近とみに名が知られるようになったのは『剛腕《ごうわん》ウォーレン』に『死神セス』あたりかねぇ」

「……え？」

また聞き覚えのある名前が出てきて、一瞬思考が止まる。

ウォーレンに、セスって……

ニコラスさんからこれらの名前を聞いたときは、そういう人たちもいるのかとただ聞き流していたけれど、今は違う。

その二人の名前は、ハイルとジャックの口から聞いていたから。だから、あのとき妙に耳に覚えがあるような気がしたのかと納得する。

マチルダさんは胸の前で腕を組むと、感心したように頷《うなず》きながら続けた。

「ウォーレン以外はまだ若い衆だって言うんだから、大したもんだよ。騎士になるだけでも大変だってのに、こんな若いみそらで大きな手柄まで立てて」

「そうなのですね……」

いつの間にか、胸の鼓動が速くなっていた。

話し続けるマチルダさんの声が、どこか遠くで聞こえる。

まさか……いや、そんなはずはない。だってジャックもそうだし、セスもウォーレンもそんなに珍しい名前ではないはずだ。けれど、でも……

声が掠《かす》れそうになりながらも、私はマチルダさんに尋ねる。

「あの……もしも、もしもなのですが。その『狩人《かりうど》ジャック』と『剛腕《ごうわん》ウォーレン』、あと『死神セス』が一緒に旅をしていたとしたら……」

おそるおそる口にした私に、マチルダさんは目を瞬《またた》かせた後、破顔した。

「あはは、先生も面白いこと言うねぇ！　そりゃないよ、そんな目立つ三人衆がいたら見てみたい気もするけど。なんたって、その人たちはみんな所属する騎士団が違うからね」

「え？　騎士団が違う？」

あれ？　予想と違う答えが返ってきてちょっと戸惑う。

「そうさ。『狩人《かりうど》ジャック』は西のメレル騎士団、『剛腕《ごうわん》ウォーレン』は北のガリマー騎士団。それに『死神セス』は、あたしたちがいるこの領を守る、南のイスカ騎士団の騎士だからね」

マチルダさんはゆるりと手を振って続ける。

「騎士団の砦《とりで》だって、北に南にと、国の端々に離れてるんだ。そんな真逆の方角に住んでる人たちが一緒に行動するなんて、そんなことはあるはずがないよ。騎士団は独立した組織だからね」

それに、とマチルダさんは続ける。

「第一、騎士様ってのは、騎士団の砦《とりで》から滅多に出てこないものなんだ。あたしら村の衆が、そうそう姿を拝めるような人たちじゃないんだよ」

「あまり表に出ないのですか？」

「ああ。あの人たちが出てくるのは、大きな戦《いくさ》やら討伐やらの王命が下ったときぐらいさ。領地でなにか大きないざこざがあれば出てくることもあるけど、基本的には騎士団の砦《とりで》で鍛錬に励んでるものだからね」

「つまり、騎士というのは、あくまで王命に殉《じゅん》ずるものなのですね」

「そういうことさ。まあ、先生が言うように、所属の違う騎士が連れ立って行動することがあるとしたら、よっぽどの事件が起きたときなんだろうとは思うけどね」

マチルダさんがそう締めくくる。

なるほど、この世界の騎士ってそういうものなのか……。初めて耳にすることに、素直に驚く。

結構身近な存在なのかと思っていたが、だいぶ遠い存在というか、高嶺《たかね》の花のようなものらしい。

だからこそ、民衆は彼らに憧《あこが》れ、熱く語ったり姿絵を買ったりするのだろう。

あれ？　そういえば、あのとき見た姿絵……

ふと脳裏に浮かんだのは、ニコラスさんに見せてもらった、小さな肖像画とも言える姿絵だった。

「金獅子《きんじし》、レオン……？」

ほのかに思い出した姿絵の金髪碧眼《へきがん》の青年の姿は、まるで――

「さーて！　随分話しこんじまったが、そろそろ夕餉《ゆうげ》の支度をしないとまずい時間だね」

思考に沈み込む私の前で、今の時刻が気になり出したらしくマチルダさんが話を切り替える。

「ああ、そうだ。どうだい先生、鴨《かも》のうち一羽は燻製《くんせい》に回さないで、すぐ食べられるようあたしが簡単に料理しようか？」

「あ……は、はい！　是非お願いします」

マチルダさんに声を掛けられ、はっと我に返り、慌てて返事をする。

今なにか、重要なことを思い出しかけたような気もする。けれど、鴨《かも》に気持ちが奪われた私は、ひとまずそれを頭の隅に追いやった。

＊＊＊

その後マチルダさんに鴨《かも》を使った簡単なスープを作ってもらい、それが入った鍋を持って、私は帰路についた。

マチルダさんと家に帰ってきたダグラスさんに、良かったら一緒に晩御飯を食べていかないかと誘われたが、いつもご馳走になるのは悪いので遠慮した。

両手に鍋を持ちながら、なんとか指を使って玄関の扉を開け、そのまま鍋を台所に持っていく。

一人住まいの小さな調理台の上にそれをとんと置くと、ぽつりと呟《つぶや》いた。

「騎士かぁ……」

頭の中を占めるのは、マチルダさんから教わった鴨《かも》料理のレシピではなく、その前に聞いた騎士の話だった。料理を作っているのを横で見ている間も、実は妙に頭から離れなかったのだ。

もしかしたら、ジャックたちはあの有名な騎士なんじゃないか、なんて。

だが、そんなことがあるはずもない。

確かに、よくある名前というのを差し引いても同じ名前の人たちがこうまで揃うのは珍しい。けれど、各々《おのおの》所属する騎士団の砦《とりで》に籠《こも》り、日々鍛錬に勤《いそ》しむという騎士たちの内情を考えると、彼らが同一人物と考えるのは少々無理があった。

そもそもこうして騎士団を離れて旅をしている時点で、規律違反になってしまうのではないだろうか。

そう思うのに、それでも、もしかしたら……なんていう気持ちが消えないのはどうしてだろう。彼らの正義感溢れる人柄のせいだろうか。金で動く傭兵と言ってしまうには、彼らは清廉《せいれん》でどこか澄んだ空気を纏《まと》っていた。

私利私欲で行動するのではなく、己《おのれ》の志《こころざし》で動くような……。そこまで考え、小さく苦笑して首を振る。

「……ハイルのこともジャックのこともよく知らないのに、私はなにを考えてるんだろう。……夕飯食べよう」

調理台の上に置いた鍋を見れば、だいぶ湯気も消え、程よく冷めているようだった。

戸棚から底の深い皿を一枚取り出し、木製のお玉でスープを掬《すく》ってそれに盛りつけていく。マチルダさんお手製の、鴨《かも》肉と野菜がどっさり入った食べ応え十分なスープだ。

窓の外に目を向けると、いつの間にか紺碧《こんぺき》に染まった空に小さな星が点々と浮かび、夜の訪れを告げていた。それはいつもと同じ、静かで穏やかな一日の終わりだった。

——そんな穏やかな日常を脅《おびや》かす事件は、翌日、唐突に起こったのだった。

2　無体な要求には立ち向かいましょう

翌日の朝。目覚めるとなんだか外が騒がしかった。

今私が住んでいる家は村の外れにある。周りに樹がまばらに生えているくらいで、他の家々が近くにないため基本的にいつも静かだ。

なのに、今日は家の前を人が慌ただしく通り過ぎる気配や、話し声が扉越しに聞こえてくる。

わずかに聞こえるその声は、どうも穏やかな感じではない。

「なんだろう……？」

胸騒ぎを覚え、朝食を食べていた手を止める。

今日の朝食は、昨日マチルダさんに作ってもらった鴨《かも》肉のスープに黒パンだった。持っていた木製のスプーンをテーブルの上に置くと、椅子から立ち上がる。

そして玄関まで行き、そっと扉を開け、外の様子を窺《うかが》った。

多分先ほど家の前を通り過ぎただろう人影は、今は小さく見える。方角から言って、村長さんの家に向かうところなのかもしれない。

他にも、やや離れた道を足早に通り過ぎる村人の姿が見える。その人が向かっているのは、村の入り口がある南の方向のようだ。さっきの人とは真逆の方角になる。

朝の清々《すがすが》しい青空の下、緊迫した様子の村人たちの姿は、どこか異様に感じられた。

「うーん……祭りも近いから、なにかその準備でもしてるのかな」

それにしては活動する時間が早すぎるし、様子がおかしいようにも感じたが、それ以上はわからない。

首を捻《ひね》り、ドアノブに手を掛けて家の中に戻ろうとした、そのときだった。

「先生！」

南側に伸びた道の向こうからメアリーが駆けてくる。彼女がこんなに朝早い時間に我が家を訪れることなどなかったので、驚いて目を見開く。

「メアリー、どうしたんですか？　そんなに焦って」

「大変なの！　あのときの傭兵が、村の入り口に来てて……」

「傭兵って……まさか、あのとき酒場で暴れていた……？」

彼女の緑色の瞳を見返し、思わず息を呑む。

「そうなの、今日は仲間を引き連れて来てるの！」

メアリーが怯《おび》えて叫ぶ声に、瞬時に私の頭の中を考えが駆け巡る。

――そうだ……ハイルはここを去るとき、なんと言っていた？

あの傭兵が仕返しにくるかもしれない。そう言っていたのではなかったか？

仲間を引き連れてこの村を訪れているのならば、その理由はきっと――

気がつけば、玄関の扉を開け放して駆け出していた。そして後ろを振り向き、声を張り上げる。

「ちょっと出てきます！　メアリー、あなたは念のためここで待っていてください」

「あっ、先生！」

もしわずかでも危険な可能性があるのなら、彼女を近寄らせてはいけない。

そして私は村の入り口の方向へ走る。何事もないようにと心底願いながら。


息を切らせ、村の入り口に辿り着くと、そこにはすでに人だかりができていた。

彼らが距離を取り、ざわざわと不安そうな目を向けている中心には、あの男――薄汚れた防具を身に纏《まと》った中年の傭兵が立っていた。

見れば、傭兵は左腕に怪我をしているらしく、包帯を幾重《いくえ》にも巻きつけている。右腕には、網に入った黒っぽい塊《かたまり》のようなものを提げ持っていた。

傭兵の後ろには、傭兵というよりも山賊に近い荒々しい雰囲気と身なりの男たちが十名ほどいた。

彼らは、にやにやと笑いながら事の成り行きを見守っている。

「ほらよ！　てめぇらの頼みを聞いてこうして退治して来てやったんだ。それ相応の礼はしてくれるんだろうな」

手に提げ持っていた網の中の黒っぽい塊《かたまり》を見せ、傭兵はダミ声を張り上げる。どうやらそれが魔物の死骸らしい。対する村人――服装から農夫と思われる壮年の男性は、困ったように眉を寄せた。

「そ、そりゃ……確かに、マムルト山の魔物を退治してもらえりゃ助かるとは言ったけど。そんな、あげられるようなものなんてこの村には……」

「あぁん？　俺にタダ働きさせようって腹だったのか？　俺はこんな怪我までしてわざわざ退治してやったってのに、いい度胸だよなぁ」

これ見よがしに包帯を巻きつけた左腕を見せ、おー痛い痛いと傭兵は嘯《うそぶ》く。

全く痛そうには感じられない口調だが、包帯の下がどうなっているかわからない以上、農夫はなにも言えないようだ。ただ怯《おび》えた声音で縋《すが》るように続ける。

「うちの……うちの農作物でよけりゃちょっとは分けてやれる！　どうか、どうかこの件はそれで……」

地に膝《ひざ》をつけ、農夫は傭兵の足にしがみつく。だが傭兵は、彼を振り払うように足で蹴《け》り飛ばした。

「うぁっ」

「んなくだらねぇもんいるか！　俺がほしいのは金だ、金。報酬だ！」

「ひっ……！」

農夫は、痛みと恐怖のあまり地べたを這《は》いつくばって逃げ出そうとした。

だが、傭兵はそれを許さなかった。農夫の髪を掴《つか》み上げると、彼の顔に自分の顔を寄せ、猫なで声で囁《ささや》く。

「なーに、俺も鬼じゃねぇ。なにも金貨百枚も寄こせってんじゃねぇんだ。五十枚でいいぜ。それで勘弁してやる」

「そ、そんな……そんな大金、村の全財産をかき集めたって……」

「用意してほしいってお願いしてんじゃねぇよ、俺は。用意しろって言ってんだ……よ！」

「あぁぁ!!」

言うや否《いな》や傭兵は、髪を掴《つか》み上げていた手を引っ張り上げた。髪がひきちぎられる痛みに、農夫が悲痛な声を上げる。周りからも悲鳴のような声が湧き起こった。

目の前で繰り広げられる無体な行動を黙って見ていられるのは、ここまでだった。私は人垣の間を足早に縫《ぬ》い進むと、彼らの前に出る。

「いい加減にしてください。……彼が痛がっています。その手を離してください」

「あぁん？」

農夫に向けていた目を私の方に移した傭兵が、眉を顰《ひそ》めた。彼の機嫌が急降下するのを肌で感じる。

「まーたてめぇかよ。ひょろひょろした生っちろい男が、なんの用だってんだ」

「その方と、マムルト山の魔物を退治するお話をしたようですが、話を聞く限り、事前に報酬もなにも決めていないただの口約束だった様子」

私は、手が震えそうになるのをぎゅっと握り締めて抑え、傭兵をまっすぐに見つめた。

怯《おび》えを見せてはいけない。そして、相手を無駄に刺激してはいけない。

そう心の中で唱えながら、続きを口にする。

「きちんと魔物を退治してくださったとしても、過度の要求をつきつけ暴力を振るうのは、筋が通っていないのではないでしょうか」

「てめぇはいつもいつも、ぐちぐちとうっせぇなぁ……」

農夫の髪から手を離した傭兵は、ゆらりとこちらに寄ってくる。

そして握り拳《こぶし》を作ると、私の頬を殴り飛ばした。急すぎて、避けることも防御することもできなかった。

「……っ……」

地面に身体が叩きつけられる。遠い意識の向こうで、周りの悲鳴のような声が聞こえた気がした。

「……い、痛……」

テーブルにぶつけたのとは比較にならないくらい鈍《にぶ》く重い痛みが、一拍遅れて私の左頬を襲う。

ハイルが手当てしてくれた傷も、もしかしたら開いてしまったのかもしれない。肌の表面を血が流れるような感触がする。

だが、なんとか身を起こし、震えそうになる身体を叱咤《しった》ながら、私は自分を殴り飛ばした傭兵を見返した。

「……なんだぁ？　その文句がありそうな目は」

「文句……ではなく、言い分です。筋が通っていませんし、お話も、まだ……終わっていないので」

本当は、痛い。怖い。歯が震えそうになる。

だが、ただの虚勢だったとしても、今は怯《おび》えの片鱗《へんりん》も見せたくなかった。

——ここで私が逃げてどうなる？　無体な要求を呑まされるだけだ。

それに、この傭兵がこんな暴挙に出たのは、先日の私の対応も影響しているかもしれない。

睨み上げたまま目を離さない私に、興が削《そ》がれたのか、傭兵は肩を竦《すく》めた。

「こんな面倒くせぇ奴に構ってられるか、馬っ鹿くせぇ」

そして、地べたに這《は》いつくばったまま頭を抱《かか》え怯《おび》えている先ほどの農夫と、私たちの様子を見守っている村人たちを見回すと、傭兵は声を張り上げた。

「いいか、ともかく明日の朝までに金貨五十枚を用意しておけ！　村の財産だろうがなんでも売っ払って、用意しろ。もしもそれが用意できねぇってんなら……」

そう言うと傭兵は、舌舐《な》めずりして人混みのある一点に目を向けた。そこでは年頃の若い少女が二人、怯《おび》えたように身を寄せ合ってこちらを見ている。

「この村の若い女をもらっていく。……そうだな、十人もいりゃいいだろう。これなら用意できねぇだなんだって、ふざけたこともほざけねぇよなぁ」

少女たちが「いやっ」と悲痛な悲鳴を上げた。傭兵だけでなく、その後ろで成り行きを見守っていた男たちも下卑《げび》た笑い声を上げる。中にはどの娘を攫《さら》っていくか、すでに目星をつけている男もいるようだ。目当ての少女を指差し、いやらしい笑みを浮かべている。

そんな……。あまりに無体な要求に、私の顔が青褪《あおざ》める。

「今日はこれで帰ってやる。いいか、明日の朝だぞ！　ちゃんと用意しておけよ」

そう言い捨てると、傭兵と仲間の男たちは下卑《げび》た笑い声を上げて帰って行った。

広場に残ったのは、呆然とそれを見送る村人たちだった。

傭兵たちの姿が見えなくなると、金縛りが解けたようにざわざわとざわめき、各々《おのおの》顔を見合わせ不安げに囁《ささや》いている。

その人混みから幾人かが抜け出て、私のもとへと駆け寄ってきた。一番早く駆けて来たのは、以前井戸端《いどばた》でバーサさんと共に出会ったことのあるレナさんだった。

「先生、大丈夫？」

以前は快活な様子を見せていた紫色の瞳は、不安と心配の色に染まっていた。彼女はしゃがみこむと、前掛けで私の頬をそっと拭《ぬぐ》ってくれる。

その後ろにいる中年女性も私の傍にしゃがみこみ、心配げに眉根を寄せた。

「えらい目にあったねぇ、先生」

「全くだ。あの傭兵崩れが、ひでぇことしやがる」

さらに中年女性の横にいる、壮年男性が顔を顰《しか》めて唸《うな》っている。揃って心配げな彼らの様子に少し焦り、首を振る。

「あの……皆さん、ありがとうございます。ですが、大丈夫です。見た目ほど痛くはありませんから」

私よりも、あの農夫の方は大丈夫だろうか。彼に目線を向けると、どうやら家族らしい年配の女性と娘に介抱されていた。良かった、とほっと胸を撫で下ろす。

「でも先生、頬が腫《は》れてるわ。ひどいことするわね、あいつ。それに……あんな、あんな馬鹿げた要求まで突きつけてきて……」

私の頬を拭きながら、レナさんが悔しげに声を絞り出す。

三十代の彼女は、あの傭兵が言う若い娘のうちには入らないだろうが、村の仲間が連れ去られるかもしれない事態に強い怒りを感じているのが伝わってくる。

「あ……いけない。血が止まらないみたい」

見れば、私の頬を拭いてくれたレナさんの白い前掛けは赤く染まっていた。それを申し訳なく思いながら、多少地面に打ちつけた痛みでよろめきつつも、なんとか立ち上がる。

「すみません、せっかく綺麗だった前掛けを汚してしまって……。あの、本当にもう大丈夫です。あとは家で、冷やした布でも当てていれば治まると思いますから」

どうやら口の中も切ったらしい。沁《し》みるような痛みに顔を顰《しか》めそうなのをこらえ、微笑む。

「なに言ってるのよ先生！　掌《てのひら》だって擦りむいてるのに……もう、いいからこっちに来て」

「えっ？　ええと、レナさん……？」

どこか怒ったようにレナさんは言い、私の手首を握って引っ張っていく。周りのいくつもの心配げな瞳に見送られながら、私は戸惑いと共に彼女の後をついて行った。


連れて行かれた先は、村の入り口からほど近い場所にある、レナさんの家だった。

玄関を入ってすぐにある、応接間のような部屋に足を踏み入れると、レナさんが手近な椅子を指し示す。

「そこに腰掛けて。今、傷薬と布を持ってくるから」

「すみません……。ありがとうございます」

奥に消えたレナさんを待っている間、椅子に座ったまま室内をぐるりと見回す。

壁は落ち着いた赤茶の板で、木の温もりを感じる部屋だ。レナさんのお手製なのだろう、パッチワークのような様々な布を組み合わせた布地や、陶器の板に描かれた花の絵が飾られていた。カントリー調の、女性的で落ち着いた住まいだ。

壁には焦げ茶色の男物の外套《がいとう》や黒い帽子なども掛けられており、旦那さんの存在を感じる。

レナさんはすぐに戻ってくると、持ってきた籠《かご》を私の脇に置いた。そこには、水の張られた小さな桶《おけ》と、傷薬や布が入っていた。

「お待たせ。さ、拭くわね。ちょっと沁《し》みるかもしれないけど、我慢して」

「はい」

彼女は床に膝《ひざ》をつき、私の頬の血を布でそっと拭き取ってくれる。

拭いては桶《おけ》の水に布を浸《ひた》し、拭いては浸《ひた》しを繰り返した後、小さな壺に入った薄黄緑色の薬を塗ってくれたのだが——

「……いっ……！」

痛い。ものすごく沁《し》みる。思わず身体が強張《こわば》り、目の端に涙が滲《にじ》んだ。

そんな私に、レナさんが呆れたように笑って言う。

「そりゃ沁《し》みるわよ。腫《は》れてるし、血も出てるんだから」

「そ、そうですよね……」

とはいえ、先ほどの痛みが倍に膨《ふく》れ上がったような激痛が走ったのだが……なんとなく反論できない。頬を引《ひ》き攣《つ》らせつつなんとか微笑み返す。

殴られた頬はともかく、傷口は開いただけで、さらに広がったわけではないようなのだが――ここまで感じる痛みが違うのは、もしかしたら薬の違いもあるのかもしれない。

ハイルが塗ってくれた、セスさんが作ったという薬は、清涼感のある香りがして、すっと痛みがひいていった。

作り手によってここまで与える効果が違うものなのかと心の中で密かに感心する。

レナさんがその薬を塗った上から、四角く切った薄い白の布地を貼り付けていく。この世界には粘着テープのような便利なものはない。だから、傷薬に粘性の材料を混ぜて布が皮膚に貼り付くようにするらしい。

私の頬から手を離すと、レナさんは頷《うなず》いて立ち上がった。

「さ、終わったわ。もうしばらくは痛むと思うけど、それは我慢してちょうだい」

「ありがとうございます。すみません、助かりました」

頭を下げる私に、レナさんはかぶりを振る。

「いいのよ。……それにしても、あの傭兵がまた来るなんて、困ったことになったわね」

「ええ……。あの、私、ちょっと村長さんの所に行ってきます。事情をお話ししないと」

椅子から立ち上がろうとした私を、レナさんが止める。

「それはもう他の連中が話してるはずよ。あの傭兵が現れてすぐに、何人かが村長さんの家に走って行ったのを見たから」

「ああ……そういえば」

思い出せば、朝方に村長さんの家の方角に駆けて行く人たちがいた。あれは、そういうことだったのか。

私は再び椅子に腰を下ろし、先ほどから気になっていたことをレナさんに尋ねた。

「この村に、ああいう暴漢めいた方々に対抗する手段というのはあるのでしょうか？」

この世界に来て不思議に思っていたのが、警察のように治安を守る組織がないらしいことだった。

なんとなく騎士がそれに該当するのかなと思っていたが、昨日のマチルダさんの話を聞くとそんなに身近な存在でもないようだし。

事実、今まで見てきた町や村の中に、交番のような騎士の駐屯所《ちゅうとんじょ》はなかった。本当に騎士たちは、大元《おおもと》である騎士団の砦《とりで》にしかいないのだろう。

そのように気軽に頼れる組織が身近にないのなら、武力や暴力に対して、どのように対処するのか疑問に感じたのだ。

レナさんが頬に片手を当て、思案顔で口にする。

「そうね……。お金のある貴族だったら私兵を雇ったり、大きな町だったら自警団があったりするんだろうけど。うちみたいな小さな村じゃ、そういうのはないから」

「そうなると、やはり騎士団……この村だと、南のイスカ騎士団に助けを請う形になるのでしょうか？」

昨日のマチルダさんの話を思い出して尋ねると、レナさんの紫色の瞳が憂《うれ》い気味に伏せられた。

「ええ。ただ、来てもらえるかはわからないけど」

「来てもらえない可能性もあるのですか？」

そのための騎士団ではないのだろうか。

私のそんな戸惑いが伝わったのか、レナさんは苦笑すると、ゆっくりと首を振る。

「領内で大きないざこざがあれば来てくれるだろうけど、この程度だと微妙だわ。あたしたちにとっては大事だけど、小さな村の事件にいちいち顔を出していたら、騎士団が常に空っぽになっちゃうもの。あくまで騎士団は、他国からこの国を守るために創設されたものだから」

「ああ……そうか。それもそうですね」

「それに、もし来てもらえたとしてもきっと間に合わないわ。――同じ領内とはいえ、イスカ騎士団の砦《とりで》は南の外れにあって、村からだいぶ離れてるの。どんなに急いでも行きだけで半日近くかかるから……」

「そんなにかかるのですか……」

思わず眉根が寄る。それでは確かに難しそうだ。

今の話は、あくまで移動時間だけを想定しての話。騎士団に事情を説明し、了承を得ることまで考えれば、さらに時間を要するだろう。

そうなると、彼の騎士団の助力を考えに入《か》れるのは難しいと言えた。

レナさんが頷《うなず》いて付け足す。

「だから、明日の朝までに来てもらうのは、どう考えても無理よ。明後日なら、まだどうにかなったかもしれないけど」

「騎士団に力になってもらえる可能性は低いということですね……」

顎《あご》に片手を当て、無意識に唸《うな》る。

だからと言って、なにもせずにいるわけにはいかない。

傭兵の要求は、行動の対価に見合うものではなかった。退治してくれた報酬として多少のお礼は渡すとしても、法外な金銭を払わなければならない謂《いわ》れはない。そもそもそんな大金は、清貧なこの村にはないはずだ。

しかしその要求を呑まなければ、若い少女たちが彼らに連れて行かれる。

村人たちはもちろん、抵抗するだろう。あの酒場でして見せたように、鋤《すき》や鍬《くわ》を手に立ち向かうかもしれない。力で敵《かな》わなかったとしても、大事な娘や家族を守るために。

そして対する相手は、素人《しろうと》相手にも剣を抜くことを躊躇《ためら》わない無頼漢だ。このまま行けば、怪我人が——下手をすれば、命を落とす人が出る可能性だってある。

「なにか……なにか他に、対抗できるような手段を考えないと……」

呟《つぶや》く私の額《ひたい》に、知らないうちに汗が滲《にじ》む。

——考えないと。この村を、この村の人たちを守る方法を。だが冷静に考えようとしても焦りが生まれ、気持ちばかりが逸《はや》る。

頬に片手を当て、同じように頭を悩ませているレナさんがぽつりと口を開いた。

「そうね……。あんな傭兵なんかじゃなく、もっと腕が立って信用できそうな傭兵が村に寄ってくればいいんだけど……」

レナさんの呟《つぶや》きを聞いて、私ははっとした。

「腕が立って……信用できそうな……」

脳裏に浮かんだのは、鮮明な印象を残して去った二人の青年——ハイルとジャックだった。

そうだ、彼らなら、事情を話せば力になってくれるかもしれない。

「ああ……でも、駄目だ」

次の瞬間にはそれは難しいと悟り、思わず唇を噛む。

なぜなら彼らは、この辺りの森を巡ると言っていたからだ。このミレーユの村の周囲だけでも、六つほど森がある。隣町まで範囲を広げればそれ以上だ。しかも、一つ一つの森がそれなりに大きい。そのすべてを巡って探すとなると、一日では足りないだろう。

そもそもジャックの体調を考えれば、森で野宿するのではなく、町や村に宿を取る可能性だってある。そうすれば範囲が広がるどころの話ではない。

それに、彼らは足の速い馬に乗っている。

一方、私たちが移動に使えるのは、村で積荷用に使っている足の遅い驢馬《ロバ》くらいだ。探すのも時間がかかれば、移動中の彼らを見つけたとしても、追いつくのは至難の業《わざ》だろう。

「でも……じゃあ、どうしたら……」

「先生？　どうしたの、さっきから」

レナさんが心配そうに聞いてくるのをどこか遠くで聞きながら、私は考えを巡らせ続ける。

ハイルとジャックを捕まえるのは、無理ではないかもしれないがとても難しい。時間の面から考えて、徒労に終わってしまう可能性の方が高いだろう。

では……ウォーレンさんとセスさんならどうだ？　まだ出会ったことのない相手ではあるが、彼らはハイルたちの仲間だから、きっと強いだろうし、人柄もきちんとしているに違いない。

彼らはモンペールの町で情報収集していると、ハイルが言っていた。居場所が明確な相手なら、まだ見つけやすそうだ。

それに、町には森と違い、多くの人がいる。町の人々に聞いて回っていれば、本人たちに出会えなくても、少しずつ情報は得られるだろう。

ハイルとジャックを闇雲《やみくも》に探すよりも、見知らぬ相手とはいえ近場にいるウォーレンさんとセスさんを探し、なんとか助力をお願いする方が確実な気がした。

そこまで考え、ようやく心配げなレナさんの瞳に気づく。

彼女を安心させるように微笑むと、私は椅子から立ち上がった。

「すみません。やっぱり私は、村長さんの所に行ってこようと思います。色々と相談したいことがありますので」

「そう？　痛くて動けないほど辛いって言うんじゃないなら、いいんだけど……」

「ええ、体調は大丈夫です。……あ、それとレナさん。すみませんが、私の自宅にいるメアリーに言伝《ことづて》をお願いしてもよろしいですか？」

「え？　うん、いいわよ」

レナさんに、広場であった出来事の顛末《てんまつ》と、今日も書物整理は休む旨《むね》をメアリーに伝えてほしいとお願いすると、私は村長さんの所へ足を向けた。

やるべきことは山ほどある。


村長さんの家に着くと、家人がばたばたと慌ただしく動き回っていた。

見れば、玄関を入ってすぐ横の客間には、先に訪れていたらしい村人たちの姿もある。

大体が壮年や老人といった熟年の男性たちで、皆一様に難しい顔をして相談し合っている。武器や防具といった単語がかすかに漏れ聞こえてきたから、多分、傭兵たちとどう戦うのか対策を練っているのだろう。

私は改めて気を引き締め、通りかかった家人を呼び止めて急ぎ村長さんのもとへ通してもらうようお願いする。そして少し待つとすぐに、村長さんの部屋に案内された。

他の家々よりも上質な飴色《あめいろ》の板が張られた廊下を、足早に進む。通い慣れた最奥の部屋に辿り着くと、私は入室して一礼した。

「失礼します。お忙しい中すみません」

「おお、ソーマ先生。いや、こちらこそ慌ただしいところを見せてしまってすまん」

先日と同じように大きな机に向かっている村長さんは、どこか疲れた様子だった。朝からひっきりなしに村人が訪れていたのだろうから、それも当然か。

私が来る直前までなにかの作業をしていたのか、机の上には羊皮紙《ようひし》に描かれた地図や、ごわっとした革製の便箋《びんせん》のようなもの、それに簡素な羽ペンやインク瓶などが置かれていた。

肩を右拳《こぶし》で叩きながら、村長さんは姿勢を正し、真摯《しんし》な瞳で私に向き直る。

「どうやら、村の入り口の方で大変なことがあったようじゃな」

「ええ、私もその場に居合わせまして……。村長さんは、どの辺りまでお聞きになられていますでしょうか」

「先日酒場で暴れた傭兵が今朝も現れ、魔物退治の報酬を要求しているのだと聞いておる。大金か、それが無理なら村の娘を寄こせとな。――ソーマ先生が見聞きしたことと合っておるか？」

「はい、相違ありません。……あの」

すっと息を一つ吸うと、私はまっすぐに村長さんを見つめた。

「村長さんは、あの傭兵の要求を呑むお気持ちはおありですか？　金貨五十枚ということでしたが」

まず確認しておきたいのがこれだった。

お給金をもらうようになって、この世界の金銭の価値はだいぶ理解したので、金貨五十枚が大金であることはわかっている。

ただ、この村にそれだけのお金があるのかないのか、もしそれがあった場合、村長さんに支払う意思があるのかどうかを確認しておきたいと思ったのだ。

彼が、たとえ法外な金額を支払っても事を穏便《おんびん》に済ませようという考えであれば、私がウォーレンさんやセスさんを探しに行くのは余計なことになってしまう。

それにこれは、私一人の考えで動かして良い問題ではない。この村全体に関わる一大事だ。

すぐにでも二人に助けを求めに行きたい気持ちもあったが、まずは村長さんに相談してからでなければと思った。

じっと息を詰めて待つ私に、村長さんはゆったりと口を開いた。

「ふむ。そやつに村の金をくれてやるかとな？　……そんな気持ちは全くもってないのう」

村長さんの白く豊かな眉の下にある双眸《そうぼう》は、いつも通り穏やかに見えたが、その奥に静かな怒りの色を宿していた。

「そもそもそんな大金はこの村にはないし、あったとしても、村の衆が心血込めて貯めた財産をどこぞの馬の骨とも知れん阿呆にくれてやる義理はない。それに、可愛い娘たちをやるなどもっての外《ほか》じゃ」

「ええ……そうですよね。そのお言葉を聞いて安心しました」

穏やかな口調ながらきっぱりと言い切った村長さんに、ほっと安堵《あんど》の息を吐く。だがすぐに気持ちを引き締め、次の質問を投げかけた。

「では……報酬を渡さないと伝えた際、傭兵たちが取るだろう暴挙について、どのような対処をとるおつもりでしょうか？」

私はわずかに目を伏せ、話を続ける。

「この村で対抗する際の助力として考え得る方法は、領内にあるイスカ騎士団に助けを請うことくらいだと聞きました。それが現実的に考えて難しいことだとも」

「うむ、確かに難しいことじゃ。間に合う可能性は限りなく低いじゃろうのう……。だがやってみないことにはどうにもならん。すでに二人、村人を騎士団のもとへ走らせておる」

「もう向かわせていらっしゃったのですね」

さすが村長さん、行動が早いと内心で感心する。ならば、それはそれで良いだろう。来てもらえる可能性は低かったとしても、助けの手はできるだけ多くあった方がいい。

胸を撫で下ろす私に、村長さんが目を光らせて言う。

「――して、ソーマ先生。その質問の意図はどこにある？」

私は顔を上げて答えた。

「先ほどある考えが浮かんだのです。もしかしたら、騎士団とは別に、助力を願える人たちがいるのではないかと」

「ほう……。もう一つの道か。続けておくれ」

村長さんが両腕を胸の前で組み、机の上にわずかに身を乗り出す。私は頷《うなず》くと、静かに話し出した。

「先日、村を訪れた旅の剣士と弓士の方がいると村長さんにお話ししましたが、彼ら――もしくは彼らの仲間に手を貸してもらえないかと考えました。仲間はお二方いらっしゃって、現在モンペールの町に滞在しているようなので、そちらに出向き助力を願えたらと」

「ふむ。確か、剣士の方は酒場で彼《か》の傭兵を取り押さえてくれたんじゃったのう。……腕が立つ衆なのか？」

村長さんが慎重に質問を寄こす。

「はい。剣士の方が剣を抜いたところはまだ見たことはありませんが、抜くまでもなくあの傭兵を取り押さえる様子は目にしました。身のこなしから、剣術だけでなく体術の心得もあるのではないかと思います」

一昨日の酒場での隙のないハイルの動きを思い浮かべながら口にする。次に脳裏に浮かんだのは、森で手際良く獲物を狩っていたジャックの姿だ。

「弓士の方は、高い精度で弓矢を扱います。獣《けもの》相手でしたが、その技量の高さはよく伝わってきました。ですのでその両名の仲間である二人も、彼らに並ぶ腕前と推測されます」

「なるほどのう……。しかし、彼らに受けてもらえるあてはあるのか？　この村とはなんの関係もない者たちじゃろうて」

その質問に、わずかにぐっと唇を引き結ぶ。村長さんの言う通りだ。

彼らはこの村と縁もゆかりもないし、そもそも大事な任務の最中《さなか》とのこと。確実に受けてもらえる保証はなかった。だが大口を叩いても意味はないので、ありのままを述べる。

「確かに確実とは言えません。しかし、受けてもらえる可能性は低くはないと考えています」

村長さんにまっすぐ視線を合わせたまま続ける。

「私は少しの時間を共に過ごしただけですが、それでも彼らと……彼らが語る仲間の方々の人柄の良さは伝わってきました。弱っている者や困っている者に対し、手を差し伸べるのを厭《いと》わない方々です。他に頼れるものがない今、多少不確実だったとしても、それに賭けたいと思っています」

私の提案を吟味《ぎんみ》しているのだろう、しばらくの間村長さんは豊かな顎髭《あごひげ》を撫でながらわずかに俯《うつむ》く。

　だが、次に顔を上げたときには、その無数の皺《しわ》が刻まれた顔に、迷いはなかった。

「……うむ、あいわかった。儂《わし》はその者たちのことはよく知らんが、ソーマ先生の目は確かだと思っておる。その案に乗ろう」

　村長さんは強い語調で続ける。

「では、彼らにも当たってみるとして。受けてもらえた際の報酬も、心ばかりではあるが村で用意しておく。――ソーマ先生、行ってくれるな？」

　それにほっと胸を撫で下ろし答える。

「はい！　……あ、ですが私は、お恥ずかしながら移動手段がなくて」

「それは問題ない。足が速い驢馬《ロバ》に荷車、それに御者《ぎょしゃ》を至急用意させよう。先生は荷車に乗っていくといい」

「すみません、助かります。では早速……」

　話がまとまれば、後は行動に移すだけだ。すぐに向かおうと立ち上がると、村長さんに呼び止められた。

「ソーマ先生や」

「あ、はい」

　なんだろうと振り向くと、驚くほど静かな村長さんの双眸《そうぼう》とぶつかった。穏やかな……どこか孫や子を慈《いつく》しむような瞳だった。

「たとえその者たちや騎士団の助力が得られんでも、最終的に儂《わし》らには戦う覚悟がある。それを覚えておいておくれ」

「村長さん……」

その強い意志を込めた声に、私はわずかに戸惑って見返す。

すると、村長さんはゆっくり立ち上がった。

小柄な村長さんの身長は、私の肩口にも満たない。だが背筋を伸ばしてしっかりと立つ彼は、まるで根を張った巨木のように大きく見えた。

「今までも、村の歴史でこのような事件はいくつもあった。山間の村ゆえ、山賊に襲われることも多くてな。怪我人だけでなく、時には命を落とす者も出た。だが、儂《わし》らの先祖は諦めなかった。その度に農具を持ち、野蛮《やばん》な暴力に立ち向かってきたのじゃ。それゆえ、この村はまだここにこうしてある」

そして村長さんは小さく微笑んだ。

「ソーマ先生がすべてを背負わんでいい。いざとなれば儂《わし》らは戦う。どうかそれだけは、忘れんでほしい」

「はい……」

私は掠《かす》れた声で答えた。

それは、ウォーレンさんやセスさんを見つけられなかったとき、もしくは頼みを受けてもらえなかったときのことを見越しての言葉なのだろう。駄目だったとしても、私が自分を責めないようにという気遣《きづか》いだ。

そして私がモンペールの町に向かっている間も、着実に戦う準備を進めておくという意味も込めて。

火急の事態なのに、それでも村長さんは村人一人一人――新参者である私のことまでも思いやってくれる。

優しい人だ。そして……強い人だなとも思う。

それは目の前の彼だけでなく、村人たち全員に対していつも感じていることでもあった。

彼らはいつだって周りを気にかけ、なにかあれば全力で目の前の物事を乗り切ろうとする。力が強いわけではないのに。むしろ暴力に対しては、悲しくなるほど無力なのに。

私はやっぱりこの村を――この村のあたたかな人たちを守りたい。そう強く思った。

だから、改めてしっかりと頷《うなず》いて答える。

「はい、村長さんのお言葉は忘れません。……ですが、私も決して諦めません。私は私のできることをし、最善を尽くします」

私は決意を胸に深く一礼すると、村長さんのいる部屋を退室した。

3　大切な人の名を呼びましょう

村長さんが村の入り口に用意してくれた驢馬《ロバ》に乗っていたのは、見慣れた灰茶色の髪の中年男性――ダグラスさんだった。いつもの平服の上に外套《がいとう》を纏《まと》った姿で、驢馬《ロバ》に跨《また》がっている。彼が私をモンペールの町まで送って行ってくれるらしい。

ダグラスさんは私に気づくと、手を上げた。

「よっ、先生。こっちだ。村長から話は聞いてるぜ」

ダグラスさんが乗る驢馬《ロバ》は、私が日本で見て知っている驢馬《ロバ》よりも馬に近い風貌をしていた。あちらのものよりも足が細くて長いので、俊敏そうだ。驢馬《ロバ》というとゆっくりなイメージだが、きっと走る速度は違うのだろう。

その驢馬《ロバ》の後ろには、人が一人か二人乗れるくらいの小さな木製の荷車が付いていた。そこに乗せてくれるようだ。急いで私は駆け寄る。

「ダグラスさん！　すみません、今日はよろしくお願いします」

「いいってことよ。じゃあ早いとこ出発するか」

「はい、すぐに乗りますね」

荷車に座ると、それを確認したダグラスさんが手綱《たづな》を取った。

「先生、揺れるからな。舌噛まないように気をつけろよ」

「はい、承知しました」

頷《うなず》いて、荷車の端をぎゅっと両手で掴《つか》み、身体を固定する。

驢馬《ロバ》の歩く音が響き、荷車の車輪がガラガラと砂埃《すなぼこり》を巻き上げて回り出す。ダグラスさんが操《あやつ》る驢馬《ロバ》はモンペールの町へ向けて出発した。


村を出て、山間の細い道を過ぎると、私たちの乗る驢馬《ロバ》と荷車はすぐに森の中へと入った。

先ほどよりはマシになったが、でこぼこした道なので荷車がガタゴト揺れる。周囲は静かで、驢《ロ》馬《バ》の嘶《いなな》きが時折森の中に響くだけだ。

身体を揺らす慣れない振動と、聞き慣れない驢馬《ロバ》の鳴き声に少しドキドキしながら、私は周りを流れる風景を眺めていた。

二週間前にマチルダさんと荷籠《かご》を背負って歩いた道を、その何倍もの速度で逆に進む。左右に聳《そび》える無数の木々が、瞬《また》く間に視界の端を流れていく。

ダグラスさんが、驢馬《ロバ》の上から声を張り上げた。

「先生、旅人を二人探すって聞いたが、どんな奴らなんだ？」

「あ、はい。剣を扱う方だと聞いています。お名前はウォーレンさんとセスさんと言って、多分、旅の剣士のような服装をしている男性たちかと」

「帯剣してる可能性が高いってことだな。あと他に特徴はあるか？」

「それと、年齢が若めである可能性が高いです。はっきりとは言えませんが、二十代くらいの方々かもしれません」

ハイルが、セスさんやウォーレンさんを呼び捨てにしていたことから、年が近いのではないかと思われた。もしかしたらハイルの立場が偉いので、年上の人たちでもそう呼んでいる可能性もあったが、あり得そうな方を上げておく。

「若いかもしれねぇってことだな。で、名前はウォーレンにセスと。俺も町には染料や染めた布をよく売りに来てるから、知り合いが何人かいる。町に着いたらそっちを当たってみるぜ」

「ありがとうございます！　お願いします」

「よし、じゃあひとっ走り急ぐか！」

そこで話を切り上げると、ダグラスさんは口を引き結んで驢馬《ロバ》を操《あやつ》るのに専念した。

私も口を閉じ、また荷車の隅に身体を固定する。できるだけ早く着くようにと、心の中で祈りながら。

＊　＊　＊

そして、辿り着いたモンペールの町。

荷車から降り立った私は、二週間前に訪れた町をどこか懐《なつ》かしい気持ちで見ていた。

相変わらず活気があり、町の入り口からすぐ先に見える市場は、すでに多くの人々で賑《にぎ》わっていた。威勢のいいやりとりがここまで聞こえてくる。

驢馬《ロバ》に乗ったままのダグラスさんは、私に声を掛けた。

「じゃあ俺は、こいつをいったん厩舎《きゅうしゃ》に預けてから知り合いを当たってみることにするぜ」

「わかりました。私はこのまま探しに行こうと思います」

「待ち合わせは……そうだな、半刻後にここで落ち合うとしよう。見つかっても見つからなくても、一度情報を擦り合わせた方がいい」

「はい、半刻後にこちらですね。了解しました。ではまた後ほど」

「おう、じゃあな」

ダグラスさんと別れ、私は市場の目抜き通りを足早に歩いて行く。

人、人……。たくさんの人が行き交い、そして通り過ぎていく。それを横目に見ながら独りごちる。

「ウォーレンさんと、セスさんがいそうな場所……どこだろう」

情報収集が仕事なのだと、ジャックは言っていた。

ならば彼らも、情報が多い——すなわち人が多い場所にいる可能性が高いのではないか。だとすれば、この市場を巡るのが一番見つけやすい手段だろう。

その中に旅装の剣士らしい男性の二人組がいれば——いや、別行動をしているかもしれないから、一人でもいれば当たってみる価値はある。

目に入った人に片っ端から話し掛けてみる方法も考えたが、この人の多さを考えると、確率の高い人を選んでいった方がいい。

「旅装の人、旅装の人……」

呟《つぶや》きながら、辺りを見回し歩く。旅人らしい外套《がいとう》姿の人はそれなりにいたが、武器を持っていそうな人はなかなかいない。

目に入るのは、遠くの町から細々と旅してきたのだろう、小さな荷物を一つ抱《かか》えた旅人風情の老人や、行商人らしい大きい荷物を持った身なりのいい中年男性ぐらいだった。

そもそもこの町は、闘技場や大きな武器屋があるわけでもなく、青果や郷土品を売る露店が立ち並ぶ市場が唯一の見所と言って良い小さな町だ。武器を扱う人間が訪れないのも当然かと思い至る。

一人でも武器のようなものを持っている人がいれば、情報を得られるかもしれないのに。

例えば、同じように武器を持ち歩く傭兵であれば、同業者を気にして見るだろうし、そこからなにか手掛かりが得られる可能性は高い。

目まぐるしく視線を動かしながら、気になる点を見落とさないように注視する。

「向こうの道を歩く人は……ううん、あれはただの旅人みたいだ」

一瞬外套《がいとう》の下からちらりと見え、剣かと思った細長いものは、よく見れば杖だった。だいぶ長旅をして来たのだろう、足をやや引きずり服装もくたびれている。

反対側のあちらを歩く人も違う、あの人はきっと行商人だ。

山賊や獣《けもの》を警戒してか、革の胸当てのようなものをつけているが、持っている荷物が多過ぎる。身体もふっくらとして肉づきが良く、剣術や武術をする人のそれではない。

「一人でもそんな感じの人がいれば……あっ」

いた。向こうの壁に背を預け、地図を見ている男性がいる。齢《よわい》は三十代ほど。やや年齢が高いが、腰に剣を佩《は》いているので、もしかしてと心が跳ねる。すぐに近くまで駆け寄り、声を掛ける。

「あの、突然お声掛けしてしまってすみません。人を探しているのですが、ウォーレンさんとセスさんという方々をご存じではないでしょうか。旅の剣士をしているのですが……」

男は怪訝《けげん》そうに眉を上げた。

「いや、そんな奴らは知らねぇな」

「では、それらしい方々を見かけたことはありませんか？　二人組の男性で……」

なおも言い募ろうとした言葉を、地図を持ったのとは逆の手を振って遮《さえぎ》られる。

「俺はさっきこの町に着いたばかりだ。それに急いでるんでな、悪いが他を当たってくれ」

「そうでしたか……。申し訳ありません、失礼いたしました」

お礼を言い、そっと彼の傍を離れる。

気持ちが沈むが、すぐに頭を切り替える。

次に目に入ったのは、道具屋らしい店の前で語らう、やや荒っぽい雰囲気の戦士風の外見の二人組だった。がっしりした筋肉の上に、鎧のようなものを身に纏《まと》っている。身長も高く、やや威圧感がある。私は少し躊躇《ためら》いを感じつつも、すっと息を吸い、勇気を出して話し掛けた。

「あの、すみません。人を探しているのですが、お話を伺ってもよろしいでしょうか？」

「なんだぁ？」

「あの、セスさんとウォーレンさんという方々で……」

「あんた、巷《ちまた》で噂《うわさ》の騎士様でも探してんのか？」

有名な騎士と似たような名前なので、勘違いさせてしまったらしい。

二人組の男に顔を見合わせて大声で笑われ、慌てて両手を振る。

「あ、いえ、騎士様と同名ですが、まったくの別人で……。二十代ほどと思われる二人組の方々です。ただ、私も知っているのは名前だけなのですが」

「あんたが見たこともねぇ奴らを、俺たちが知ってるわけねぇだろうが。馬鹿じゃねぇのか？」

「そ、そうですよね……失礼いたしました」

ぺこっとお辞儀し、足早に彼らの前を去る。その後ろで彼らが笑う声が響く。

私の尋ね方は彼らの嘲笑《ちょうしょう》を誘うものだったらしい。ならば次からはもっと考えて話をしなければ。

そしてしばらくの間、旅装の人を見つけては、尋ね歩く時間が続いた。


「あの、少しお尋ねしたいことがあるのですが……」

「あ？　なんだよ、今忙しいんだ。後にしてくれ」

「そうでしたか……すみません。お邪魔しました」

「すみません、お聞きしたいのですが、セスさんとウォーレンさんという二人組の方々をご存じではないでしょうか？」

「いや、聞いたことないねぇ」

「あの、二人組で、旅の剣士のような格好をした方々なのです。もしそれらしい姿をちらりとでも見かけていらっしゃいましたら……」

「うーん、思い出せないなぁ。力になれなくて悪いね」

「いえ、こちらこそお時間を頂いて申し訳ありません。ありがとうございました」


「すみません、少しお話を伺ってもよろしいでしょうか？」

「なんだよ、また物を売りつけようって口か？　ここの奴らはずいぶんと商魂逞《しょうこんたくま》しいな」

「いえ、そういうわけでは……あの、人を探していて」

「はっ、そんな口車には乗らねぇぞ俺は！　もう金はねぇんだ、さっさとあっちに行ってくれ！」

「あの……いえ、失礼いたしました」


「駄目だ、見つからない……」

十五名ほどの旅人に話し掛けたが、その誰もに首を横に振られ、私はとぼとぼと市場の隅を歩いていた。蓄積してきた焦りと疲れで、肩がだらしなく下がる。

情報らしい情報が見つからない焦燥もあったが、見知らぬ人に話し掛け続けた気疲れがまた、私の足取りを重くしていた。

数十回と受け続けた就職面接でも、時折嫌味やセクハラもどきの対応をされることはあった。だからストレス耐性は比較的ある方だと思っていた。

だが邪険にされたり怒鳴られる状況が続くと、気持ちが少し落ち込んでくる。

もちろんそういった人たちばかりでなく、きちんと対応してくれる人もいたがそれは少数で、不審な眼差しと言葉を向けてくる人たちが大半だった。

ここは安全な現代日本とは違うし、特に旅人は危険を警戒しつつ長旅を続けてきたことを思えばその対応も理解できるが、今の状況では精神的にきつい。まあ、こちらの話し掛け方が上手くなかったのもあるのだろうが。

気落ちしている時間なんてないのに。そんな時間があれば、わずかにでも情報を集めるべきなのに。

だが、人に話し掛けるのが少し怖いというか、躊躇《ちゅうちょ》する気持ちが胸の奥から湧き起こってくる。

そんな弱気を頭を振って振り捨てた。

「悩んでても仕方ない……よし！　次は旅人じゃなくて、店主さんたちに話し掛けてみよう」

店主さんなら、一つ所に留《とど》まって様々な人たちを見続けているので、なにか情報を持っているかもしれない。そう考え、まず目についた店へ足を向けた。

＊　＊　＊

そして、当たった店は十軒ほど。そのどれからも目ぼしい情報は得られなかった。

二人組の旅人風の男を見たと聞いて、その人たちのもとに向かっても、実際には全く関係ない旅人だったり――

途中、約束の時間になったので一度ダグラスさんと落ち合ったが、彼の方でも役に立ちそうな情報はなかったとのことだった。

そして今はダグラスさんと別れ、また一人目抜き通りを歩いていた。焦燥で、額《ひたい》に汗が滲《にじ》む。

「どうしよう……。どこにもいない」

もしかしたら、もうウォーレンさんとセスさんはこの町を出てしまったのだろうか。

それとも、ジャックの話では秘密裏《ひみつり》に行動しているようだったから、偽名を使っているのだろうか。

最初の時点でそこまで思い至らなかった自分が悔しく、唇を噛む。

このままウォーレンさんたちが見つからなかったら、どうなる？

騎士団が間に合う可能性は低い。

村の人たちが戦って、無駄に傷つくだけだ。

……それは駄目だ。なにがなんでも食い止めたい。

それならどうする？　あの二人を探すのをやめ、町で見かけた他の傭兵らしい人たちに頼んでみるか？

だが、彼らが信頼できる人間かどうか、見定められる自信がない。

特に私を嘲笑《ちょうしょう》した戦士風の男性たちに頼み事をしたら、あの傭兵のように必要以上の金額を要求されそうな気配がした。

焦っているからといって選択を間違い、余計な揉め事を増やしては駄目だ。

「でも、じゃあ、どうしたら……」

掠《かす》れる声で呟《つぶや》き、ターバンからわずかに覗く前髪をくしゃりと掻《か》き毟《むし》る。

手段を選んでいる暇はないと思った。傍目から見てどんなに滑稽《こっけい》でも、やれる限りのことはやらなければ。私は決めたじゃないか、あの村を守ると。

思った瞬間、私は駆け出していた。目抜き通りを走りながら、大声を張り上げる。

「ウォーレンさん！　セスさん……！　いらっしゃいませんか！」

行き交う人々が私に怪訝《けげん》な眼差しを向ける。それを気にしている余裕もなく、なおも声を張り上げる。

「大切なお話があるんです……！　もしいらしたら出てきてください！　セスさん、ウォーレンさん！」

そんな私に、不審そうな眼差しを向ける人もいた。

私を指差し、無邪気に笑う子供もいた。

だが私は、声を上げ走り続ける。

少しでも彼らの耳に届くようにと。彼らの知り合いでもいい、誰かの耳に入り、彼らの耳に伝わるようにと。

だが何時間も歩き続け、足が上がらなくなってきたせいで、石畳の盛り上がった部分に蹴躓《けつまず》いた。

「あっ……」

そのまま無様に地べたに転ぶ。

石畳に膝《ひざ》をぶつけて擦りむいたようだ。痛みに身じろぐ。

ぎこちない動きになりながらも、私はなんとか両手で上半身を起こした。すると、やや高い位置から降り注《そそ》ぐのは、不気味なものや滑稽《こっけい》なものを見るような視線。

私と目が合うと、関わり合いになりたくないといった風にすぐ逸《そ》らされる。

そして私の横を通り過ぎていく、いくつもの影、影……

もう誰にどう思われても良かった。心のままに、どこまでも届けと叫ぶ。

「ウォーレンさん……セスさん！　……ジャック！　……ハイル!!」

私が最後に無意識に叫んだのは、ここにいるはずもない、だが一番会いたい人たちの名前だった。

明るくやんちゃな笑顔と言葉で、心を和《なご》ませてくれた人。

そして、頼りがいのある背中で私を助けてくれた、不器用で——誰より誠実で優しい人。

「ハイ、ル……」

気がつけば、私は泣いていた。

視界がぼやけ、溢れ出るそれが地面に流れ落ちる。

そんな私の横を、先ほどと同じように通り過ぎていく無数の人の影。

——だが、視線のずっと先で一人、足を止めた人物がいた。

ぼやけた視界の隅に、私に歩み寄ってくる人影が映る。その動きが、まるでスローモーションのように見える。

その人物は、私のすぐ傍で足を止めると口を開いた。

「今、ハイルと言いましたか？」

「え……？」

顔を向ければ、そこにいたのは、ほっそりした肢体の二十代前半ほどの男性だった。

長い黒髪を後ろで一つに結んだその男性は、感情の読めない静かな藍色《あいいろ》の瞳を私に向けている。

「私の名前を呼ばれたような気もしましたが、よくある名なので気に留《と》めていませんでした。……ですが、ハイルという名前はそうあるものではないので」

私は目を見開き、彼を凝視した。信じられない思いで、おそるおそる尋ねる。

「ウォーレン、さん……？　セス、さん……？」

「私はセスの方です。貴方は我が隊の隊長ハイルの名を呼んでいた。彼の知り合いと思って良いのでしょうか？」

外套《がいとう》の下に見える彼の服装は、旅の剣士というにはやや上品な風情だったが、腰にはちゃんと剣を佩《は》いている。精緻《せいち》な飾りが施《ほどこ》された、鋼《はがね》の鞘《さや》に収められた立派な剣だ。

――探していた、信頼に足るだろう剣士が今、目の前にいた。

「セスさん……。……はい、私はハイルの友人です。そして……」

貴方たちをずっと探していました。

絞り出すような声で、私はそう続ける。

暗闇に閉ざされていた道に、一筋の光明《こうみょう》を見つけた瞬間だった。

4　お茶はありがたく頂戴しましょう

「私たちを探していた……？」

表情は変わらないが、不思議そうに尋ねるセスさんにじっと見つめられ、自分の言葉が相手に疑問を抱かせるだけのものだったと悟る。

顔見知りのハイルやジャックを探していたならともかく、見知らぬ相手にいきなり自分を探していたなどと言われても、戸惑うだろう。

それにいくらハイルの友人だと口で言っても、セスさんが信用してくれるとは限らない。

見知らぬ相手から助けを求められても、即座に断るのが普通だ。

なにか……なにか証明できるものがあれば。

「あっ、そうだ」

はっと気づき慌てて立ち上がると、胸元から鎖を引き上げ、銀色のペンダントをセスさんに見せる。

「あの、これを……。ハイルから預かったものです」

「これは……」

セスさんが一度もこれを見たことがなかったらどうしようとも思ったが、幸いこのペンダントは彼の記憶の中にあるようだった。

セスさんは、ペンダントの表面に刻まれた鷲《わし》のような紋章を、じっと見つめている。形の良い眉をわずかに寄せ、なにやら考え込んでいるようだ。

やがて彼は顔を上げ、口を開いた。

「……確かにこれは隊長の持ち物です。わかりました、まずはお話をお聞きしましょう」

セスさんは視線で東の方向を指し、先に歩き出す。

「ここでは人目につきます。場所を変えましょう。——あちらです、付いてきてください」

「は、はい」

目抜き通りから、やや細い路地の方へ入っていくセスさん。

私は慌てて涙を袖で拭《ぬぐ》い、服についた汚れを叩き落とすと、遅れないよう足早について行った。


やがて辿り着いたのは、路地を入ってすぐの所にある宿屋だった。

私が初めてモンペールの町を訪れたとき、泊めてもらえないかと扉を叩いた老夫婦が営《いとな》む宿屋だ。大きすぎない家庭的な雰囲気の建物で、中に入ると質素ながら小綺麗に整えられた内装が目に入った。

簡素な寝台が二つに、小さなテーブルと椅子が一脚だけ置かれた二階の部屋に入ると、セスさんに椅子をすすめられた。私は椅子に腰掛け、傍らに立つセスさんを見上げる。そして一通り事情を説明すると、セスさんが静かに口を開く。

「……なるほど、大体の事情はわかりました」

彼は、私の話を聞きながらテーブルの上でお茶を淹《い》れていた。

胸元に入れていた小筒から出した茶葉は彼の私物のようだが、湯が入った銅製の水差しと、陶器の茶器セットは、つい先ほど宿屋の女将《おかみ》さんが持ってきてくれたものだ。

どうやら階段を上る前に宿の受付前を通った際、女将《おかみ》さんに頼んでいたらしい。

彼は流れるような仕草で茶器を傾け、琥珀《こはく》色のお茶を小さな杯へと注《そそ》いでいく。少しすると、ふわりと清涼感ある香りが室内に漂《ただよ》い始めた。

「あの。……それで、初対面で不躾《ぶしつけ》なお願いなのは重々承知しているのですが、ハイルとジャックに連絡を取って頂けたらと」

本当は、すぐにでもセスさんとウォーレンさんに来てくれるようお願いしようかと思ったが、思い留《とど》まった。

もしかしたらハイルとジャックがすぐ近くにいる可能性もある。仲間であるセスさんたちならば、ハイルたちのいる場所に見当がついていて、すぐに連絡が取れるかもしれない。まずは顔見知りの二人の手を借りる方がいいだろう。

だがセスさんは、すぐには答えなかった。

代わりに、そっと私に湯気が立つ小さな茶杯を差し出してくる。

「気分が落ち着く薬茶です。どうぞ」

「あ、ありがとうございます……」

脈絡なく出されたお茶に戸惑ったが、手をつけないままでいるのも失礼な気がしたので、お礼を述べて口に運ぶ。

一口飲むと、清涼感がある中に柑橘《かんきつ》系のような爽《さわ》やかな香りが広がった。どこか心を落ち着かせる香りだ。味は、ほんの少しだけ苦い。

たくさんの人に声を掛けたり、大声で叫び回ったりしていたため、気がつかないうちに喉《のど》が渇《かわ》いていたらしい。喉《のど》が潤《うるお》い、思わずほっと吐息が漏れる。

そういえばセスさんには泣いているところを見られていたのだった。若干気恥ずかしく思いつつも、だからこうして気遣ってくれたのかなと思うと、彼の心遣いがありがたかった。

茶杯から口を離し、ひと心地ついた様子の私を見て、セスさんはようやく口を開いた。

「……先ほどの話の続きですが。つまり、ハイルとジャックが貴方のお世話になり、そのお礼をする過程で傭兵の起こした揉め事を収めることになったが、その傭兵に逆恨みされた。そういうことですね」

おおむね合っているが、逆恨み部分がハイルたちに掛かっているようにも聞こえたので、そこは彼らの名誉のためにも訂正する。

「元凶は、不埒《ふらち》な行為を働いたその傭兵と、彼の怒りを煽《あお》ってしまった私です。ハイル……さんは、ただ私を助けてくださって」

するとセスさんは、首を横に振った。

「いえ。立っているだけで男の自尊心を無駄に刺激するあの人が出てきたことで、さらに火に油を注《そそ》いだ部分もあるでしょう。それに関してはうちの隊長の責任です」

セスさんの声は淡々としている。――というより、抑揚《よくよう》がない。

聞き取りやすい声なので耳にすっと入ってくるのだが、そこになんの感情の色も見えないのだ。

今の台詞《セリフ》も本心からなのか、仲間の行動を卑下して言ったのか判断できず、やや戸惑う。

肌の色が青白いというか血色が悪いので、余計にそう感じるのかもしれない。どこか陰鬱《いんうつ》として近づきがたい印象を与える人だ。

後ろで一つに結ばれた癖《くせ》のない長い黒髪はさらさらと絹のように流れ、顔立ちも整っているのに、そちらの印象の方が強過ぎてあまり容姿の方に目が向かない。

彼は先ほどと温度の変わらない口調で続ける。

「わかりました。隊長に連絡を取りましょう。この辺りの森を巡っているはずですから、明日には会えると思います」

「あの、それが、あまり時間がなくて……」

連絡を取ってくれるという言葉はありがたかったが、明日だと間に合わなくなるかもしれない。

セスさんは静かに首を傾けた。

「いつまでに村に戻らないといけないのですか？」

「明日の明け方です。明朝にもう一度来るとその傭兵が言っていたので、その前に戻らなければならないのです。ですので……」

ハイルやジャックを頼るのは難しい今、貴方がたの力を貸して頂けたら――そう言おうと思っていたが、なかなか言葉が出てこない。

本当に彼は――彼らは、なんの関係もない人たちなのだ。わかりきっていたことなのに、やはり躊躇《ためら》ってしまう。

すると、私をじっと見つめていたセスさんが、不意に口を開いた。

「――ふむ、わかりました。では、そのミレーユの村には私が行きましょう。といっても、手を貸すと決めた訳ではなく、あくまで様子見ですが」

「え？」

あっさりと返された答えに、一瞬耳を疑う。

「もう一人、私と共に行動している仲間がいます。名前はすでに貴方もご存じのようですが、彼に隊長とジャックを探しに行かせます。その間に私たちは先に村に行きましょう」

「えっ、あの……」

淡々と流れるように紡がれる内容についていけず、私はただ戸惑う。

「多分貴方もなにがしかの移動手段を使ってこちらの町に来られたのでしょうが、私たちが乗る馬の方が足は速いはずです。貴方は一人で馬に乗れますか？」

「ええと、あの、セスさん……」

「乗れますか、乗れませんか？」

「あ、あの、乗れません！」

問われるままに慌てて答える。

「では、私の馬に一緒に乗って行きましょう。丁度私と貴方は体格がほぼ同じだ。それなら男二人が乗っても問題ないでしょう」

確かに、立ったときの目線はセスさんの方がやや高いくらいだったので、多分彼の身長は百七十センチメートルを少し超えたあたりなのだろう。

体格も、筋肉は形良くついているものの痩《や》せ型なので、一頭の馬に同乗しても問題なさそうだ。

だが、それはさておき。

間断なく語られていく言葉に、困惑が極限に達した私は、つい口にする。

「あの、セスさん……お気持ちはありがたいのですが、本当に良いのですか？　貴方と私は今初めてお会いしたのに。それに、大事なお仕事もあるでしょうに……」

偉い人から頼まれた任務なのだと、ジャックは言っていた。

そんな大切な任務を置いて彼があっさりと村に行くことを決めたのが、にわかに信じられなかったのだ。

もちろん、そうしてもらえれば助かるという気持ちは大いにある。

だが、それをしても彼自身にはなんの利益もない――それどころかいざこざに巻き込まれるだけだとわかっているのに、迷いなく決めてくれたのがただ不思議でならなかった。

そして私が最も戸惑ったのは、彼の気持ちが全く読めないことだ。

感情が窺《うかが》えないその無表情からは、困った人を捨て置けない義侠心《ぎきょうしん》のような熱いものはもちろんのこと、逆に仲間のせいで厄介事に向かわなければならない面倒臭ささえも見えてこなかった。

じっと見つめる私に、セスさんが初めて言葉にするのを躊躇《ためら》う気配を見せる。

「それは……」

「え？」

彼がなにかをぽつりと呟《つぶや》いたような気がしたが、それは本当にかすかな声だったので聞き取ることができなかった。

「……いえ、なんでもありません」

そう言って、セスさんはこちらにまた感情の見えない藍色《あいいろ》の瞳を向ける。そして、相変わらず抑《よく》揚《よう》がないにもかかわらず、不思議と通る声で語った。

「そうですね。挙げるとすれば、理由は三つあります。——まず一つは、貴方が持っていたあの装飾品。あれは間違いなく隊長の物です」

彼は淡々と続ける。

「いつも油断をしないあの人が、あのような大切な物をなくしたり、ましてや不注意から盗まれるとは考え難《にく》い。彼自身が貴方に渡したと考えるのが自然でしょう。そしてそれを渡されたということは、貴方が彼に信頼されている人物であることを示しています」

「は、はぁ……」

相槌《あいづち》らしい相槌《あいづち》を打てずにいる間に、次が語られていく。

「二つ目は、貴方の話に筋が通っていることです。——我が隊のハイルとジャックは、一昨日ミレーユの村付近を探索していたはずでした。そこで不測の事態が起これば、貴方の村に助けを求めるのは確かでしょう」

短く呼吸を入れ、セスさんは続ける。

「そしてジャックはともかくとして、義侠心《ぎきょうしん》に富み礼節を重んじる隊長のこと、貴方が語ったような行動を取ったとしてもおかしくはありません。彼の性格から推測される行動として、理に適《かな》っています」

最後は、彼は私の目をまっすぐ見つめて口にした。

「そして三つ目は……こちらは今しがた追加された理由ですが、貴方が私の提案にすぐには乗ってこなかったことです」

「え……？」

まさか自分のことが理由に挙げられるとは思わず、私はセスさんに驚きの目を向けた。

「上手い話が出たのだから、渡りに船とばかりに利用すれば良いのに、貴方はそれをしなかった。一瞬ですが、こちらを思いやる様子さえ見せた。——私は貴方のことをよく知らないが、少しは信頼できそうだ。ならば、最終的に手を貸すかどうかはともかく、様子を見に行くだけの価値はある。そう思ったのが理由です」

「セスさん……」

静かに彼の言葉が心に染み込んでいく。

相変わらず、セスさんの表情からは感情のようなものは一切見えてこない。読めない人であるのは変わらないが、彼は冷静で、公正な判断のできる人だ。それだけはよくわかった。

そして彼は、決して甘くはない人だ。あくまで様子を見に行くだけで、手を貸してくれるとまでは確約しない。だがそれだけ慎重であるがゆえに、彼を信頼できる気がした。

多分彼は、できないことをできるとは、決して言わないのだ。

そして、助けると決めたらきっと、最後まできっちりやり遂げてくれる。

私の返答をじっと見つめて待つ彼に、しっかりと頷《うなず》く。

彼ならきっと信頼できる。改めてそう思いながら。

「はい……。それではお手数をお掛けしますが、よろしくお願いします、セスさん。……行きましょう、ミレーユの村へ」

「ええ。では、このままあなたの村へ向かいたいところですが――」

セスさんはそう言い、藍色《あいいろ》の瞳を窓の外へ向ける。

「その前に、私は連れのもとへ行き事情を説明してきます。彼にも早急に動いてもらわなければなりませんので」

「そうですね。あ……私も同行者がいますので、いったん事情を話してこようと思います」

ダグラスさんも、きっとやきもきして待っていることだろう。

陽の高さからいって約束の時間を過ぎている可能性もあるので、急ぎダグラスさんのもとへ行かなければ。それに、状況がわずかでも好転したことを彼に早く伝えたい。

セスさんが私の言葉にゆるりと頷《うなず》く。

「わかりました。では、それが終わりましたら、この宿屋に戻ってきてください。玄関前でお待ちしていますので」

「はい、承知しました。では」

私は立ち上がり一礼すると、ほのかにお茶の香りが残る部屋を足早に後にした。


待ち合わせ場所である町の入り口へ駆け足で向かうと、そこにはすでにダグラスさんの姿があった。私に気づき、大きく手を振ってくる。

「おーい、先生！　どうだった？」

「お待たせしてすみません、ダグラスさん。見つかりました！」

わずかに息を切らせ彼へ駆け寄ると、まずはそう報告する。途端、ダグラスさんが右拳《こぶし》を握り、笑顔で快哉《かいさい》を叫んだ。

「おっ本当か？　なんでぇ、やったじゃねぇか！」

私もつられて笑みを零しながらも、早合点《はやがてん》させてしまわないようそっと補足する。

「ただ、手を貸すと明言してくださったわけではなく、あくまで様子見という形ですが。今から村にいらしてくださることになりました」

「そうかぁ……ま、そう全部が全部上手くはいかねぇよな。詳しい事情だけじゃなく、村の現状もちゃんと見てもらわないことにゃあな」

「ええ……」

ダグラスさんもそんなに甘い話ではないと理解しているらしい。

「それで、その方――セスさんがご自分の馬に乗って向かわれるとのことでしたので、私も同乗させて頂くことにしました。村までの道案内も必要でしょうし」

「そうだな、きっとうちみたいな小さい村にゃあ来たことがねぇだろう。行く途中で迷っちまったら元も子もねぇからな」

頷《うなず》くと、ダグラスさんは鷹揚《おうよう》に笑って手を振った。

「ま、こっちのことは気にすんな。俺も後から追いかけてくから、先生たちは先を急いでくれ」

「はい、すみません。よろしくお願いします」

無事ダグラスさんに状況を説明することができ、ほっと胸を撫で下ろす。さあ、またセスさんのところに戻らなくては。

私はダグラスさんに別れを告げ、宿屋への道を急いだ。


宿屋に戻ると、玄関から向かって左手にある厩舎《きゅうしゃ》の前に、セスさんはいた。

私よりも時間がかかるのではと思っていたが、どうやらウォーレンさんはすぐに連絡の取れる場所にいたらしい。すでにハイルたちを探しに向かったのか、ウォーレンさんらしい人物は見当たらなかった。

セスさんは、準備万端のようで、右手に馬の手綱《たづな》を握って立っている。

彼の握った手綱《たづな》の先にいる馬は、灰茶の毛並みの美しい馬だった。ハイルやジャックの馬と同じようにきちんと躾《しつ》けられているらしく、大人しく足元の草を食《は》んでいる。

私は馬を驚かせないよう、近づく直前で歩を緩めた。

「お待たせしました、セスさん」

「いいえ、そんなには待っていません。――では行きましょう、先に乗ってください」

「はい」

変わらない表情で私を迎えるセスさんに頷《うなず》く。

そして、目の前の馬に乗ろうとしたのだが……。思っていたよりもずっと、その背が高いことに驚かされる。私の目線と同じくらいの高さがあるのではないだろうか。

動物園で遠目に馬を見たことはあるけれど、乗馬体験のようなものに参加したこともなく、実際その背に乗ったこともない。私の目には、それがまるで難度の高いハードルのように映った。

操縦手であるセスさんは後から乗るらしく、馬の横で手綱《たづな》を握り、先に乗るよう視線で促してくる。だが、どこからどう足をかけていいものかわからない。

鐙《あぶみ》というのだろうか、馬の脇腹には紐にぶら下がった輪っかのようなものがあるのだが、これに足をかけるんだろうか。それとも、跳び箱みたいな要領で腕を使って飛び乗るんだろうか。……にしても、位置が高い。

だらだらと汗をかいて固まる私を見て、セスさんが首を傾《かし》げた。

「どうしました？」

「いいえ、すみません。馬に乗ること自体が初めてなもので……」

正直に伝え、恥ずかしさのあまり視線を伏せる。

もしかしたら、この世界で馬に全く乗ったことがない男性というのは珍しいものなのかもしれない。だからこそ、セスさんもごく自然に促したのだろうし。

そんな私の様子に、合点《がてん》がいった様子で彼が頷《うなず》く。

「ああ、そういえば一人で馬を操《あやつ》ることができないと言っていましたね。二人乗りもしたことがなかったのですか」

「はい……お恥ずかしながら」

もう縮こまるしかない。急いでいるのに、いちいち手間を掛けさせてしまう自分が情けなくて仕方なかった。

するとセスさんは呆れることも馬鹿にすることもせず、淡々と答える。

「謝ることはありません。誰にでも初めてのことや不慣れなことはあります。大切なのは、臆せず挑戦してみることと、失敗しても繰り返し慣れることです」

そして彼は、馬の背を視線で指し示す。

「手綱《たづな》は私が握っていますから、馬が動くことは心配しなくて大丈夫です。馬の左側に立ち、左手でたてがみを掴《つか》んでください」

「は、はい」

言われるまま、おそるおそる馬のたてがみを掴《つか》む。嫌がられるかなと思ったが、馬は一瞬ぴくりと反応しただけで、大人しかった。

「次に、左足を上げて鐙《あぶみ》にかけてください。……ええ、その輪っかです。足が上手く入らないようなら、右手で輪っかを足に持っていくと嵌《は》めやすいです」

やはりこの輪っかに足をかけて良かったらしい。

ぶらぶら動いて上手くできなかったので、説明通りに右手を使い足元へと持っていく。それでなんとか掛けることができた。

「はい、できました」

「では次は、右手を鞍《くら》にかけ、右足で踏み切り、左足で鐙《あぶみ》の上に立ってください」

「ええと、右手を鞍《くら》に……」

復唱しながら、緊張しつつ説明通りの手順を行う。セスさんは、私の動作を見守りながら続けて指示をくれる。

「そうです。左足で立てたら、そのまま右足を大きく振り上げて馬体を跨《また》いでください。それで乗れるはずです」

「は、はい」

バランスを取るのが下手なのか、鐙《あぶみ》に全体重を乗せたとき少しグラグラしたが、なんとか足を振り上げ馬の背を跨《また》ぐことに成功する。

気づいたときには、自分の身体がちゃんと馬の背中の上に収まっていた。

「あ、乗れた……」

ほっと息を吐く。

視線の位置が高い。新鮮だが、ちょっと不安を感じる高さだ。腰以外安定する場所がないし、しっかりと掴《つか》まるものがないからだろうか。

「それが一般的な馬の乗り方です。何度か繰り返せば、すぐにコツが掴《つか》めるでしょう。――では手《た》綱《づな》を持っていてください。私も乗ります」

そう言い、セスさんが私に手綱《たづな》を手渡す。セスさんは鐙《あぶみ》を使わずに背に両手をかけ、掌《てのひら》に体重を乗せたかと思うと軽《かろ》やかに飛び乗った。そのまま私のすぐ後ろに収まる。

「ありがとうございます。それを渡してください」

「は、はい」

手綱《たづな》を受け取った彼は、私の背後から前方に向かって両腕を伸ばし、慣れた動作で手綱《たづな》を操《あやつ》り馬を歩かせ始めた。――のだが、こ、この体勢は……

「どうしました？」

「い、いえ。私の頭が視界を邪魔して、操《あやつ》りにくくないかなぁとちょっと気になりまして」

馬の背は狭いので、二人の距離が近づくのは仕方ないとしても――そして手綱《たづな》を持つため、セスさんの両腕に自分の身体が収まる形になるのが当然のことだとしても。

まるで背後から両腕を伸ばし、抱き締められているかのような体勢だ。どうにも落ち着かない。できるだけまっすぐに背筋を伸ばそうとしたが、腹筋が鍛えられていない私では、どうしてもぐらついて彼の胸に背を預ける形になってしまう。

時折、服越しに彼の体温とかすかな鼓動が伝わってきて、慣れない感覚に落ち着かなくなる。顔もかなり近い。だがまさか——思いきり密着していて恥ずかしいとは言えない。

女性の姿ならまだしも、今の私は男の姿なのだ。

そんな私が恥ずかしそうにしていたら、セスさんもやり難《にく》いというか、正直言って気味が悪いだろう。それに、おかしな態度を取って性別を怪しまれるのも避けたい。

「すみません、やりにくいときはすぐ仰《おっしゃ》ってくださいね。頭を引っ込めますので」

あははと笑って誤魔化《ごまか》した私に、セスさんはごく真面目に返す。

「心配いりません。頭の位置は貴方の方が若干低いので問題なく見通せます。それに貴方は細いので、手綱《たづな》を操《あやつ》るのも支障はありません」

「そ、そうですか……良かったです」

もしかしたら、筋骨隆々《きんこつりゅうりゅう》の男性が目の前に乗って顔を赤らめていても、彼の態度は一切変わらないのかもしれない。いや、それだとそもそも前が見えなくて操縦できないだろうけども。

ともかく、私も気にしないようにしようと思った。たとえ本来は、悲しいかな、異性に対して免疫がない女子大生だとしても、今は男。平常心、平常心、と心の中で自分に言い聞かせる。

町を出た後、内心動揺する私と、平常運転と思われるセスさんを乗せ、馬は軽やかに走り出したのだった。

彼の操《あやつ》る馬は、速かった。草原を風を切るように駆け抜け、瞬《またた》く間に左右を流れる風景が変わっていく。やがて木陰《こかげ》に入ると、しばらく薄暗い森の中を走る。

その頃にはもう、背に感じる彼の体温と馬の振動に慣れてきていた。

余裕が出てきた分、気になっていたことを質問することにした。

馬の蹄《ひづめ》の音が大きいものの、ごく間近に顔があるので声を張り上げなくても会話できる。

「セスさん、村までの道なのですが……あの、ご案内しなくても大丈夫でしょうか？」

そう、彼はこれまで一度も私に道を尋ねなかった。

迷いなく手綱《たづな》を操《あやつ》り、ただひたすら馬を進ませる。道順も間違っていない。だから、最初は道案内をするつもりだったが、言い出せなくなってしまった。

彼はもしかして、ミレーユの村を訪れたことがあるのだろうか。

後ろを振り仰ぐ私に、セスさんは秀麗な顔を前方に向けたまま静かに答える。

「大丈夫です。この辺りの地理は頭に入っていますので」

彼の表情は動かない。動くのは、風に遊ばれる絹のような黒髪だけだ。

私も流れる風にターバンがさらわれないよう、片手で押さえつつ問い返す。

「もしかして、以前に村にいらっしゃったことがあるのですか？」

「いえ、訪れたことはありません。ですが、道はわかります」

その返事に私はさらに戸惑う。だが、なぜか不思議と納得できるような気がして、それ以上尋ねることはしなかった。

ふと脳裏に浮かんだのは、先ほど事情を話したときの彼の様子だ。

まるで当たり前のように、見知らぬ私の話を聞いてくれた彼。

なんの関係もないはずなのに、代わりにウォーレンさんにハイルたちを呼びに行かせ、村へ赴《おもむ》くと言ってくれた彼。

私は……多分もう、その答えを知っている。

流れ行く木々を視界の端に入れながら、セスさんが唯一言葉にするのを躊躇《ためら》った場面を思い浮かべる。

なぜよく知りもしない私の言葉を聞き入れ、ミレーユの村に行ってくれる気になったのか問いかけたとき、セスさんはなにかを言いかけ途中で口を閉ざした。

あのとき、私の目が確かなら、彼の口はこう呟《つぶや》いていたように見えた。

——イスカ、と。

ミレーユの村がイスカ騎士団の治める領地にあるからと、言いかけたのではないだろうか。そしてそれと同じ理由で、彼が訪れたことのない小さな村への道に明るいのだとしたら。

彼は——彼らの正体はきっと、以前思った通りの……

俯《うつむ》いて思考に耽《ふけ》っていると、背後からセスさんの静かな声がかかる。

「どうかしましたか?」

「いえ……なんでもありません。セスさん」

彼の名前を、今までとは少し違う思いで私は口にした。

心に芽生え始めた、わずかの畏《い》敬《けい》の念を込めて。

なんでもありません、『死神セス』さん——心の中で、そう呟《つぶや》いた。

5　今できることをやりましょう

ミレーユの村に着くと、朝に比べ物々しい雰囲気が村中に漂《ただよ》っていた。

青空にほんの少し陰《かげ》りの色が混じり始めてきた今は、時刻で言えば恐らく午後四時過ぎあたりだろう。

本来ならば、ひと仕事を終えのんびり家路に着く農夫たちの姿を目にするのだが、今は、忙《せわ》しなく目の前を行き交う幾人もの村人たちの姿ばかりだ。

馬から降り、歩きながら手綱《たづな》を引くセスさんとその隣を歩く私は、思わず顔を見合わせた。

入り口近くの広場を見れば、鋤《すき》や鍬《くわ》など武器になりそうなものを集め、強張《こわば》った顔をしている男性たちがいた。

その向こうでは、怯《おび》えた様子の少女を三人連れ、足早に歩く険しい表情をした年配の女性がいる。

どうやら北の方角——村長さんの家の方に向かうようだ。

隣を歩くセスさんが小さく眉を顰《ひそ》める。

「どうも、想像していた以上に深刻な雰囲気ですね」

「ええ……。私が出掛けた後、またなにかあったのかもしれません。ちょっと事情を聞いてきます」

セスさんにそう言い置くと、私は近くにいた男性に声を掛けた。

「あの、作業中すみません。日中隣町にいたのですが、その間になにか状況が変わったのでしょうか。今、娘さんたちが北の方角に向かって歩いて行ったようですが」

「ああ、ソーマ先生かい」

日焼けた顔のその男性は、私の隣に無表情で立っているセスさんを一瞬怪訝《けげん》そうに見遣りつつも、現状を教えてくれた。

「あれはな、村長さんの指示で、年頃の娘たちを村長さんの家に匿《かくま》うことにしたんだよ。あそこなら家の造りが一番しっかりしてるし、いざとなっても守りやすいからな」

「なるほど、それで……。確かにそれなら安全でしょうね」

「そういうこった。近づけねぇように、なんとかこの入り口で撃退したいところだがな」

どうやら、他に手を借りることは諦め、村人たちの手で応戦する方向で話が進んでいるらしい。

多分、遣いをやった騎士団からすぐに応援が来る気配がないのだろう。

会話を終えると、男性は元の作業へ戻って行く。その後ろ姿を見つめながら、セスさんがぽつりと呟《つぶや》いた。

「確かお話では、その傭兵たちの人数は十人ほどでしたでしょうか」

「ええ。最初は一人でしたが、再び現れたときは仲間を連れていて、それくらいの人数になっていました。ただ……明日も同じ人数で来るのかはわかりません。少ないかもしれないし、もしかしたらもっと多くなっている可能性もあります」

向こうの正確な人数がわからないのだから、村人たちが警戒を強めるのも当然だろう。

そして私も、自分の口にした内容に改めて気を引き締める。

少女たちを守るのは、村の男たち――すなわち私の役目でもあるからだ。セスさんたちの助力を得られたとしても、村の男たちが武器を持ち、少女たちの盾になるのは変わりない。

「なるほど、十分に警戒をということですね。……それと、すでに暴行を受けた人はいますか？」

「あ、はい。農夫をしていらっしゃる方で、蹴《け》られたり髪を掴《つか》まれたりしました。それ以外にもそういったことがあったのかもしれませんが、少なくとも私が目にしたのはそれだけです」

ティナの受けた痴漢行為についてはすでに話してあったし、不埒《ふらち》な行いではあったけれど微妙に暴行とは違うので、とりあえずそれは挙げずにおいた。

「貴方のその頬は？」

「え？」

セスさんが私の左頬をじっと見つめている。

そういえば、レナさんに貼ってもらった布の感触がない。どうやら馬に乗っているうちに風にさらわれてしまったらしい。

今セスさんの目には、腫《は》れて痣《あざ》になった頬と、塞がりかけた傷口がダイレクトに映っていることだろう。案の定、すぐに指摘される。

「腫《は》れているし、傷もあるようですが」

「あ……ええ、これもそうです。お恥ずかしながら、突然のことだったので避けることもできず殴られまして」

「――なるほど。少なくともその傭兵は、村人二人に手を上げたと」

セスさんはわずかに目を伏せ、そう呟《つぶや》く。

彼にとってその事実は、協力するかどうかを決める際に重要なことなのだろう。

とりあえず私が今すべきことは情に訴えることではなく、彼により多くの情報を与え、判断してもらうことだ。

それにはまず、村の代表である村長さんの意志を伝えておかなければならない。

「ではセスさん、まず村長さんのもとへお連れしてもよろしいですか？　そちらでより詳しいお話を聞いて頂きたいので」

「わかりました」

道すがらセスさんの馬を自宅の前にある樹に繋《つな》ぎ、村長さんの家へ向かった。


「おお、彼がその剣士か。遠い所をよく来てくださった」

「いえ」

そして向かった村長さんの家。客室に足を踏み入れた私たちを出迎えた村長さんに、セスさんは短く返事を返した。

私は現状を簡潔に説明する。

「この方は、セスさんとおっしゃるのですが、私がお話しした剣士のお連れの方です。今、彼に村の状態をご覧頂いているところなんです。手を貸して頂くかは、それを見て判断してくださることになっていて」

「まあ、そうじゃろうのう。もしかしたら儂《わし》らが魔物退治の正当な報酬を出し渋って、心根の正しい傭兵を悪者に仕立て上げている可能性もある。賢明な判断じゃろうて」

「えっ？」

驚いて隣にいるセスさんに視線を向けるが、特に彼は否定しなかった。私にちらりと藍色《あいいろ》の瞳を向けた後、彼は抑揚《よくよう》のない声音で答える。

「そこまでは言っていませんが、可能性の一つとしてあり得るとは思っていました。たとえ使いが信用できる人物だとしても、村全体までもがそうとは限りません」

一応、私のことは信頼してくれているらしい。

そんなセスさんの様子に、村長さんが満足そうに頷《うなず》いた。

「一本気な正義感だけでは、一歩間違えれば悪しきを助けることにもなりかねんからのう。――ふむ、ソーマ先生の言うた通り、信頼できる御仁《ごじん》じゃな」

「ありがとうございます」

淡々とセスさんがお礼を言う。

そして、村長さんは落ち着いた声で尋ねた。

「――して、村の様子をご覧になってどう思われた？」

「まるで迫りくる災害を前に怯《おび》えているように見えました。実際、暴力を働かれた人物も目の前にいる。聞いたお話の通り、あくまでこの村の方々は被害者なのでしょう」

「それでは、セスさん……」

逸《はや》る気持ちを抑えながら見つめる私に、彼は頷《うなず》いた。

「私でよろしければ協力しましょう。と言っても一人ですので、相手の人数によっては足止め程度にしかならないかもしれませんが」

「あ……ありがとうございます！　助かります」

私は声を震わせてお礼を述べる。たとえ足止め程度だったとしても、ハイルたちや騎士団が訪れるまで力になってくれるならとにかくありがたい。

それに、もし私の予想が間違っていなければ、彼は相当な剣の手練《てだ》れのはずだ。

彼が間違いなく『死神セス』その人であれば……

だが、それは口にしないでおくことにした。

事情はわからないが、彼らは自分たちの身分を隠して行動している。

ならば、それは私の胸のうちだけに留《と》め置こうと思った。

大切なのは、彼らの正体を暴くことではない。彼らが助けてくれるという事実だったから。

協力すると決めたからか、セスさんが先ほどよりも真剣な面持《おもも》ちで質問してくる。

「もう一つお尋ねしたいのですが。そのマムルト山にいたという魔物はどのような生き物なのですか？　私もモンペールの町にいた時分に噂《うわさ》は耳にしましたが、詳細までは聞こえてこなかったものでで」

そういえば、私も深くは知らない。

村長さんに視線を投げるが、向かいで首を横に振っている。

「……すみません、私も詳しくは知らないんです。噂《うわさ》では、凶暴な魔物なのだということしか聞いていないので。ただ、例の傭兵が持っていた死骸は魔物で間違いないようです」

私はちらりと見ただけなのだが、どうもあれには魔物の太く大きな腕が入っていたようだった。黒い毛皮に覆われ、熊のように太く、そして土竜《もぐら》よりも長く鋭い爪が生えた腕が。そこから想像するに、かなり大きな体格の魔物だったのだろう。

それに、間近で網を見た農夫が納得していただけでなく、遠目に見ていた村人も驚いていたので、あれは本当に魔物の死骸——というか死骸の一部で間違いないと思われる。だからこそ、あの傭兵だってあそこまで大きな態度には出られたのだろうし。

そう伝えると、セスさんは首を傾《かし》げた。

「……本当にそうでしょうか？」

「え……？」

「私が気になっているのは、酒場で諍《いさか》いが起きた翌日に、件《くだん》の傭兵が魔物を討伐してきたというところです」

私を見返すセスさんの藍色《あいいろ》の瞳は冷静だ。

「聞けば、その前日まで山に向かう様子も見せず、酒場で飲んだくれていただけとか。数多くの冒険者が魔物退治に向かい、それでも捕まえられなかった難敵を、特に腕が立つようにも思えない傭兵がすぐに討伐できるものでしょうか？」

「それは……」

言葉に詰まる。言われてみると、確かにおかしい。

――いや。運良く魔物に出くわし、それなりの腕を持っていれば可能なのかもしれない。だが、そう上手くいくものかと聞かれると疑問だ。

これまでは、傭兵の自信満々の態度や急激な展開に圧倒され、そこまで深く考えていなかった。

私は目を伏せて頷《うなず》く。

「確かにセスさんの仰《おっしゃ》る通りですね……。一度魔物に出くわしたという村人に詳しい話を聞いてみましょう」

「ええ、その方が良いでしょう」

魔物をはっきり見た村人と言えば、すぐに思いつくのはイアンさんだ。

村長さんの家を出て、途中出会った村人にイアンさんの家を教えてもらうと、そのままセスさんと共に彼の家へ向かうことにした。


イアンさんの家は、村長さんの家から十分ほど東側に歩いたところにあった。

周りには木々が多く、村の奥まった位置にぽつんとあるという印象の小さな家だ。私は飾り気のない木の扉をノックした。

「こんにちは。イアンさん、いらっしゃいますか？」

「……なんだ？」

扉の隙間からわずかに顔を出したイアンさんは、先日会ったときよりも怯《おび》えているような雰囲気だった。忙《せわ》しなく辺りに視線を動かし、かすかに声が震えている。

傭兵たちが襲来する話を聞いているからだろうか。それにしても、やや過剰な反応だ。

「先日道端でお会いしたソーマです。イアンさんが以前に山で出会った魔物について、少々お話を伺いたくて」

「お、俺は……なにも知らねぇって言っただろ！　か、帰ってくれ……！」

イアンさんの拒絶の返事は、先日よりもさらに強かった。

閉められそうになる扉に縋《すが》りつき、私は頼みこむ。

「お願いします、そこをなんとか……！」

「知らねぇ……！　俺はなにも知らねぇ！　か、帰れ、帰ってくれ！」

怯《おび》えながら叫ぶように言われ、鼻先で扉を閉められる。諦めきれず、数度扉を叩いてみたが、もう開くことはなかった。

扉を叩いていた手を下ろし、私は小さく溜息を吐いた。

すると、後ろでその様子を見守っていたセスさんがぽつりと呟《つぶや》く。

「どうやら彼に話を聞くのは難しいようですね」

「ええ……辛い記憶だったのかもしれません」

きっと、話したくないほどの恐怖を感じたのだろう。

もしかすると、私が彼の信頼を得られていないというのも、理由の一つなのかもしれない。

これまで、私は彼ときちんと会話を交わしたことはなく、初対面のようなものだったから。

ともかく、イアンさんから話を聞くのはどうにも難しそうだった。

夕刻に近づいてきた今、あまり時間は残されていない。すぐに次の行動に移らなければ。

見上げた先には、うっすら橙色《だいだい》がかってきた空。若干の焦りを感じ、急いでセスさんへ提案する。

「イアンさんの他にも数名、魔物に出くわした人がいるようですので、そちらに話を聞いてみましょう」

「ええ、その方が良さそうです」

そして私たちは、周囲の村人から情報を得つつ、該当する人物たちに話を聞きに行ったのだが……。

一人目の男性は、ゆるりと首を横に振った。

「俺かい？　ああ、魔物には出くわしたよ。と言っても、姿を見たわけじゃないけどな」

「見たわけじゃない？」

「ああ、俺が見たのは魔物が齧《かじ》った樹の幹《みき》さ。ありゃあ確かエルデの樹だったかな……。両腕が回せないほど太い幹《みき》だってのに、皮が剥げるまで齧《かじ》り尽くされててね。その傍に大量の糞《ふん》も落ちてたから、こりゃ凶暴で大きな獣《けもの》に違いないって鳥肌が立ったもんさ」

「樹の幹《みき》を齧《かじ》って……」

「ああ。あんなやつに噛みつかれたらひとたまりもないだろうよ。本当に怖いもんさ」

最後にぶるっと身震いして、男性は話を終わらせた。

二人目は老人だった。彼も静かに首を横に振った。

「儂《わし》が山に行ったときは、濃い霧が出ていた日でのう……。姿ははっきりとは見んかったが、草むらのすぐ向こうにいたらしく、それは恐ろしい大きな唸《うな》り声じゃったよ」

「霧で姿が見えなかった？」

「そうじゃよ。……いやはや見えなくて幸いだったというべきか。イアンの話では、熊のような黒い毛皮に巨体、それに人間などひと掻《か》きで切り裂くような長い爪に、鋭い牙を持っていたというからのう。ほんに不幸中の幸いじゃった」

くわばらくわばら、と老人は手を合わせた。

そして三人目は、だいぶ前に聞いた話ではダグラスさんのはずなのだが……彼はまだ村に戻ってきていなかったので直接話が聞けなかった。

だが、以前井戸端《いどばた》で出会った女性が、ダグラスさんは魔物の唸《うな》り声を聞いて慌てて逃げ、転んで怪我をしたと言っていた。だから恐らく、聞いても前の二人と同じような証言が返ってくるのだろう。

そしてセスさんと私は二人、難しい顔をしながら村の通りをまた歩いていた。

どういうことだろう……

顎《あご》に片手を当て思考に耽《ふけ》る私の眉間には、いつの間にか深い皺《しわ》が刻まれていた。

魔物に出くわしたという村人に話を聞いて回ったが、どれも間接的なもので、皆ちゃんと姿を見たわけではない。

「でも……じゃあどうして皆、あの傭兵が持っていた死骸が魔物かどうか疑問に思わなかったんだろう」

正体をはっきり見たわけではないのに、皆一様にそれが魔物だと信じているのが不思議だ。

半ば独り言のようにぶつぶつ呟《つぶや》いていた私に、セスさんが静かに相槌《あいづち》を打つ。

「どうもおかしな話ですね」

「ええ……」

――やはり、魔物を直《じか》に見たというイアンさんに話を聞かなければならない。

そう強く思い、私は顔を上げてセスさんに向き直る。

「あの、私はもう一度イアンさんのお宅に伺ってみようと思います」

「わかりました。では、私は少し村の様子を見て回ろうと思います。色々確認しておきたいこともありますので」

「では、終わりましたら私の家にいらしてください」

さっき馬を繋《つな》ぎに一度自宅に寄ったから、場所を説明しなくても大丈夫だろう。

セスさんと別れ、私は再び足早にイアンさんの家に向かった。


そして再度訪れたイアンさんの自宅の前。

周囲を木々に囲まれた小屋風の小さな家は、静まり返っていた。

「イアンさん、何度もすみません。いらっしゃいませんか？　ソーマです」

こんこんと扉を叩くが、今度は返事も返ってこない。

出掛けてしまったのだろうか……

――いや、耳を澄ますと、分厚い木の扉の向こうからかすかに物音が聞こえる。いるのだが、出てきたくないのだろう。

恐ろしい記憶を思い出させるのは申し訳ないが、今はどうしても話を聞かなければならない。

多分、彼は他の村人たちが知らないことを知っている。魔物に関する、重要な情報を。そしてそれを……理由はわからないけれど、言いたくない、もしくは言えない事情があるのだ。だからこそ、魔物の話題が出るだけで、ああも拒絶するのではないだろうか。

だが、彼の持つ情報は、あの傭兵に対抗する手段になり得るかもしれないのだ。

もし、あの傭兵が嘘をついているのであれば、イアンさんが見た魔物の姿形と照らし合わせ、それを証明できる可能性もある。

――それが切り札になるかもしれない。

胸に芽生えたそんな小さな期待を胸に、私はすっと息を吸うと声を張り上げた。

「イアンさん、お願いします！　扉を開けてください。大切なお話があるんです！」

しかし、なにも反応は返ってこなかった。静寂だけが、木々に囲まれた辺りに満ちる。

ふと見上げれば、杉のような背の高い木々の合間に見える空の端が、徐々に茜色《あかね》へと移り変わってきていた。時間が夕刻に――そして夜に近づいてきている。

傭兵たちが訪れるのは明朝だ。このままイアンさんにスルーされ続ければ、間に合わなくなる。

なんとか……なんとか話をさせてもらわないと。

そう焦り、なおも扉を叩こうとしたそのときだった。

「い、いい加減にしてくれ！　お、俺に話せることなんかねぇ！」

扉越しにくぐもった怒鳴り声が返ってきた。しつこく食い下がる私に、居留守を使っても無駄だと悟ったのだろう。

怒らせてしまったようだが、だがこうして反応を返してくれたのはありがたかった。なんとかそれをきっかけに、話をしてもらえるよう説得を試みる。

「申し訳ありません。先ほどからご迷惑をお掛けしているのは重々承知しています。ですが、どうしても急ぎお伺いしたいことが――」

「う、煩《うるさ》い煩い！　だ、第一、この村のことは余所者《よそもの》のあんたにゃなんの関係もねぇことだ！　訳知り顔で首をつっこまねぇでくれ！　いい迷惑だ！」

続けようとした私の台詞《セリフ》は、叫ぶような怒鳴り声に遮《さえぎ》られた。

その言葉が、そこまでの反応を予想だにしていなかった私の、胸の深い部分をやにわに抉《えぐ》る。

「余所《よそ》者……」

私は呆然と呟《つぶや》き、一歩後ずさる。扉を叩いていた手が、力なく下がった。

そう……私は、余所《よそ》者だ。

私がどんなに村のことを考えようと、少なくともイアンさんの目にはそう映っている。つい最近現れ、かと思えば村をひっかき回す困った余所《よそ》者だと。

そんな私が言葉をこれ以上重ねても、イアンさんを無駄に困らせるばかりで、なんの実《みの》りもないのではないか。村の誰かを連れてきて、代わりに説得してもらった方が良いのではないか。

前向きなようでいて諦めにも似た気持ちがぼんやりと浮かんでくる。

——そうだ。きっとそれがいい。

そうすれば、イアンさんはきっと話してくれるだろう。時間がないんだ、少しでも可能性がある方法を選ばなければ。

そう冷静に頭を切り替えようとする気持ちとは裏腹に、私の心の中に虚《むな》しさが広がる。

「……私は、こんなこともできないのか」

思いのままに呟《つぶや》いた声は、小さく掠《かす》れていた。

村人から、話を聞かせてもらうことさえできない。そもそも、心を許してもらうことすら……それは、セスさんたちをモンペールの町で探していたときにも強く感じたことだった。

大事な村を守りたいと思いつつも、非力さゆえに他人の力に頼るばかりで。

今だって、重要なことを知っているだろう相手を見つけても、話を進めることすらできない。……私は本当に、できないことだらけだ。

落ち込む私の背後で、草むらがかすかに揺れたような気配がする。

ゆっくりと視線を向ければ、そこにはセスさんが立っていた。

「セスさん……」

村の様子を見た後、私の家に戻ると言っていたが、多分イアンさんとの話し合いが上手くいくか気になり、様子を見にきてくれたのだろう。

もしかしたら、さっき拒絶された様子も見られていたのかもしれない。情けない部分を見せてしまい恥ずかしかったが、上手くいかなかったことはきちんと伝えておかなければと思った。

「ええと、その……やっぱり駄目でした」

かすかに苦笑を浮かべ、セスさんに向き直る。彼はゆっくりと私の方へ歩み寄ってきた。

「そうですか」

「ええ……。なかなか上手くいかなくて、イアンさんにも――」

余所者《よそ》と言われて。

だが、浮かんだその言葉は口にせず、心の中に留《とど》める。

私がこの村の生まれでないのは本当のことだし、言っても詮《せん》ないことだ。

私は顔を上げ、努《つと》めて明るい口調で続ける。

「思えば私は、セスさんのように速く馬を走らせることもできなければ、自力でハイルたちに連絡を取ってここに連れて来ることもできない。なにもできない自分が情けないなぁ、なんてちょっと思ってしまって」

ターバンの上から、ぽりぽりと髪を掻《か》く。

「駄目ですね。さっさと気持ちを切り替えて次の方法を考えないと」

自然に笑おうとしたが、できなかった。どうしてもぎこちない笑みになってしまう。それがセスさんの目に映っていると思うと、私の目線は段々と下がっていった。なんだか居《い》た堪《たま》れなくて、顔を上げられなくなったのだ。

セスさんはなにも言わない。

私も特に慰めの言葉をほっしていたわけではなかった。ただ、今まで胸のうちに溜めていた不安を吐いて、少し気持ちが楽になりたかったのだと思う。それでなにかが解決するわけじゃないけれど、心に積もった弱音を吐かずにはいられなかったのだ。

しばらくすると、黙ったままだったセスさんが、そっと口を開いた。

「私が馬を操《あやつ》る術《すべ》に長《た》けているのは、日々鍛錬を積んでいるからです」

「え……？」

私はゆっくりと顔を上げる。

いつの間にか、彼の背後に見える木々と、その向こうにある空が茜《あかね》色に染まっていた。

普段は青白い彼の横顔が橙《だいだい》色の陽に照らされ、神秘的に見える。私はその光景に目を奪われた。

彼は、夕陽に目を向けたまま、続きを口にする。

「そして私は、ウォーレン殿を使いにやり、隊長やジャックと連絡を取ることができる。それは私が彼らの仲間だからです」

セスさんは夕陽からゆるりと視線を外し、私にその藍色《あいいろ》の瞳を向けた。

「ですが、貴方のように村の人々の心を解きほぐすことはできません」

「セスさん……」

「一人で行動した途端警戒され、話の一つも満足に拾うことができませんでした。私には私の、できることとできないことがある」

最後に彼は、静かな声音で呟《つぶや》いた。

「貴方にも、貴方だからできることがあるのではないですか？」

その言葉が、重く沈んだ私の胸に響く。

「私の、できること……」

私はとりたててなにかの能力に秀でているわけじゃない。武芸ができるわけでもないし、抜きんでて賢いわけでもない。

よくわからないチート能力で異世界の人々とこうして話すことができたり、文字を理解することができるけれど、言ってしまえばそれだけだ。ただの平凡な女。

なにもできない、なんの能力もないと思っていたけれど……

――本当に私は、なにもできなかったか？

セスさんのくれた言葉に、落ち込みで鈍《にぶ》っていた脳が少しずつ動き出す。

思い出せ、そして考えろ。私がこの世界でなにをしてきたかを。

そしてこれからなにができるかを。

私はマチルダさんに出会ったときのことを思い返す。色々あって心を許してもらえた結果、自宅に泊まらせてもらった。

その後メアリーに出会って、彼女が倒れたところを運んで……多分、それがきっかけで懐《なつ》いてくれるようになったのだと思う。そして――ハイルとジャックに出会って、友人のような関係にな

れた。

そのとき私は、本当になにもしていなかったか？

単に彼らの厚意だけで、運良くいい関係を築けてきたのか？　――いや、違う。

「そうだ……」

私は、なにもできないなりに彼らに心を砕いていた。彼らが困っていることを解決しようと、足りない頭を働かせて力になろうとしていた。だから彼らも心を見せてくれたのではないだろうか。

ならば、今は？

ふと、私はイアンさんに同じことができていただろうかと気づく。

ただ、こちらの事情ばかりに気を取られ声を張り上げるだけで、彼の気持ちに目を向けようなんて少しも思っていなかった。彼にとって私は、ほぼ初対面の、よくわからない余所《よそ》者のままなのに。

なら私がすべきことは、一つなんじゃないのか。

顔を上げたときには、私の瞳から迷いは消えていた。今度はセスさんとまっすぐ視線を合わせ、小さく頷《うなず》く。

「――セスさん、ありがとうございます。よくわかりました」

「そうですか」

彼の声はあくまで淡々としていたけれど、ちょっとだけその無表情な瞳が笑みのように細められた気がした。それは、ほんの一瞬だったけれど。

私は再度、イアンさんの家の扉の前に立った。先ほどとは違う心持ちで、すっと一つ息を吸う。

落ち着いた声音で、けれど扉を挟んだ向こう側にもちゃんと聞こえるよう声を張り上げた。

「イアンさん。……すみません、これが最後です。どうか聞いてください」

そう告げ、今胸の中にある気持ちを少しずつ形にする作業を進める。

私の胸の中にあるのは、遥か遠い地球の……日本のことだった。

「……私の故郷は遠い異国です。けれど、訳あってそこに戻ることは叶わなくなりました。どんなに速い馬で駆けても戻れない、懐《なつ》かしむことしかできない場所になってしまったのです」

目を閉じて浮かぶのは、ずっと考えないようにしていた日本の家族のこと。

だが、一瞬浮かんだその懐《なつ》かしい面影を、再び心の奥に仕舞いこむ。今は感傷に浸《ひた》っているときではない。

私はまた目を開けて言う。

「居場所をなくし、あてどもなく彷徨《さまよ》っていた私を、この村の方々は受け入れてくださいました。……私に、あたたかな家をくれたのです。段々と親しい人が増えていって、村の一員と認めてもらえたような心地になって。すごく……すごく、嬉しかった」

脳裏に浮かぶのは、村の皆の笑顔だった。

温かく陽気で……そしてなにより、強く優しい笑顔の数々。見返りを求めず差し出された、いくつもの手。

「この村のために私にできることがあれば、なにかしたいと思いました。困ったことが起きたとき力になれたら――マチルダさん、ダグラスさん、メアリー、バーサさん、レナさん……村の皆のためになにかできたらって」

ひとつ息を吸い、続きを口にする。

「そしてイアンさん……それにはもちろんあなたも入っています」

イアンさんが身じろぐような気配がした。それを扉越しに感じながら、まっすぐ顔を向けて語り続ける。

「私の目にあなたは、ひどく思い悩んでいるように見えます。なにか心のうちに重荷を抱《かか》えていらっしゃるのではないですか？　打ち明けてくださっても、私では聞くだけしかできないかもしれません。けれどももしかしたら、ほんの少しでも解決に近づく方法を提示できるかもしれません。どんな形かはわかりませんが、力になれればと思っています」

イアンさんからの返事はない。だが私はなおも続ける。

「そして……その悩みは、マムルトに出没する魔物の件と関係があるのではないですか？　私が魔物について知りたいのは、興味本位からではありません。もしかしたらそれが、あの傭兵たちに対抗する手段になるのではないかと思ったからです。そして、それがあなたを救うことにも繋《つな》がるのなら、尚更私は知りたい」

そう告げ、扉の向こうからは見えないとはわかっていても、頭を下げる。少しでも気持ちが伝わるようにと。

「どうかお話しさせてください。あなたを――村の皆を守らせてください。お願いします、イアンさん」

扉の内側から応えはなかった。頭を下げた状態でしばらく待っても、静かなままだ。

私はその体勢で、じっと動かず返事を待ち続けた。

それほど経っていないのに、私にはとても長い時間に思える。

やはり駄目なのか……。ぎゅっと唇を噛んだときだった。

ぎぃっと鈍《にぶ》い音を立て、内側から扉が開いた。

「えっ？」

その音に驚き、反射的に顔を見上げれば、扉の内側からイアンさんが顔を覗かせていた。

「イ、イアンさん……」

イアンさんは、やはり視線を忙《せわ》しなく辺りに彷徨《さまよ》わせていた。だが、その様子は先ほどよりも落ち着いているように見える。やや疲れた表情の中に、諦観《ていかん》というか――なにかを覚悟した様子が見て取れる。

「……入ってくれ」

視線を逸《そ》らしたまま、彼はぼそぼそと小さく呟《つぶや》いた。

「役に立つような話はできないかもしれねぇ。……けど、あんたになら話してもいい」

その言葉に、私は目を見開く。

「は、はい……！　ありがとうございます」

気づけば、声を震わせ大きな声で答えていた。

それは、イアンさんが初めて私に心を見せてくれた瞬間だった。

6　魔物の姿を見極めましょう

通されたイアンさんの家の中は、全体的に煤《すす》けた茶色で統一され、質朴《しつぼく》とした雰囲気を醸《かも》し出していた。

「お邪魔します」

初めて入る住まいにやや緊張しつつ、私は案内された部屋に足を踏み入れる。セスさんも私の後ろに続いた。

部屋の中央には、古ぼけた木製のテーブルと丸太を切っただけの椅子があり、入り口から向かって左側には作りつけられた大きな棚があった。これもまた色が煤《すす》け、年季《ねんき》を感じさせる。

その棚には、養蜂《ようほう》に使う道具なのだろう、使いこまれた面布《めんぷ》や手袋、馬毛と見られる毛足の長いブラシ、刃の長いナイフなどが几帳面に並べられていた。

男の一人住まいらしい殺風景な部屋の中で、家主のこまやかさが際立つ。

それらをなんとはなしに眺めながら、イアンさんの後に続き部屋の中央へと歩を進める。

「……好きに座ってくれ。座りの悪い椅子くらいしかねぇが」

「ありがとうございます」

私は一礼すると、丸太製の椅子の一つに腰を下ろした。イアンさんも、低いテーブルを挟んで向かい側にある椅子に座る。

ちなみにセスさんはと言うと、部屋に入るなり壁際に向かい、壁に背を預けひっそりと立っていた。

「私のことは空気と思って気にしないでください」と淡々と言うセスさんに、イアンさんは一瞬奇妙なものでも見るような表情を浮かべたが、なにも言わなかった。

私は腰掛けた椅子からわずかに身を乗り出し、口を開く。

「それで、伺いたいお話なのですが」

するとイアンさんは、膝《ひざ》の上で落ち着かなげに片手で逆の手を握ったり離したりしながら、ぼそぼそと話し出した。

「あ、ああ……その前に聞かせてくれ。その傭兵が捕まえたっていう魔物の話を」

「彼が持っていた魔物の死骸のことですか？　ええ、構いませんが……」

逆に問われたことを不思議に思いつつも、そのときのことを話す。

「その傭兵が持っていた網越しに見たのですが、黒い毛皮をした、とても大きな獣《けもの》のようでした。熊よりも大きいんじゃないかと思うほど丸太のように太い腕で、その先には土竜《もぐら》のように鋭く長い爪がついていて……」

そこまで語った途端、イアンさんが急に笑い出した。

「ははっ！　熊よりも大きい？　太い腕に、土竜《もぐら》みたいな鋭く長い爪だって？」

「イ、イアンさん？」

突然の変わり様《よう》に、私は戸惑ってイアンさんを見つめる。

彼はなおも笑い続けていた。片手で顔を覆い、まるでおかしくて仕方ないとでも言うように肩を震わせている。……一体どうしたんだろう。

「あの……なにかおかしい部分でもありましたでしょうか？　イアンさんが仰《おっしゃ》っていた魔物と少し違う部分があったとか？」

「いや……違わねぇよ。俺が村の連中に話した通りの魔物だ」

ようやくイアンさんは、ほんのわずかに笑いを引っ込めた。しかし、またくつくつと笑い出し、ゆるりと首を振る。

「ならどうして……」

さらに不思議に思い、やや眉根を寄せて見つめた私に、イアンさんは片手で顔を覆ったままぼそりと口にした。

「――法螺《ほら》だからさ」

「え？」

一瞬聞き違いかと思い聞き返す。

イアンさんは顔を覆っていた手を外すと、どこか泣き笑いのような表情を浮かべ、続きを口にした。

「……俺が村の連中に触れ回った魔物の話は、半分法螺《ほら》なんだ。そんな魔物がいるわけがねぇ。だからおかしくて仕方ねぇのさ」

「法螺《ほら》……？」

信じられない言葉に、瞠目《どうもく》する。

驚きのまま壁際にいるセスさんを見ると、彼は真剣な面持《おもも》ちでイアンさんを見つめていた。

私も気を引き締めてイアンさんに向き直る。

「――イアンさん、詳しいお話を聞かせて頂けますね？」

「ああ……」

そしてイアンさんは、ぽつりぽつりと語り出した。自分が山の中で見た生き物との出会いを……

＊＊＊

「あれは……一ヶ月ほど前のことだ。俺はいつも通り、マムルト山に蜂の巣箱の様子を見に行っていた」

彼は天井付近をぼんやりと見つめ、ゆっくりと言葉を紡ぐ。

「飼ってる蜂の種類にもよるが、蜂蜜が溜まって採蜜できるようになるまでに結構な時間がかかる。マムルト山に置いていた巣箱もこの春から始めたもので、ようやく蜜の採集が出来るくらいになったんだ」

今はもう秋だから、春に置いてから半年ほど経っていることになる。

「つまり、一年に一回しか採れない……」

だいぶ効率が悪い気のする仕事だ。だがあえてそれをするということは、それなりに実入りが良い仕事なのだろう。私の気持ちを察したように、イアンさんが頷《うなず》く。

「ああ、時間はかかるが、その分蜜の質は非常に良い。巣箱から巣の入った部分の木枠だけ外して、それを家に持ち帰ったら巣を取り出して濾過《ろか》するんだ。出来上がったその蜂蜜を売れば、その一年のおまんまになる。俺はほくほくした気分だった」

そこでいったん彼は言葉を区切り、苦々しげな表情を作る。

「――けど、木枠を外してる作業の途中に、あいつが現れた」

「あいつ？」

「ああ。黒い毛皮の……狐《きつね》をほんの少しでかくしたくらいの生き物だった。妙にすばしっこくて、そいつはいきなり草むらから現れ、俺が作業していた右手の上から齧《かじ》りつきやがった」

「いきなり噛みついてきたなんて、さぞ驚いたことでしょう……」

狐《きつね》程度と言えど、中型の野良犬に噛みつかれたようなものだ。

「俺は動転した。慌ててつけてた手袋ごとそいつを振り投げて。――そしたらそいつは、ひたすら手袋を舐《な》めたり齧《かじ》ったりしたあと、今度は俺が持ってた巣箱が入った木枠に齧《かじ》りついてやがった。短い歯だったが刃《やいば》みたいに先が鋭くて、ぞっとした。またこんなのに噛まれちゃ敵《かな》わねぇ。怖くなった俺は、気づいたときには木枠を放り出して一目散《いちもくさん》に山を駆け下りた」

そこでイアンさんは緩やかに首を振る。

「ようやく冷静になれたのは、村に着いてからさ。今年一年のおまんまの糧《かて》を、そのまま置いてきちまったんだ。慌てて俺は山に戻った。だが、そこにあったのは、蜂蜜がすべて巣ごと食い尽くされ、齧《かじ》り壊された木枠の残骸だけだった」

「すべて蜂蜜を奪われ、仕事道具も壊されてしまったのですね」

「――むしゃくしゃしてたんだ。これまでの苦労が一瞬で無駄になっちまって。それに……情けなくて仕方なかった。大きな怪物ならまだしも、あのくらいの生き物にしてやられたなんて」

伏せられたイアンさんの顔に自嘲気味な笑みが浮かぶ。

「だから、酒場で自棄《やけ》酒してたときに言っちまったんだ。――マムルト山には凶暴な魔物がいる。熊よりも大きい身体で、長くて鋭い爪と牙を持つ化け物みたいな奴が。そいつに襲われて、俺は怪我をしたんだってな」

「そんなことを……」

驚きと妙に納得できるような気持ちと半々で、私は小さく息を吐く。

「前々から俺の蜂蜜が出来上がるのを待ってたモンペールの得意客たちにも、そう言った。鋭い爪に牙を持ったそれは恐ろしい魔物がいて、そいつに襲われて仕事道具も壊され、俺はしばらく仕事ができなくなったんだってな。……半分本当で、半分嘘だ。けど、そうでも言って体面を保たなきゃ、客が離れていくと思った」

そこでひとつ彼は深い息を吐く。今まで溜め込んだ思いを吐き出すかのように。

「……けど、俺のした話なんてあくまで作り話だ。他の奴があの狐《きつね》みたいな生き物に出会えば、俺の言ったことなんて法螺《ほら》話だってすぐばれるだろう。そう思ってた。けど……」

その先の言葉に察しがつき、つい続きを口にする。

「けれど、他の人たちがその生き物に出会うことはなかった。……そうですよね？」

「ああ……。ただの偶然なのか、それとも警戒心が異常に強い獣《けもの》だったのか、俺以外の奴がそいつと遭遇することはなかった。村人も、退治に訪れた猛者《もさ》さえもだ」

声のトーンを落とし、彼は続ける。

「……けど、そいつが噛んだ樹の幹《みき》や落としていった糞《ふん》を見たとか、大きな唸《うな》り声を聞いたとかいう人間はたくさんいたんだ。今まで見聞きしたことのない生き物が確かにいるって、話に信憑性《しんぴょうせい》が増した。あの山には恐ろしい魔物がいる。いつの間にか皆、そう疑いもせず信じてた」

イアンさんの茶色の瞳が翳《かげ》る。

「そうこうしてるうちに、山に登ったダグラスが、そいつの唸《うな》り声を聞いて、驚いて転んで怪我をして……俺は、どうにも言い出せなくなっちまった」

そう言うと、彼はくしゃりと前髪を掻《か》き毟《むし》った。

「それに、段々わからなくなってきたんだ。俺が見たのは、確かにあの狐《きつね》みたいな生き物だった。けど、あの山には本当に俺が想像したような魔物がいたんじゃないかって。そうしたらなにが本当のことなのかわからなくなっちまった」

「そんな風に思っていらっしゃったのですね……」

多分……彼の中にあるのは、罪悪感と戸惑いだ。

イアンさんの法螺《ほら》話がなければ、ダグラスさんも必要以上に怯《おび》えて怪我をすることもなかっただろうから。そして、すぐにばれると思っていた嘘が思わぬ展開から真実味を増し、彼自身どれが本当かわからなくなって、余計に言い出せなくなったということか。

「傭兵の話をちらりと耳にしたときも、なんだかおかしいとは思ったんだ。あれだけ誰も目にしなかった奴なのに、どうやってこんなにすぐ捕まえられたんだろうって。けど、捕まったんならいいじゃないか、もう俺には関係ねぇ。そう思って聞かないようにして逃げてた。……そのつけがこれだ」

「イアンさん……」

彼はまた泣き笑いのような表情を浮かべる。

「俺は、村を窮地に立たせたいわけじゃなかったんだ。……けど、だからって今更なにをすりゃいいのか、思いつかなかった」

イアンさんは、さっきまでの私と一緒だ。——己《おのれ》の無力を嘆き、その場で迷子のように立ち止まるしかできなかった私と。彼の気持ちがよくわかるからこそ、伝えたい。

セスさんがそうしてくれたように。そして、イアンさんに勇気を持ってもらうために。

「いいえ。イアンさんには、イアンさんのできることが必ずあります。そして今も一つ、してくださいました。私たちに真実を話すということを。それはあなたにしかできないことです」

イアンさんは一瞬瞳を揺らした後、小さく呟《つぶや》いた。

「……あんたにもすまねぇことを言った。あんたを本気で余所《よそ》者だと思ってたわけじゃねぇ。ただ、痛い部分を突かれたくなかっただけなんだ。そんなことしたって、なんにもならねぇのにな」

はは、とまた力なく彼は笑った。私はゆっくりと首を振る。

「いいえ……。お話ししてくださってありがとうございます。これで、解決策が見えてきました」

そう、あの傭兵が持っていた死骸が、イアンさんが遭遇した生き物と違うのであれば、今回の事情は根本的に変わってくる。

今の私の頭の中では、次にすべきことが明確に見えていた。そんな私を、セスさんがあの感情のない瞳でじっと見つめていた。


イアンさんの家を出て、セスさんと共に急いで自宅に戻る。

家に入ると、私はまっすぐにたくさんの書物が詰まった本棚へ向かった。

背伸びして一番上の棚から抜き取ったのは、先日村長さんの所に持って行った深緑色の背表紙が貼られた本――動物記だ。

「黒い毛皮……狐《きつね》のような外見……蜂の巣箱を襲い……エルデの樹を齧《かじ》っていた……」

ぶつぶつと呟《つぶや》きながらテーブルの上にそれを置くと、私は椅子に座り一心不乱に読み耽《ふけ》る。途中、植物学の本も本棚から抜き取り、そのページを捲《めく》っていく。

目当ての情報がないか目を凝らし、必要な情報は頭の中にメモしていった。

ふと、周囲を見回すと、セスさんが壁に背を預け腕を組み、なにも言わずに見つめていた。私は慌てて本を置いて椅子を立つ。

「す、すみません、セスさん！　なんのお構いもしませんで。あの、今夕食の準備を――」

「いいえ、続けてください。私も一つ、やりたいことができたので少し出てきます。すぐに戻りますので」

セスさんは相変わらずの無表情だが、目がキラリと光ったというか、なにか妙案を思いついたような様子が窺《うかが》える。

セスさんという人がちょっとだけわかってきたかもしれない。私は笑顔で頷《うなず》いた。

「ええ。では戻りましたら、すぐお食事が取れるよう準備しておきますね」

「夕食については気になさらなくて大丈夫です。あなたは、今の作業に専念してください」

そう言い置くと、セスさんは物音を立てずに出て行った。彼の行動はいつも、影のようにひっそりしている。まるで忍者みたいだ。

その背を見送り、私はまた椅子に腰掛けて作業を再開した。

そのうち本を読めないほど窓の外が暗くなってきた。燭台《しょくだい》を持ってきて、蝋燭《ろうそく》に火をつけた。

テーブルの端に置いた燭台《しょくだい》の炎が、私の横顔を照らす。座る私の影が、壁に長く伸びて時折揺らめくので、影人間が踊っているかのように見えた。

蝋燭《ろうそく》が短くなり灯りが消えかける度に、新たな蝋燭《ろうそく》を燭台《しょくだい》に刺して続きを読み耽《ふけ》る。その繰り返しだった。

そして、二時間くらい経った頃だろうか、セスさんが戻ってきた。扉がかすかに開いた音に気づき、顔を上げる。

「お帰りなさい、セスさん」

「ただ今戻りました」

窓の外を見れば真っ暗で、もう結構な夜更けだ。夕食のことは気にしないでいいと言われたが、代わりに就寝のことが気になったため、それだけ伝えておく。

「あの、セスさん。私のことは気にせず、どうか先にお休みになってください。二階に寝台がありますので。私はもう少し調べ物をしたいので、しばらく起きてようと思います」

今は時間がある限り、知識を――使えるかもしれない情報を集めておきたい。

だが、彼は休んでおかなければまずいだろう。剣を手に、明日戦ってくれる予定の人だ。セスさんにもその自覚はあるらしく、素直に頷《うなず》きを返してくる。

「わかりました。明日のこともありますので、遠慮なく仮眠を取らせて頂きます」

そう言い置くと、セスさんはすっと階段の奥に消えた。

それを見送ると私は、また椅子に腰を落ち着け、本と顔を突き合わせる。

やがて長いようで短い夜が明け、窓辺から明るい陽の光が差し込み始めた。とうとう一睡もしなかった。

けれど、頭の中は妙に冴《さ》えている。

私は窓の外から差し込む明るい日差しに目を細めると、本をそっと閉じ立ち上がった。

――これから始まる戦いに備えるために。

7　言葉を武器に戦いましょう

簡単に朝の支度を整えると、私は本を一冊手に、セスさんと共に家を出た。

私は徒歩、セスさんは灰茶の馬に跨《また》がっている。いずれ起こるであろう戦いを見越してのことだ。

村の入り口に、特に門のようなものはない。

村は周囲を林に囲まれているのだが、切れ目のように木々が途切れた所が村の入り口になっている。広場は、その切れ目から入ってすぐの所にある、やや広い空き地のようなスペースだった。草が所々しか生えておらず土が肌を見せている。

広場には、すでに村中の働き盛りの男性たちが集まっていた。

各々《おのおの》手に鋤《すき》や鍬《くわ》など武器になりそうな農具を持ち、盾代わりの分厚い木の板を抱《かか》えている。皆、入り口の外を真剣な表情で見据え、敵の訪れを待っていた。

老人や子供の他、女性の姿も見えない。

多分、村長さんの家に避難していたり、自宅で大人しくしているのだろう。

「行きましょう、セスさん」

「ええ」

私はセスさんと頷《うなず》き合うと、その集団へ近づく。それに気づいた周りの人たちが、そっと道を空《あ》けた。

セスさんはなにも言わず馬を歩ませ、私や村人たちの盾になるように一メートルほど前に一人進み出る。

彼の乗る毛並みの良い灰茶色の馬は、この大勢に囲まれ緊迫した空気の場でも落ち着いていた。きっとよく訓練されているのだろう。

行動だけですべてを請け負う意思を示すセスさんに、村の男性たちは口々にお礼を述べた。離れた場所にいる者たちも、感謝の眼差しや深いお辞儀を送っている。

きっと、セスさんの助太刀《すけだち》の話を村長さん辺りから聞いたのだろう。彼が受け入れられている様子に私は胸を撫で下ろし、そして同時に気を引き締めた。

――ぐるりと見渡したが、イアンさんの姿は見つけられなかった。

まだ出てきにくい気持ちの方が強いのだと思う。

しばらくすると、次第に遠くから馬の嘶《いなな》きが聞こえてきた。

そしてそう間を置かず、馬に乗ったあの傭兵が、いくつもの蹄《ひづめ》の音と共に村の入り口に姿を現す。

先日と同じく荒くれ者の集団を率いており、彼らもまためいめい馬や驢馬《ロバ》に跨《またが》っている。

傭兵は馬の速度を緩め、私たちから数メートル離れた位置まで近づくと、あの魔物の死骸が入った網を高々と掲《かか》げた。そして、得意そうに太いダミ声を辺りに響かせる。

「おい、てめぇら、来てやったぞ！　報酬はちゃんと用意してあるんだろうな？」

しかし村人の誰もが、彼を睨むだけで動かない。

農具を手に、ピリピリとした殺気さえ見せる村の男たちの様子に、相変わらずだらしのない身なりの傭兵が愉快そうに鼻で笑う。

「へっ！　なんでぇ、やけに歓迎してくれてる様子じゃねぇか。……まあいい、こっちにゃあお仲間がたくさんいるんだからな」

振り返った男が視線を向けた先には、にやにやと下卑《げび》た笑みを浮かべる山賊まがいの格好をした男たちの姿がある。――よく見れば、先日よりも人数が増えていた。

昨日来たときは十人ほどだったのに、今は十七、八人はいるだろうか。

二人乗りしている者もいるが、ほぼ全員が騎乗していて、機動力に長《た》けている。

そして手や腰には、鉈《なた》や斧といった荒々しい武器が提げられていた。

こちらに不利な状況を感じて、額《ひたい》にじわりと汗が滲《にじ》む。

だが武力は低いとはいえ、人数で言えば二十数人ほどいるこちらの方が多い。なにより、今日はセスさんがいてくれる。そう思うと、不思議と落ち着きが出てきた。

前に立つセスさんに視線を向けたが、特に心乱れた様子は見られなかった。静かな眼差しで傭兵が語る様子を見守っている。

唯一馬に乗り、腰に剣を佩《は》いたセスさんに気づいた傭兵は、面白げに揶揄《やゆ》してくる。

「おやおや、なんか毛色が違うのが混じってるかと思えば、旅の剣士様にでも泣きついたってわけかい」

そして芝居じみた仕草で、薄汚れた装備を纏《まと》った両肩を竦《すく》めた。

「しかも、よりによって今にも倒れちまいそうな病弱げな優男《やさおとこ》になぁ。さすが、ちっぽけな村は考えることが違うねぇ。俺なら情けなくてできねぇぜ」

傭兵が鼻を鳴らしてそう言うと、その後ろで馬鹿にするような笑い声がどっと上がった。危険を承知で手を貸してくれた恩人を愚弄され、悔しさに私や村人たちは歯を噛み締める。

――だが、小馬鹿にされた当人であるセスさんは至って平常運転だ。

傭兵にちらりと藍色《あいいろ》の瞳を向け、涼しげに見える無表情のまま言葉を紡ぐ。

「前口上はそれだけですか？」

抑揚《よくよう》のない口調だが、彼の声はやはりよく通って聞こえた。

訝《いぶか》しげに傭兵が眉根を寄せる。

「なにぃ……？」

「ぞろぞろと仲間を引き連れていないと安心できない輩《やから》に、こちらをどうこう言う資格はないでしょう。それとも、後ろのご友人たちにはお帰り頂いて、貴方一人で登場するところから仕切り直しますか？」

淡々と言っているが、痛烈な皮肉だ。

丁寧だが容赦ない言葉の数々に、聞いているこちらの方がひやっとしてしまう。

「て、てんめぇ……！　言わせておけば！」

傭兵は頭に血を上らせ、死骸の入った網を投げるように鞍《くら》の上に置くや、腰の剣に手を掛けようとする。

そんな二人のやりとりに、私は後ろから慌てて駆け出ると口を挟んだ。

「待ってください！　確か報酬のお話ではありませんでしたか？　大切なお話です。そちらを先にしましょう」

傭兵は、金や報酬と言った言葉に耳聡《みみざと》く反応し、剣に掛けかけていた手をいそいそと手綱《たづな》に戻した。

「お、おお、そうだったな。同じひょろひょろした男でも、てめぇの方がよっぽど話がわかるじゃねぇか！」

私たちを貶《おとし》めたり持ち上げたり、忙しい男だ。

心中で呆れつつも、私はセスさんの隣に立った。三メートルほど離れている馬上の傭兵を見上げ、できるだけ穏やかな口調で話す。

「真実魔物を退治してくださったというのなら、あなたは私たちの恩人です。そのような恩義ある方には、それ相応のお礼をお渡ししなければなりません」

「そうだろう、そうだろう！　最初っからそう言ってりゃいいんだよ」

傭兵が得意気に胸を張って相槌《あいづち》を打つ。

それを見遣ってから、私は慎重に言葉を口にした。

「――ですが、その前に、魔物の死骸を間近で拝見してもよろしいでしょうか？」

「あぁ？　……なんだってぇ？」

傭兵が瞠目《どうもく》する。

訝《いぶか》しげな彼に、私は困ったように微笑んで続けた。

「私も他の者たちも、きちんとその死骸を見ていないと遅まきながらに気づいたのです。噂《うわさ》に聞くだに恐ろしい獣《けもの》、是非この目でじっくり見てみたいと思いまして」

「けっ、そんなもん別に間近で見なくてもいいだろうが！　……それともなんだぁ？　てめぇ、まさかこれが偽物だとか疑ってんじゃねぇだろうな。こいつは正真正銘の本物だぞ！」

傭兵は恫喝《どうかつ》するように声を荒らげる。

だが、それは想定内の反応なので、私は落ち着きを払ったまま頷《うなず》き返す。

「ええ、あなたがそう仰《おっしゃ》るならきっとそれが真実なのでしょう。ですが私たちには、それを確信する術《すべ》がありません。あなたのお言葉が正しいことを証明するためにも、一度しっかりと見せては頂けませんか？　報酬のお話はそれからです」

やんわりとした口調で、だが私は一歩も引かなかった。

すると、遠目に見えるように高々と死骸が入った網を天に掲《かか》げ、傭兵が焦《じ》れた様子で声を張り上げる。

「んなもん、これがなによりの証拠だろうが！　黒い毛皮の、熊みてぇにでかくて鋭い爪を持った魔物の死骸が！　そこからでもそれぐれぇ見えるだろ、噂《うわさ》通りじゃねぇか！」

傭兵が口にした言葉に、私は内心で小さく口の端を上げた。

――やはり、彼は村人同様、噂《うわさ》の内容を真実だと思っている。嘘で塗り固められた、偽の情報を。

そう……昨日イアンさんの話を聞いてから、私は一つの仮説を立てた。

イアンさんの言葉が本当なら、あの傭兵が持っている魔物の死骸は恐らく偽物だ。

噂《うわさ》の内容と似た獣《けもの》の死骸をどこからか見つけてきたのか、はたまたあれが実は、動物の死骸でもなんでもない全くの作り物なのか。それはもっと間近で見てみないとわからない。

マムルト山には、もしかしたら本当に私たちが知らないだけでイアンさんが吹聴した魔物とそっくりな獣《けもの》がいて、それを彼の傭兵が倒した可能性もある。

――だが彼は今、明らかに死骸を間近で見せるのを拒んだ。事実彼が退治して来たならば、それを見せればいい。そうすれば、すぐに報酬にありつけるのに。

つまりその死骸には、なにか見せられない理由があるということだ。

少なくとも、あの動物記には、彼が現在掲《かか》げている魔物の記載はなかった。熊の如《ごと》き巨体に、長く鋭い牙と土竜《もぐら》のような爪を持つ、そんな凶暴な生き物の情報は。この地方の動物一覧はもちろん、他の地方の一覧にも記載はなかった。

一方、イアンさんが遭遇した狐《きつね》のような生き物――アグールという獣《けもの》は、希少生物として動物記に載っていた。ただ、この辺りの生き物ではなく、他の地方で棲息《せいそく》しているらしいので、見たことがないもの当然だ。

それらを踏まえて考えれば、あの死骸は十中八九、噂《うわさ》の魔物に見立てて作られた偽物。

つまり、私たちが傭兵に報酬を渡さなければならない理由はなくなる。

……あとは彼の嘘をどう立証し、撃退するかだ。

私は目を伏せ、残念そうに溜息を吐いてみせた。

「そうですか……残念です。もしかしたら幻の魔物を拝見できるかと思い、楽しみにしていたのですが」

「ああ？　幻だぁ？」

傭兵が怪訝《けげん》そうに顔を顰《しか》めてこちらを見遣る。

それに頷《うなず》いて、私は答えた。

「ええ、幻です。――なぜなら、噂《うわさ》と同じ姿をした魔物など、あの山のどこにもいないのですから」

「なにぃ……？」

傭兵が驚愕に顔を歪める。周りの村人たちも戸惑いを隠せない様子だ。

それを耳に入れながら、私はざわめきに掻《か》き消されないよう声を張り上げて続ける。

「そもそもこの村の人たちの誰もが、魔物の姿を実際に見ていないのです。ただ一人を除いては。……そうですよね？　ダグラスさん」

人だかりの中に見えた馴染《なじ》みの姿に呼び掛けると、すぐに戸惑ったような返事が返ってきた。

「あ、ああ……俺もこの目でちゃんと見たわけじゃねぇ。唸《うな》り声を聞いただけだ。けど、確かにそうだがよ先生、どこにもいないってのは一体どういう……」

「半分は本当だったんです。――でも、もう半分は嘘だった。唯一魔物に直接出くわしたイアンさんにお話を伺いました。彼は真実を教えてくれたのです。彼が本当に会ったのは、熊のように大きな化け物でもなんでもない、狐《きつね》ぐらいの小さな生き物だったのだと」

「なん、だと……？」

傭兵が慄《おのの》いたように、馬上でかすかに上体をよろめかせる。

私はさらに言葉を重ねた。

「けれど、噂《うわさ》がどんどん大きくなって、言い出せなくなってしまったのだそうです。まさかそんな化け物は存在しない、彼の空想の中だけの存在だなんて」

私はそこでいったん言葉を区切ると、右手に持っていた深緑色の本を顔の横に掲《かか》げた。

「彼の言葉は真実でした。こちらに国内のあらゆる動物の情報が網羅《もうら》された書物があるのですが、そこに彼が実際見た狐《きつね》に似た動物――アグールが載っています。……ですが、噂《うわさ》として出回った、熊のような巨体の獣《けもの》はどこにも載っていませんでした」

「そんな……そんな、馬鹿なことが……」

傭兵が絞り出すような声で呻《うめ》く。

私は本を顔の横から下ろし、念を押すかの如《ごと》く言葉を紡いだ。

「いないのです、そんな恐ろしい姿形をした生き物は。少なくとも、この国には」

そして傭兵にまっすぐに視線を向けた。

「もう一度お聞きします、旅の傭兵のお方。あなたが持っている、その噂《うわさ》の魔物と仰《おっしゃ》った死骸は、どこからお持ちになったものですか？　――是非とも教えてください。それと同じ姿をした生き物は、イアンさんの想像の中にしかいないはずなのですから」

手綱《たづな》を握る傭兵の手は、ぶるぶると震えていた。そこにあるのは果たして怒りか、動揺か。

「……ち、畜生、ふ、ふざけやがって……」

彼は、震える声をなおも荒らげた。

ぎょろりと血走った目で私を睨み、喉《のど》が張り裂けんばかりに吠える。

「今さら報酬を渡したくねぇからって、そんな馬鹿みてぇな話をでっち上げやがって……!!」

「私の言葉が単なるでっち上げならば、その死骸を見せればあなたの正しさは証明されるのではありませんか？」

傭兵に、そして彼の後ろに控える男たちに聞かせるように、私は視線を巡らせて告げる。

「それか、獣《けもの》に討伐した痕跡が見られれば、噂《うわさ》のものとは違う――動物記にも載らないような新種だったとしても、あなたが巨大な獣《けもの》を倒したという証明にはきちんとなります。別の脅威を払ってくださったことに、こちらでも感謝の品を贈る準備はあります」

本当はそんなものは露《つゆ》ほども用意されていなかったが、もっともらしく言う。

私は傭兵の瞳をまっすぐに見据え、最後通告を口にした。

「それができない、もしくは、したくないということは……あなたが持っているその死骸は、噂《うわさ》の魔物に似せた紛《まが》い物。――そう思ってよろしいですね？」

後ろの村人たちのざわめきが、一層強くなる。驚きに声を戸惑わせる者もいれば、事態の好転に感極《きわ》まった声を上げる者もいた。

逆に傭兵の後ろにいる荒くれ者たちは、聞いていた話と違うとでも言わんばかりに、巌《いわお》のような顔を突き合わせている。

渦中《かちゅう》の人物である傭兵の我慢の限界は、ここまでだった。

私の声も背後のざわめきも、すべて掻《か》き消す勢いで大声を張り上げる。

「五月蠅《うるせ》ぇ五月蠅《うるせ》ぇ!! どこまでも俺を虚仮《こけ》にしやがって！ こんな……こんな村、ぶっ潰してやる！」

彼は馬首を返すと、私たちから離れたやや小高い場所へと馬を向かわせた。自分が持っている死骸をできるだけ衆目から離しておきたいのだろう。

それに、自分は高みの見物をして、仲間に戦わせるつもりなのかもしれない。私はそんな傭兵の行動にわずかに肩を落とす。

やはり偽《いつわ》りを認めさせることまでは難しかったか……

正論をぶつけても、相手の気持ちを逆上させるだけかもしれないとは考えていた。けれど、それでもどちらに正義があるのかだけは皆の前で明らかにしておきたかったのだ。

一筋縄ではいかないだろうが、なんとか相手の非を認めさせることができたらと。

それが無理でも、こちら側に正当性があることをはっきりさせることで、村人たちの闘志を奮《ふる》い立たせたり、非を認めないまでも、傭兵たちが帰ってくれればと。

だが、傭兵の激しい怒りを目の当たりにして、不安が生まれる。

配下の者たちをいくらか狼狽《ろうばい》させることはできたようだが……それでも私の方法は、やはりまずかったかもしれない。そう思い、顔を俯《うつむ》かせて唇を噛む。

そんな私の肩を、ふいにぽんと背後から叩く手があった。

「先生」

「え……？」

驚いて振り返れば、すぐ後ろに鍬《くわ》を持った壮年男性がいた。こんな状況ながら、彼の日に焼けた顔も声も生気に満ち溢れたものだった。

「そう肩を落としなさんなって。あいつがどうこう言おうが、これで話の絡繰《からく》りがわかったんだ。俺たちも心置きなく戦えるってもんよ」

彼がそう言うと、その隣にいた二人の男性も真剣な表情で頷《うなず》いた。

「そうさ。あいつは今や恩人でもなんでもねぇ、ただの小悪党だ」

「そりゃまあ……イアンや俺らが噂《うわさ》を無駄に大きくしちまったのも悪いが、それに付け込んで金や娘を脅し取ろうなんざ、どうしたって許せる話じゃねぇよ」

穏やかな口調だったが、彼らの瞳は怖いくらい真剣だった。農具を握る立ち姿からは闘志が漲《みなぎ》っている。

「皆さん……」

本音もあるが、私を励まそうとしてくれている部分も多いのだろう。こんな場面でも彼らに気を遣わせてしまう自分が情けなかった。

すぐに頭を振り、思考を切り替える。

「ええ、そうですね。次にできることを行動に移しましょう」

――そうだ。あとはセスさんと私たちとでなんとかあの男たちの暴虐を防ぎ、ハイルたちや騎士団が来てくれるのを待つ他ない。

前を向いていこうと決めた私は、だがそれでも、これから一番負担を掛けるだろうセスさんに一言伝えたくて、静かに頭を下げる。

「すみません、セスさん……ここまでしかできませんでした」

「いえ、上出来です。これであの男の虚言はほぼ証明できました。それに良い時間稼ぎになりました」

そう言うと彼は、やにわに腰に佩《は》いた剣を引き抜いた。

彼はこれまでずっと深緑色の外套《がいとう》をきっちりと纏《まと》っていたので、その下の服装がよく見えなかった。

旅の剣士というにはどことなく上品な服装だなと、そう感じたぐらいで。

しかし今は、腰に佩いた剣をすらりと引き抜き、外套《がいとう》をわずかに背に払ったことで、ようやく服装が露《あら》わになる。

やや裾の長い上衣に下袴《ズボン》。襟元を除けばいずれも黒一色で、シンプルながらどこか瀟洒《しょうしゃ》な雰囲気を感じさせる意匠《いしょう》の服だった。動きやすいよう身体の線に沿って裁断され、品の良い模様がわずかに刺繍《ししゅう》されている。

その品位を感じさせる仕立てが学士めいた彼の風貌と合わさり、剣士というよりも文官のような印象を受ける。

だがよく見れば機能的な腰の革帯といい、金具つきの重厚な長い革靴といい、抜き身の剣の放つ鈍《にぶ》い光といい——総じて見れば、やはり彼は剣士という他なかったが。

ようやく自分だけ安全な位置に避難した傭兵が、怒りのこもったダミ声を仲間に向かって張り上げている。

「てめぇら、そいつらの言うことなんざ出まかせだ！　報酬を払いたくねぇからって悪あがきしてやがるだけだ‼　まずはそこの生っちろい用心棒から遠慮なくやっちまえ！」

ならず者たちは、さっきのやりとりを見て幾分戸惑《いくぶんと》ってはいたが、結局自分たちにとって都合の良い方に考えることにしたらしい。五人ほどがダミ声に応え、こちらに敵意の目を向けてくる。

他の十二、三名程は、たかだか一人相手に出る幕もないだろうと、傭兵と一緒に高みの見物を決め込むことにしたようだ。傭兵と同じ離れた位置に馬や驢馬《ロバ》を寄せ、成り行きを見守っている。

セスさんだけを狙うように指示したのは、あくまで私たち村人に報酬を支払わせることが念頭にあるからか。頼みの綱の彼を倒してしまえば、そのときこそ私たちが大人しく従うだろうと。

「あの傭兵崩れめ、勝手なことばかり言いやがって……！」

あくまで金に固執する敵の思惑が透けて見え、村人たちが怒りの声を上げる。憤然と進み出ようとした彼らを、セスさんが手で制した。

「――貴方がたは下がっていてください」

そう告げると、セスさんはその場で緩やかに馬を歩ませ始めた。右手に剣を持っているため、左手に握った手綱《たづな》と足捌《あしさば》きで馬を御している。

セスさんは、こちらに向かい馬を走らせ始めた男たちの動きをじっと見つめる。

――そして次の瞬間、彼は驚くべき速さで馬を疾駆《しっく》させた。

どうやって馬に指示したのだろうと疑問に思うほど、それは急激な速度の変化だった。ゆったり馬を歩ませていたはずのセスさんが急に迫り、男たちがぎょっとしている。

速さだけでなく、セスさんの馬を操《あやつ》る腕はとにかく巧《たく》みだった。

片手に剣を持っているのに、その不自由さを少しも感じさせない。先ほどと同じく、左手に握る手綱《たづな》と足捌《あしさば》きだけで、まるで自分の足のように馬を自在に操《あやつ》っている。

男たちは一瞬の驚きから我に返ると、セスさんの頭めがけて武器を振り上げた。その攻撃を、彼は剣先で弾く。かと思えばすぐさま馬首を返し、振り向きざまに鋭い一閃《いっせん》を与えた。

「うぁ……ッ」

短い呻《うめ》き声を上げた男の上体が傾《かし》ぎ、馬上から落ちる。

しゃにむに馬を前に進ませることしかできない山賊風情の男たちとは、段違いの馬術の腕前だった。

セスさんとすれ違ったかと思った次の瞬間には、別の男も馬上からもんどり打って倒れ、地面に転がり落ちる。一人また一人と馬上から落ち、主《あるじ》が倒れ恐慌状態に陥《おちい》った馬は嘶《いなな》きを上げて走り去って行った。

「すごい……」

思わず感嘆の声が漏れる。

馬の扱いもそうだが、剣術の腕もセスさんは桁違いだった。

彼は、決して逞《たくま》しい身体つきの人ではない。それもあってだろう、彼の扱う剣はハイルが持っていたものと比べると細いものだった。細剣《レイピア》とまではいかないが、明らかにハイルの剣や、あの男たちが持っている武骨な鉈《なた》に比べれば細く、力の面では劣るはずだ。

だが、彼の剣技はそれを物ともしない。力で押すのではなく、技で受け流すのだ。敵の攻撃を横に流し、巧《たく》みに背後や脇に回りその隙を突いていく。

どう見ても、セスさんの方が優勢だった。

だが、その様子を湧き上がる感嘆と共に眺めているうちに、ふとなんとも言えない違和感が湧いてきた。私は小さく眉根を寄せる。

なんだろう……。上手く言えないけれど、なにかおかしいような……

「あ……もしかして」

つい、ぽつりと呟《つぶや》く。

セスさんは、決して男たちの命を奪うような急所を狙わないのだ。

心臓や喉《のど》元を狙えるような場面でも、彼が狙うのは肘《ひじ》や脛《すね》といった二番手にダメージを与える場所だった。――今の動きもそうだ。確実に相手の息の根を止められる場面でも、彼は急所に剣を向けない。

「セスさん、まさか……」

彼は、男たちの命を奪わないよう意識して戦っているのではないだろうか。

思えば私は、戦いが始まる前から死者が出る可能性を念頭に置いていた。

こちらの命が奪われる可能性もあるし、相手の命を奪う可能性もあるだろうと。

これまでこの村は幾度もこういう戦いに巻き込まれ、その度命を落とす人もいたのだと、村長さんから聞いていた。だから、残酷だけれど、そういうものなのだと割り切って考えようとしていた。これが剣などの武器が身近にある世界において、普通のことなのだと。

だから、セスさんもきっと村を襲う無頼漢である彼らの命を、躊躇《ちゅうちょ》なく奪うのだろうと思っていた。そうしなければ、彼の命こそが危ういからだ。

それなのに彼は、相手を生かしたまま行動を封じようとしている。相手は明らかに殺しにかかってきているというのに。

「どうして……でも、まさか……」

焦燥と共にふと思い浮かんだのは、セスさんに、傭兵に暴力を働かれた人はいるかと聞かれたときのことだ。あのとき私は、村の被害状況を知りたいだけなのだと思っていた。けれど……今思えば、彼が本当に確かめたかったのは、死者が出たかどうかだったのではないだろうか。

私は騎士の戒律についてはよくわからない。

だがもし、『死者が出た場合でなければ悪戯《いたずら》に相手の命を奪ってはいけない』という掟《おきて》のようなものがあるのだとしたら、今彼が取っている行動も納得できる。

しかし、そうであれば時間が経てば経つほど、セスさんが不利な状況になってしまう。

馬から落とされた男たちはさらなる怒りを持って地を蹴《け》り、咆哮《ほうこう》と共にセスさんに斬りかかっていく。中には足を奪おうと、馬に刃《やいば》を振り上げる者もいた。セスさんは、その攻撃を剣でいなしたり、馬の前足を振り上げさせて蹄《ひづめ》で撃退したりする。

二人は剣の柄《つか》で頭を殴り昏倒させたようだが、手負いの三人はいまだ臨戦態勢だ。そこにさらに、離れた場所にいた男たちが二人ほど戦いに加わっている。

「セスさん……」

私は、汗の滲《にじ》む掌《てのひら》で服の胸元をぎゅっと握り締める。

——だが、それがわかっても今の私にできることはない。彼らの戦いに入っても、剣術や武術の嗜《たしな》みがない自分では逆に足手まといになるだけだ。上手くいくよう、ここで祈っているぐらいしかできない。

だがそれでも、心配と焦りで胸が締めつけられる。

どうすることもできない私は、視線を伏せ横に向けた。ふと、ここでは見るはずのない姿が視線の端に映った気がして顔を上げる。

「え……？」

それは、幼い子供だった。

家の中にいるよう言われたのに、表の騒ぎが気になって抜け出てきてしまったのか。物事の区別がまだつかないような、三歳くらいの小さな男の子だった。

彼は、ひょっこりと樹の陰《かげ》から顔を覗かせ、男たちとセスさんの戦いをどこか熱い眼差しで見守っている。もしかしたら物事の区別がつかないというよりも、格好いい英雄の姿が見たくてこっそり出てきたのかもしれない。

しかし、男の子がいるのは私たちよりもややならず者たちに近い位置だ。木陰《こかげ》に隠れているとはいえ、そこにいるのはあまりに危険だった。いつ何時《なんどき》、残酷な男たちの刃《やいば》がその小さな身体に向かうかわからない。

敵も味方も皆セスさんの戦い振りに目を奪われ、男の子の存在には気づいていないようだ。今のうちに急いで保護しなければと心に決める。

私は持っていた本を傍にあった大きな石の上に置き、村人たちの集団から後ろ足で離れた。音を立てないよう、周囲に気配を悟られないよう、樹や背の高い草むらに身を隠し、息を殺し徐々に男の子へと近づく。

どうか……どうか気づかれませんように。そう胸の奥で祈りながら。

あと少し、もう少し……。じりじりと近づき、そしてようやく男の子のもとに辿り着く。彼は私を見ると、不思議そうに目をぱちくりさせていた。

「良かった……坊や、早く向こうにいこう」

その様子にほっと微笑み、しゃがみこんで男の子を抱き上げたときだった。

私たちの上に黒い影が落ちる。

「なーにしてんだぁ？　おめぇは」

不気味に感じるほどの猫撫で声が頭上から聞こえ、びくりとして顔を上げる。

そこには、遠くで高みの見物をしていたはずの傭兵が、両腕を組んで樹に凭《もた》れていた。驚きに目を見開いた私の喉《のど》からは、乾いた声しか出てこない。

「なん、で……ここに……」

「そりゃあこっちの台詞《セリフ》だぜ。てめぇがこそこそ逃げるのかと思って、その前にぶち殺してやろうと追ってきてみりゃあ、なんだ餓鬼《ガキ》の世話かよ」

傭兵の声音は言葉の内容とは裏腹に優しい。それが怖気《おぞけ》立つほど気味が悪かった。まるで舌舐《な》めずりする獣《けもの》のように、彼は私ににじり寄ってくる。

私の腕の中には今、恐怖に涙を浮かべた子供がいる。……駄目だ、これ以上近寄られては。

そう思った瞬間には、私は男の子を腕に抱《かか》えたまま走り出していた。

「へっ、逃がすかよ！」

だが、自分より背丈のある男の歩幅には敵《かな》わない。すぐに追いつかれ、背後からぐっと襟首を掴《つか》まれる。

「……――っ……」

襟で喉《のど》が圧迫され、息が止まりそうになる。

私は腕を離し、なんとか中にいた男の子を逃がそうとする。

「はや……く、逃げ……て……」

この傭兵がいたぶりたいと思ってるのは私だけだ。私が残ればこの子には危害を加えないだろう。どうかそうであってほしい。

男の子はつぶらな瞳いっぱいに涙を溜め、よろよろと立ち上がると逃げて行った。息が苦しいまながら、ほっと安堵《あんど》の息が漏れる。

「てめぇがいりゃあ餓鬼《ガキ》には用はねぇ。さーて、どう嬲《なぶ》ってやるかなぁ」

そう言うと傭兵は、襟首を掴《つか》んでいるのとは逆の拳《こぶし》で、私の腹を一発殴った。

「うっ……」

重い拳《こぶし》からくる鈍《にぶ》い衝撃に、呼吸が一瞬止まる。次の瞬間には、あまりの痛みに身体を折り畳み、咳き込んでいた。

地面に崩れ落ちた私の襟首をまた掴《つか》み、傭兵は今度は顔を殴る。防御する暇もなかった。ぐったりと倒れた私を満足げに見ると、彼は襟首を掴《つか》み、ずるずると引っ張り出した。

傭兵は、戦いが見渡せるやや小高い位置まで来ると足を止めた。

私は痛みのあまり瞑《つむ》っていた目をなんとか開く。

彼は、いまだ戦闘の最中《さなか》にあるセスさんに目を向けているらしい。

見れば、セスさんの周囲には、最早《もはや》戦えるような敵の姿はなかった。

ある者は気絶し、またある者は痛みに地面をのたうちまわっている。さらには腰を抜かし、土に尻をつけずるずると後ずさりながら逃げる者もいた。

残りの十人ほどの男たちは、離れた場所でどう動くべきか考えあぐねているようだった。

味方の敵討《かたきう》ちに行きたいが、かと言ってそれが簡単ではない相手なので、自分までやられたくはないと二の足を踏んでいる。――そんな感じだ。

そんな情けない男たちの様子に、傭兵はちっと舌打ちすると、声を張り上げた。

「おい、こっちを見ろ！　そこの用心棒」

太い腕を回し、私の首を締め上げる傭兵の姿に、セスさんが動きを止める。

「それ以上動くとこいつの命がねぇぞ！　大人しく馬から降りて剣を捨てろ」

セスさんもわずかに息が上がっていた。当然だろう、幾人もを相手に激しい剣戟《けんげき》を続けていたのだ。馬の動きにも若干の疲労が見て取れる。

セスさんがゆっくりと剣を下ろした。周囲にいた男たちに反撃されるのではないかと心配になったが、彼らは情けなくもひぃっと悲鳴を上げ、背中を見せ逃げて行った。

見ればその全員が、一ヶ所どころでない傷を負っている。やり返す闘志よりも、得体の知れない強さを誇る剣士への恐怖の方が勝ったらしい。

セスさんは、じっとこちらを見つめていた。彼の目には、顔や腹を殴られボロボロになった私の姿が映っていることだろう。

——だが、私のしたことは結局は自業自得だ。

眼前の子供に気をとられるあまり、傭兵の行動にまで目を配っていなかったのは浅慮だった。だから、セスさんに迷惑は掛けたくない。締め上げられながらも、私は口を開くと声を張り上げた。

「セスさん、私のことは構わな——」

「五月蠅《うるせ》ぇんだよ。てめぇは黙ってろ!!」

「……っ……」

ぎりぎりと締め上げられる力が強まり、声も呼吸も奪われる。

セスさんは、無表情な彼には珍しく少し眉根が寄っていた。

その後、セスさんの取った行動は迷いがなかった。

彼はさっと身軽に地面へ降り立つと、馬の尻を叩いて林の向こうへと逃がす。そして手に握っていた赤い露《つゆ》が滴《したた》る剣を、躊躇《ちゅうちょ》なく地面に投げ捨てた。

その一連の動きを見て、傭兵がにやりと暗い笑みを浮かべる。そして私を引きずりながらセスさんへと近づいていく。

「そうだ、それでいい。……へっ、散々俺の仲間を痛めつけてくれやがって。てめぇは生半可な方法じゃ殺してやらねぇからな」

だが、セスさんはなにも答えない。

傭兵の言葉を聞いているのかいないのか、彼は視線をあらぬ方向へ向けていた。窮地であるはずなのにあまりに落ち着き過ぎている彼に、傭兵もさすがに薄気味悪く思ったのか、一瞬同じ方向に視線を向ける。

だが、そちらには民家がいくつか並んでいるだけで、なんら特別なものはない。

傭兵が馬鹿にしたように鼻を鳴らす。

「なんだぁ？　なにかと思えば、古ぼけた家しかねぇじゃねぇか。中から誰かが出てくるわけでもねぇし、なにがしたいんだ、てめぇは」

「……少なくとも、命乞いでないのは確かです」

ようやく口を開いたセスさんの声は、やはり落ち着いたものだった。この状況でも、彼には恐怖心がないらしい。それとも、ただそれを見せないようにしているだけなのか。

無表情に過ぎる彼に幾分《いくぶん》気後《きおく》れした様子を見せながらも、傭兵は苦々しげに吐き捨てた。

「どこまでも感情の見えねぇ面《つら》しやがって……いいぜ、てめぇから血祭りにあげてやる」

人質である私の首を小脇に抱《かか》えたまま、傭兵はセスさんへさらに歩み寄った。セスさんは近づく敵の姿を静かに見据えるだけで、一歩もそこを動かない。

そんな……このままではセスさんが……

私の胸の中で、焦燥と恐怖が混ざり合う。逃れたいが、傭兵の腕ががっちりと首に回っているのでそれも叶わない。

なんとか、なんとか隙を作らなければ。必死に考えを巡らせるが、その間も傭兵はどんどんと先へ進んでいく。

「死にやがれ……!!」

無骨な剣がセスさんの頭部目がけて大きく振り上げられた。

——やられる。

そう思いぎゅっと目を瞑《つむ》ったそのとき。

「……できるだけじっとしていてください」

セスさんが、私にだけ聞こえるくらいのかすかな声音でそう呟《つぶや》いた。

「え……？」

驚きに目を見張った次の瞬間、風を切る音と共に、いくつもの矢が斜め上空から降ってきた。

一本どころではない。矢継《やつ》ぎ早《ばや》に放たれた三本の矢が、傭兵の剣を握った方の手の甲、腕、そして肩へと次々に刺さっていく。

耳をつんざくような男の叫びが上がった。

「うぎゃあああ!!」

「え……!?」

こんなに近くにいるのに、私には一本もかすりもしない。傭兵だけを狙ったのだとしたら見事としか言いようがなかった。

痛みに気を取られ、私の首に回っていた男の腕の力が緩くなる。今だ！　と、身を捩《よじ》って逃れる。

その隙に、セスさんが先ほど地面に落とした剣を素早く拾い上げた。そして、痛みに悶《もだ》える傭兵の首筋を柄《つか》で打つ。男は、そのままあっけなく昏倒した。

それを見届けた後、私は矢の飛んできた方向へと視線を巡らせる。

矢は、さっきセスさんが見た方向とは丁度逆方向から飛んできていた。

そこには村の中でも樹齢の長い大きな樹が、一本鎮座しているだけのはずだ。視線を向けても、誰かがそこにいる様子はない。

次の瞬間、高く太い枝の上から飛び降りる影があった。燃えるような赤毛に、深緑の外套《がいとう》を纏《まと》った小柄な姿。そして手に持った弓に背負った矢筒。

あれは、あの姿は――

「ジャック!!」

信じられない思いで声を張り上げた私の視線の先で、ジャックは地面に片手を突き、器用に着地する。

そして素早い身のこなしで私のもとへ駆け寄り、鼻の下を人差し指で擦《こす》って、やんちゃな笑みを見せた。

「へへっ、遅くなってすみません！　先生」

8　晴れやかに笑いましょう

「いえ、そんな……。こうして助けに来てくださっただけで……」

現れて早々、遅れたことを謝罪したジャックに、込み上げてくる気持ちのままかぶりを振る。

数日振りだというのに、どこか懐《なつ》かしささえ感じられるやんちゃな青年の姿に、胸が詰まる。そして彼が助けの求めに応じ、こうして急いで駆けつけてくれたことにも——

そんな私の向かいで、セスさんが剣を腰に戻しながら淡々とジャックに言葉を返した。

「ええ、遅いです。そして貴方の赤毛は相変わらず目立ち過ぎます。染めた方が良いのでは？」

すると、ジャックがわずかに頬を引《ひ》き攣《つ》らせる。

「うわー、セスさん相変わらず空気読まねー……。今のは先生みたいに感激するとこでしょ！

——けどまあ、さっきはセスさんが逆方向に視線を誘導してくれたお陰《かげ》なんで、それについてはお礼言っときます」

元気に突っ込みを入れたかと思えば、すぐ飄々《ひょうひょう》とした態度に戻り、肩を竦《すく》めるジャック。

慣れた様子の彼らの会話が、新鮮に感じる。

そうだ、残りの二人の仲間はどうなったんだろう。ジャックがここにいるということは、もしや、他の二人も来てくれているのではないか……そう思ったのだ。

尋ねようとしたが、怒号のような荒々しい声がいくつも重なって聞こえてきて、それは叶わない。

その声は、今や負傷者を除き、十名ほど残った山賊風情の男たちがいる辺りから聞こえた。

私は身構えて視線を向ける。親分格の傭兵を倒したことで、残った配下たちが怒り、一斉に馬でこちらに向かってくるかと思ったのだ。

だが、男たちが猛然と襲いかかってくる気配はなかった。なぜなら――

「あれは……」

「ああ、あっちも始まったみたいですね」

萌黄《もえぎ》色の瞳を細め、ジャックが呟《つぶや》く。彼が視線を向けた先には、私たちを背に庇《かば》うように間に立って男たちと相対する、馬に乗った一人の男の姿があった。

逆光で、一瞬姿がはっきりと捉えられなかった。目が光に慣れていくにつれ、少しずつ露《あら》わになってきたのは、若い男の背中だった。

荒くれ者たちの敵意を一身に浴びているのに、堂々と立つその背からは怯《おび》えの欠片《かけら》も見えない。その落ち着いた、風格のある立ち姿に視線が惹きつけられる。

風にそよぐは、陽の光を浴びて輝く金の髪。そして外套《がいとう》に包まれていてもわかる、均整の取れた長身。後ろ姿だが、見間違えようはずもない。あれは――

「ハイル……」

私は掠《かす》れる声で彼の名を呼んだ。

ずっと焦がれていた友の姿が目の前にあることに、上手く言えないが、心の奥深い部分が打ち震えたような気がした。なぜだろう……。自分でもよくわからないけれど、胸がぎゅっと締めつけられる。

それだけ私は、無意識のうちに友との再会を心待ちにしていたのかもしれない。

ハイルの乗る馬の足元には、すでに一人の男が倒れていた。どうやら気絶しているらしい。鉈《なた》を手に握ったまま倒れた男の姿から推測するに、傭兵が倒されたことを見て真っ先に敵討《かたきう》ちしようと動いたところ、横から現れたハイルに打ち倒されたのだろう。

「てめぇ、いきなり現れたと思えば何しやがる！　何者だ!!」

「ぶち殺されてぇのか!!　さっさとそこを退け！」

案の定、怒りの収まらない男たちが口々に罵声を浴びせてくる。

するとハイルが、張りのある涼しげな声で返す。

「俺は、今お前たちが刃《やいば》を向けようとした者たちの仲間だ。――ここから先は一歩も通しはしない」

そして彼は、腰から剣を引き抜いた。鈍《にぶ》い鉛色《なまり》の刃《やいば》が光を受け輝き、男たちと私の視線を奪う。

「ちっ、あの剣士のお仲間かよ……邪魔くせぇ奴が現れやがって」

「あいつの仲間ならいくらかは腕が立つのかもしれねぇが、たった一人でなにができる。俺らが一体何人いると思ってんだ？　へっ、無謀なだけの阿呆が!!」

小馬鹿にした口調で言われても、ハイルは落ち着き払っている。

「無謀かどうかは手合わせしてみればわかるだろう。口でいくら言ってもなにもわかりはしない。怖気づいたと思われたくなければ、さっさとかかって来い」

ハイルの挑発に、血気盛んな男たちはすぐに乗った。

「野郎、言わせておけば!!」

「死にさらせ!!」

数多くの怒鳴り声が上がる。そして、十名ほどの男たちが鉈《なた》や斧を振り上げ、一斉にハイルに向かって馬を走らせていった。

ハイルは最初に向かってきた男に対し、猛々《たけだけ》しく剣を横薙《よこな》ぎにする。――いや、斬ったというより、斬り飛ばしたという感じだ。それだけ彼の一振りは威力が強かった。受け止めきれないほどの力に、男が馬上からやや離れた土の上へと落ちる。

「すごい……」

私は目を見張ることしかできなかった。

セスさんが俊敏《しゅんびん》さを活かした技の剣なら、ハイルの剣は猛撃の剣だ。

一振り一振りによほどの力が込められているのだろう、一撃で敵を打ち倒していく。一瞬その猛撃を受け止められた者がいたが、さらに力を入れられればそれ以上受け止めきれず、バランスを崩して馬上から落ちていく。

ハイルが纏《まと》うのは、周囲を威圧するような覇気。それに加え、鋭く細められた眼差しに、隙を見せないしなやかかつ強靭《きょうじん》な体躯《たいく》。敵が圧倒されているのが遠目にも見て取れる。

ふいに、青い瞳で敵を見据えて剣を握るその横顔が、以前見た騎士の姿絵に重なる。

ああ、そうだ……。描かれていた服装こそ違えど、彼の特徴をよく捉えていた。やっぱり彼は、あの英雄の――

「金獅子《きんじし》、レオン……」

彼の名を――いや、もう一つの彼の名をぽつりと呟《つぶや》く。

もう、それを疑う気持ちは欠片《かけら》もなかった。

そんな私の傍ではセスさんとジャックが各々《おのおの》、迅速に動いていた。

セスさんは先ほど逃がした馬を口笛で呼び戻すと、駆け戻ってきた馬に慣れた身のこなしで飛び乗る。そして、昏倒した傭兵から矢を抜き、その矢尻に付いた血を草で拭《ぬぐ》い取っていたジャックに、馬上から声を掛けた。

「私は隊長の援護に向かいます」

ジャックは先ほどと違い、真剣な眼差しでセスさんを見上げる。

「了解しました。俺はここで先生と村の人たちを死守します」

「任せました。――道中の補佐も頼みます」

無駄のないやりとりで互いの役目を決めると、セスさんは馬を疾駆《しっく》させ、ハイルのもとへ向かって行った。灰茶の馬に乗った背がみるみるうちに遠ざかっていく。

その背を見送ると、ジャックは身を隠せるほど背の高い草むらがある辺りに向かう。そして地面に、握っていた三本の矢をおもむろに突き刺していった。

さらに背負った矢筒から半分ほどの矢を抜き取ると、それもてきぱきと土に刺していく。

ジャックは真剣な目で前方を見据えたまま、やんちゃな声で言った。

「さてと。先生は俺の後ろに隠れていてくださいね」

「は、はい」

なぜ地面に矢を突き刺したのかはわからないが、どうやら彼はそこを己《おのれ》の戦う場所と決めたらしい。

そしてジャックは弓を構えると、矢をつがえた。

――一瞬にして、彼の周囲の空気が変わる。

彼が見据えているのは、ハイルの援護に向かったセスさんだ。

ハイルに武器を向けていた荒くれ者たちのうち二人が、近づいてくるセスさんに気づいたようだ。

唸《うな》り声を上げ、両側から同時に襲いかかっている。

セスさんの操《あやつ》る馬首が、かすかに左側の男の方を向いたその瞬間、ジャックは右側の男に向けて矢を放っていた。

風を切る音がした途端、矢が男の膝《ひざ》を貫通していた。

まさかこれほどの遠距離からやられるとは思わなかったのだろう、男は驚愕に顔を歪め、馬上から崩れ落ちていく。

その間にセスさんは、左側の男を斬り伏せていた。右側の男には最後まで目もくれなかったのは、ジャックが狙うと踏んでいたからか。信頼関係がなければできない行動だった。

私は思わず、詰めていた息をほうっと吐いた。

いつの間にか、握っていた掌《てのひら》にじっとりと汗が滲《にじ》んでいた。

セスさんはようやくハイルのもとへ辿り着く。

ハイルは敵の攻撃を自身に集めるためにか、挑発するような言葉を掛け続けていた。今も剣を振るいながら、ぐるりと周囲に視線を巡らせ、涼しげな声を張り上げている。

「お前たちの力はそんなものか。俺を殺したいというのなら、もう少し本気を見せてみろ」

「なにを……てめぇ、言わせておけば!!」

「ぶっ殺してやる!!　野郎ども、かかれ!!」

挑発に乗った血気盛んな荒くれ者たちが、雄叫びと共に一斉にハイルへ斬りかかっていく。正面から堂々と向かう者もいれば、その隙に背後から斬りつけようとする者もいた。

セスさんが目標に定めたのは、背後を狙う者たちだった。馬を操《あやつ》り男たちの背後に回り込むと、迷いのない太刀《たち》捌《さば》きで次々と脇や胴を斬りつけていく。

ハイルは、正面から向かってきた者たちをまとめて斬り伏せ――いや、叩き伏せていた。意識してそうしているのだろう、できる限り柄《つか》で殴ったりと、彼もまた男たちの命を奪おうとはしなかった。

ハイルとセスさんの強さに分《ぶ》が悪いと見て取ったのか、荒くれ者が馬首を返しこちらに向かってくる。

こちらにいるのは村人ばかりなので、御しやすいと踏んだに違いない。

だが、弓に矢をつがえたジャックが容赦なく男を馬上から射落としていった。

続いて何人かの男たちもやって来るが、地面に刺した矢を素早く抜き取り、矢継《やつ》ぎ早《ばや》に放ったジャックに射落とされていく。先ほど地面に矢を突き刺していたのは、手元近い場所に矢を置くことで連射しやすくするためだったらしい。

ハイルたちの活躍により、戦いは緩やかに収束していくかに思えた。

――そのときだった。村の入り口近くに、ふいに新たな人物の姿が現れた。

あれは――

「えっ、イアンさん……!?」

思わず私は声を上げる。それは、広場にずっと出てこなかったイアンさんだった。

息を切らせた様子で、彼はやや離れた場所を歩いていた。

彼が着ている簡素な生成《きな》りの服は、全身が泥に汚れていた。よく見れば、顔や腕などに細かな掠《かす》り傷のようなものもある。だが、目立って大きい怪我をしているわけでもないようだ。

「なんであんな所に……」

昨日の夕方までは村にいたはずだが、私たちと別れた後、もしくは今朝早くにどこかへ出掛けたのだろうか。

彼は、右手に網のようなものを提げ持っていた。目を凝らせば、その中には黒っぽいなにかが入っているのが見て取れる。生き物――中型犬くらいの大きさの、黒毛を持つ生き物だ。死んでいるのか眠っているのか、ぴくりとも動かない。

「もしかして、あれは……アグール？」

――いや。もしかしなくとも、この場に彼が焦って持ち込んできた状況から考えれば、アグールに間違いないだろう。今回の騒動の原因になった生き物だ。

なぜ見かけるのさえ難しかったその獣《けもの》を、イアンさんが捕まえられたのかはわからない。

だが、彼が自分のしたことの責任を取ろうと、手を尽くして捕まえ、こうして持ってきたことだけは理解できた。

しかし、彼に詳しい事情を尋ねるよりも、迫りくる危険への注意を促す方が先だ。

彼の背後には、荒々しい二つの人影が近づいてきていた。

一人は、彼の後ろから近寄る屈強な体格の男。そしてもう一人は、やや離れた場所から彼のいる方に向けて駆けてくる山賊風情の荒くれ者。とにかく危うい状況だった。

疲れて周囲に意識が向かないのか、イアンさんがそれに気づく気配はない。私は焦って声を張り上げる。

「イアンさん、そちらは危険です！　どうか早くこちらへ……！」

「あ、ああ、わかった。今そっちに行く」

私の声に気づいたイアンさんは一瞬目を見開いた後、足早にこちらへ向かう。だが、背後から近づく男の方が速かった。

目を奪われるほど屈強な身体つきをした男だ。

短く刈りそろえられた亜麻《あま》色の髪の下には、岩を彫ったような荒々しい鼻梁《びりょう》。

顔もそうなら身体つきも巌《いわお》のようで、かなり鍛えていると思われる。それに、百九十センチメートルはあるのではないだろうか。一際《ひときわ》大きく逞《たくま》しいその姿から、荒くれ者たちの中でも一番腕自慢なのだろうと察することができた。

その屈強な身体に見合った太く筋肉の盛り上がった腕が、イアンさんに向け、振り上げられようとしていた。

「イアンさん、急いで……!!」

私は喉《のど》が張り裂けんばかりに叫ぶ。すると、その大男の傍にもう一人の荒くれ者が追いつき、喜色の滲《にじ》んだ声を上げる。

「よし、お前、見ねぇ面《つら》だがやるじゃねぇか！　さっさとそいつを人質に取っちまえ！　なんならいくらか痛めつけても――」

だが、その男が最後まで言葉を紡ぐことはできなかった。

亜麻《あま》色の髪の屈強な男は、イアンさんに殴りかかる――と見せかけ、即座に方向転換したかと思うと、勢いよくその荒くれ者の顔を殴り飛ばしたからだ。

「へ？」

なにが起こったかわからない、といった間抜けな表情を浮かべた後、荒くれ者はそのまま気絶した。

私は目の前で起こった予想外の光景を、まじまじと見つめることしかできなかった。

だが、次第に頭が動き出す。

彼の今の行動。そして、先ほどまでは外套《がいとう》の陰《かげ》になって見えなかったが、今は視界に入る腰に佩《は》いた剣。つまり、彼の正体は山賊の一味などではなく――

「もしかして……貴方は、ウォーレンさん？」

「如何《いか》にも」

恐る恐る口にした私に、三十代半ばと見られるその男は、厳《いか》めしい顔立ちににっこりと人好きのする笑みを浮かべた。そうすると途端に愛嬌《あいきょう》が出てくる。

彼は、落ち着いた足取りで私のもとまでやって来た。

「その名をご存じということは、貴殿がハイル隊長のご友人のソーマ殿ですな。私はウォーレンと申します。どうぞ以後お見知りおきを」

彼なりの礼節の示し方なのだろう。右手に拳《こぶし》を作り、左手でそれを受け止めると、顔の前で掲《かか》げてわずかに頭を下げる。

それは荒々しい戦士のような見た目に反し、聖職者のように穏やかで紳士的な動作だった。

木陰《こかげ》に隠していた馬を口笛で呼び寄せ騎乗したウォーレンさんも加え、彼ら四人の追撃は止《とど》まることを知らなかった。

獣《けもの》のように咆哮《ほうこう》を上げ、圧倒的力で叩き伏せていくハイルとウォーレンさん。それを近距離と遠距離で援護するセスさんとジャック。

各々《おのおの》の能力を生かした見事な連携技で、一人また一人と倒れていく。

そして今、荒くれ者たちはすべて倒され、村人たちの手によって縄で後ろ手に縛られていた。自害しないよう、念のため猿轡《さるぐつわ》も噛ませてある。

慣れない手つきながら、私もそのうちの幾人かを縛った。作業を終え、額《ひたい》の汗を拳《こぶし》で拭《ぬぐ》い取る。

ふと、馬の蹄《ひづめ》が近づいてくるのに気づいた。視線を向ければ、そこにいたのはハイルだ。

「ハイル……」

しゃがんでいた私は、立ち上がって彼を迎える。

彼は馬から降り、手綱《たづな》を引いて私のもとへ歩み寄ってきた。途中、気を利かせたジャックがその手綱《たづな》を受け取り、馬を引き受ける。

「ソーマ。――遅くなってすまなかった」

私と視線が合うと、ハイルはまず初めにそう口にした。彼らしい、真摯《しんし》な口調だった。

「いえ、そんな……」

謝られるなんてとんでもない。逆に、こちらがどれだけ感謝の言葉を尽くしても足りないくらいだ。

おかげで、村人に一人も死者が出なかったどころか、怪我らしい怪我をした者もいなかった。それになにより、危険を顧《かえり》みずこうして助けに来てくれたことに頭が下がる。

会えて嬉しい気持ちもあるが、それよりもまず先に告げるべきことがあると思った。

「ハイル、今日は本当にありがとうございました。貴方もそうですが、セスさん、ジャック、そしてウォーレンさんにも……どれだけお礼を申し上げても足りないくらいです。本当に――」

頭を下げ、さらに言葉を重ねようとした私を、ハイルが手で制する。

「頭を上げてくれ、ソーマ」

促されるまま頭を上げた私の目に映ったのは、こちらをまっすぐに見つめる青い瞳だった。

「今回の件は、俺にも原因がある。――もしそれがなかったとしても、ソーマからの頼み事ならば迷惑と思うことはない。それに……」

「それに？」

首を傾《かし》げる私に、ハイルはかすかに微笑んだ。

「……それに、頼ってもらえて俺は嬉しかった」

青い瞳が優しげに細められる。それを見て、一瞬、息が止まりそうになった。

「そ、そうですか……。そう言って頂けると、その……私も、嬉しいです」

なぜか落ち着かない気持ちになって、私はぎこちなく視線を伏せる。久し振りに彼の整った容貌を見たからだろうか。慣れたと思っていたけれど、やっぱり破壊力がすごいんだなぁ、と思い直す。

それにしては胸の鼓動が煩《うるさ》すぎる気もしたが、とりあえずそれは気にしないことにして、私は話を変える。

「あの、後ほど村長さんからも、皆さんへお礼があるかと思います。村長さんも、今回の件では深く感謝していらしたので。村人一同、お礼を……」

「――その前に、ソーマ」

「え？」

気づいたときには、頬にそっと片手を押し当てられていた。あたたかく、節くれだった男らしい手が。

驚きに目を見張った私を覗きこみ、ハイルが続ける。

「頬の怪我が酷くなっている。――またあの男にやられたのか？」

ハイルの声が心なしか低い。

あの男というのは、今回の騒動の原因であるあの傭兵を指しているのだろう。

その通りだと告げようとしたのだが――

「あ、あの……いえ、確かに少し殴られましたが……でも、平気で……」

突然の至近距離に動揺した私の口からは、意味不明な言葉しか出てこない。

そんなに大きな怪我ではないと言って彼の手から逃れようとするが、彼はそれを許さなかった。

「後で俺が手当てする。他にも怪我した箇所があれば言ってくれ」

「い、いえ！　これだけです」

まさか腹も殴られたとは言えない。多分痣《あざ》になっているだろうが、一言でも口にすれば問答無用でそちらも手当てされてしまいそうな気配がした。

性別を隠している身で――いや、たとえそうでなかったとしても、貧相な身体を彼の目に晒《さら》すのは辞退したい。

私は、冷汗半分で、あははと笑って誤魔化《ごまか》したのだった。

＊＊＊

ふと辺りに視線を向ければ、私同様、他の村人たちも荒くれ者たちを縛り終えていた。ひと心地つき、寄り集まって雑談を始めている。

事が終わった安堵《あんど》に、漂《ただよ》う空気も少しずつのんびりとしたものに移り変わってきているようだ。

向こうには、大きな人の輪もできていた。その中心にはどうも、イアンさんがいるらしい。

そうだ、イアンさん！

私は、失礼にならないよう頬にあったハイルの手をそっと外して言う。

「すみません、ハイル。向こうの様子が気になるので、少しだけ見てきますね」

イアンさんが捕まえてきたあの獣《けもの》についても詳しい事情を聞きたかったし、なにより彼と他の村人たちとの関係がどうなっているか心配だった。

彼が打ち明けてくれた話を、問題を解決するためとはいえ、皆の前で明らかにしたのは私だ。もしもそのせいで彼らの間に気持ちの行き違いが起こるようなら、そのときは間《あいだ》に入り説明しなければならない。

ハイルは私の頬から手を離すと、人だかりの方に視線を向けた。

「あそこか……。成り行きはよくわからないが、できることなら今回の件の詳しい事情が知りたい。俺も共に行こう」

「はい。ではご一緒に」

私は頷《うなず》き、二人で村人たちの集《つど》う輪の中心へと向かう。

輪の外側の方には、先に来て様子を見守っていたらしいセスさんの姿があった。私たちもその隣にそっと加わる。

セスさんは私たちの姿を認めると、なにも言わず静かな眼差しでイアンさんの方を指す。私はやや緊張しつつそちらに視線を向けた。

イアンさんは、あの獣《けもの》が入った網を右手に握ったまま、集まった村人たちに深く頭を下げていた。さらに数歩近づくと、彼の押し殺したような声が聞こえてくる。

「皆……本当にすまねぇ。俺が見栄を張って、馬鹿な法螺《ほら》を吹いちまったばっかりに……」

ぎゅっと握りしめられたイアンさんの両手は、わずかに震えていた。

見ればその手の甲にも腕にも、無数の小さな擦《かす》り傷がついていた。顔にもいくつも見える。靴や服の裾が泥に汚れていることから、暗いうちから獣《けもの》を捕まえるために山へ登り、枝葉で顔や手を傷つけ、泥濘《ぬかるみ》に足を取られたのだろう。

そんなイアンさんを見つめる村人たちは、皆一様に神妙な顔をしていた。

真剣な眼差しだが、そこに責める色は見当たらない。

謝罪を続けるイアンさんの目の前にいた壮年男性が、周りの皆と目を合わせ、頷《うなず》き合う。そしてようやく口を開いた。

「その辺で顔を上げてくれ、イアン。お前さんが反省してるのは、誰が見ても明らかだ」

横にいた老人も重々しく頷《うなず》く。

「確かに噂《うわさ》の種を蒔《ま》いたのはお前さんじゃが、実物を見もせずにそれをいたずらに広めたのは儂《わし》らも一緒じゃからのう……。お前さんばかりが責められる謂《いわ》れもなかろうて」

「あの傭兵どもに噂《うわさ》を悪用されたのは、そりゃ運が悪かったが、だからってそれまであんたのせいにするのは酷《こく》ってもんだろうよ」

少し離れた場所にいた中年男性も、そう相槌《あいづち》を打つ。

そんな彼らの顔を、イアンさんは戸惑ったように見回していた。村を窮地に立たせたと、絶対に断罪されると思っていたのだろう。それを受け入れる気持ちで彼は皆の前に現れたのだ。

――だが、いつまで待ってもそのときは訪れなかった。やがて彼は、くしゃりと顔を歪めた。

「み、皆……すまねぇ。俺は、俺はもう二度とこんな馬鹿な真似はしねぇ……いや、謝るのは正しくねぇな。……ありがとう。ありがとう、皆……」

イアンさんはまた深く、頭を下げる。周りの皆がもういいからと言っても、彼は止めようとはしなかった。それが真実、彼の今の気持ちなのだろう。

私はその様子に、ほっと胸を撫で下ろした。彼と村人たちの関係が壊れずにすんで、本当に良かったなと思う。

ふと視線を辺りに向ければ、自宅に身を隠していた幾人かの女性たちも輪の外側に加わっていた。

マチルダさんやバーサさんもいる。

バーサさんが、いつものさばさばした口調でぱんぱんと手を叩く。

「さ、湿っぽいのはここらで終わりだ。あたしらももうなにも言わないし、イアンも蒸し返すのはなしだよ。もう終わったことさ」

すると、マチルダさんが朗《ほが》らかな口調でイアンさんに話し掛ける。

「そうだねぇ。あたしはそれより、あんたが持ってる網の中の獣《けもの》が気になるよ。すばしっこかっただろうに、よく捕まえてきたじゃないか。良かったら見せてくれないかい？」

「あ、ああ……」

請われ、イアンさんが戸惑いつつもどこか照れくさそうに頷《うなず》く。彼は網の中からその生き物を取り出すと、地面に横たえた。それは、イアンさんが証言した通り、真っ黒い狐《きつね》のような生き物だった。

大きさは中型犬ほどで、かと言って犬というには耳が大きく、爪もやや長めなのが特徴的だ。

「へぇ、これがアグールかい！　どんなに恐ろしいもんかと思ったけど、なんとまあ可愛い見た目じゃないか」

マチルダさんとその後ろにいる女性たちが、はしゃいだ声を上げる。女性が可愛いもの好きなのは、どこの世界でも共通のようだ。

そんな彼女たちに、イアンさんはゆっくりと首を振る。

「今は眠ってるからいいが、起きると噛みつついてくるはずだ。牙はそんなに長くねぇが、妙に先が鋭くて、噛まれると結構な傷になる」

イアンさんは、以前噛まれた右手の傷跡を見せつつ言った。マチルダさんは少し驚いたように聞き返す。

「眠ってる？　死んでるんじゃないのかい？」

「ああ、眠ってるだけなんだ」

そう言ってイアンさんが目を向けたのは、私たちのいる方向だった。

「昨日、ソーマ先生とそこの黒髪の剣士さんに本当のことを打ち明けた後、剣士さんがまた家に来て助言をくれたんだ。――あの獣《けもの》は蜂蜜やエルデの樹の樹蜜とか、甘い物を餌《えさ》にすると罠に掛かるだろうから、それにこの薬を混ぜてみると良いって」

イアンさんの懐《ふところ》から取り出して見せたのは、茶色い小瓶だった。

マチルダさんが目を瞬《またた》かせる。

「ってことは、それは眠り薬ってことかい？」

「ああ。俺も自分で試すわけにもいかねぇから恐る恐る使ってみたが、これがえらい効き目だった。剣士さんが自分で作ったもんらしいが、これがあったから捕まえられたんだ……だから俺の力じゃねぇ」

私は驚き半分、妙に納得できるような気持ち半分で、隣のセスさんに視線を向ける。昨夜どこかに出掛けたと思ったら、イアンさんの所に行っていたのか……

なるほど、今さらながら昨夜のセスさんの行動に合点《がてん》がいく。

そしてセスさんは、本当に薬の調合に詳しいらしい。ハイルには自ら調合した傷薬を持たせていたし、自身は眠り薬を持っているし、一体彼はどれだけの薬を扱えるのだろう。

彼は騎士のはずだが、本当は薬師《くすし》かなにかなんじゃないかと疑ってしまう。

イアンさんに感謝の目を向けられても、セスさんは淡々としたものだった。

「私は思いついたことを口にしたまでです。動いたのは貴方です」

「けど、この薬のお陰《かげ》で……」

なおも言い募ろうとするイアンさんに、それでもセスさんは首を振る。

「正直なところ、捕まえるまで最低でも三日三晩は掛かると思っていました。罠を仕掛けても、その薬がどれほど強力であろうとも、運良く捕まってくれるとは限らない。行動し、そして運を引き寄せたのは貴方です」

そしてセスさんは、ちらりと藍色《あいいろ》の瞳をイアンさんに向けた。

「――素直に誇って良いのでは？」

きっと、セスさんなりの誉め言葉なのだろう。少し、素直ではない気がするけれど。

それが伝わったのか、ダグラスさんが、にやにや笑ってイアンさんの脇腹を肘《ひじ》で小突く。逆側でも、同じように悪戯《いたずら》少年のような表情を浮かべた中年男性が、楽しげにイアンさんを小突いていた。

「ここまで言われちゃ、剣士さんの手柄にするわけにはいかねぇよなぁ」

「おうよ、イアンの通り名は『獣《けもの》獲りのイアン』で決まりだな」

「ははっ、あの高名な騎士様みてぇじゃねぇか！　そういやこの剣士さんも似たような名前だよなぁ。まぁ、この人たちもえらく強いけど、さすがにこんなところにいるわけはねぇけどな」

がははと豪快に、楽しげに男性陣が笑う。

セスさんとハイルは、微妙に向こうへ視線を逸《そ》らす。

二人ともごく自然に見える真面目な表情で、聞かなかった振りをしているようだ。彼らの正体をすでに知っている私は、小さく苦笑いしてしまう。

ひとしきり小突かれ、照れくさそうにしていたイアンさんだったが、やがてぽつりと口を開く。

「先生も、剣士さんたちも……ありがとう。本当に今回の件は助かった。……そして、セスさんだったか。あんたのこと、表情の変わらねぇ薄気味悪い人だと思ってすまなかった。本当はいい人だったんだな」

あ、やっぱりそう思ってたんだ。というか本人を目の前に、それを言っちゃうんだ……という感想を、イアンさんは遠慮がちにしつつもはっきりと口にする。

だが、彼にとっては純粋なお礼と賞賛だ。

周りの人たちも和《なご》やかにその様子を見守る。しかし――

「心外です。こう見えて私は、かなり感情表現豊かです」

「……え?」

セスさんが口にした台詞《セリフ》に、場の空気がぴしりと固まる。

なんとも言いがたい空気がその場に流れた。

まさか本気じゃないよね?　でもつっこんでいいのかどうか……と戸惑う感じの空気だ。

皆顔を見合わせ、ざわざわしている。

お世辞にも喜怒哀楽が激しいタイプの人ではないのだが、本人はどうも本気で言っているように見える。

私もなんと言っていいやらわからず戸惑っていると、ハイルがこほんと咳払いをした。

「――すまない。今のは、セスなりの冗談なんだ」

「ええと、冗談……？」

私は呟《つぶや》いてまじまじとセスさんを見つめた。

見れば彼は、無表情ながらどこか憮然《ぶぜん》とした様子で横を向いている。慣れないことはするものじゃない、そんな声が聞こえてきそうな横顔だった。

それを見ているうちに、私の中にあたたかい気持ちが生まれてくる。

別に、特別おかしなことを聞いたわけじゃない。

けれど、彼が慣れないなりに場を盛り上げようとしたことに――恐らくそれはイアンさんのためであろうことに、嬉しいようなくすぐったいような、なんとも言えない愉快な気持ちがこみ上げてきたのだ。

自然に湧き起こる思いのまま、私はくすくすと笑う。

「ふふ、セスさん……じょ、冗談だったんですね、今の。そ、そうか……冗談……あはは！」

気がつけば私は、お腹を抱《かか》えて思いきり笑っていた。

こんな風に大声で笑うのは、そういえばこの世界に来て初めてかもしれない。

私の笑い声がきっかけになったのか、じわじわと笑いの輪が周囲に広がっていく。

よくわからないけれど、楽しい気分になって。

隣の人が笑うから、自分も笑いがこみ上げてきて。

終《しま》いには、そこに集まった人たちが皆、盛大な笑い声を上げていた。

いつもは涼しげな表情をしているハイルも、仲間の意外な一面が面白かったのか、目元を和《なご》ませて笑っている。

セスさんは、豪快に笑うダグラスさんたち中年男性にばんばんと背中を叩かれていた。だが、無表情ながらやれやれと言った様子で肩を下げる姿は、そう嫌そうでもない。

そうこうしているうちに、向こうから元気な足取りでジャックが駆けてくる。さっきハイルから預かった馬を、どこかに繋《つな》いできたようだ。

「あっ、なんか楽しそうですね。俺も混ぜてください！」

見るからにお祭り騒ぎが好きそうな彼が言えば、その後を歩いてきたウォーレンさんも興味深げに眉を上げている。

「これはまた、賑《にぎ》やかなご様子で。なにか楽しいことでもございましたかな？」

近くで見ると、ウォーレンさんは、より威圧感を与える長身かつ逞《たくま》しい身体をしている。近くにいた村人たちも、ぎょっとしたように道を空《あ》けていた。だが本人は慣れているのか、特にそれを気にした風もなく穏やかに尋ねてくる。

「え、ええ。実はですね……」

まだ収まらない笑いを堪《こら》えつつ、私は楽しい秘密を打ち明けるような気持ちでそっと口を開く。彼らに事情を説明すると、またそこから笑いが起こる。こうして、戦いのあとの楽しいひとときが過ぎて行ったのだった。

9　歩むべき道を考えましょう

その後、遅まきながら現れたイスカ騎士団の騎士たちに、傭兵と荒くれ者たち十数名を引き渡した。今は、ハイルたち四人を引き連れ、村長さんのお宅を訪ねている道の途中だ。

村長さんにすべてが終わったことを報告し、助太刀《すけだち》してくれた四人を紹介しておきたかったのだ。

早朝に傭兵たちとの大立ち回りを演じ、それから数時間経ったとはいえ、まだ青い空が広がる昼前。なんだか一日が長く感じる。

村長さんの家へ着くと、匿《かくま》っていた女性たちが出ていった後だからか、玄関扉は開け放たれていた。

明るい陽射しの差し込む玄関に入り、通り掛かった家人に言づけると、すぐに村長さんが私たちのいる玄関口に姿を現す。

村長さんは私を見たあと、姿勢を正し四人へと向き直る。

「旅の剣士殿。本来ならばこちらからお礼に出向くところを、このように御足労頂いて申し訳ありませぬ。――我が村と村の衆をお守り頂き、重ねてお礼申し上げまする」

小柄な身体を折り曲げ、深々とその場で頭を下げる。

いつもより改まった口調が、村長さんの強い感謝の心を表しているように感じた。

ハイルが一歩前に進み出て、静かな声で返す。

「――いや、どうか顔を上げてくれ。今回の件は俺にも原因があったことだ。それに、同じ武器を生業《なりわい》とする者たちの惨《むご》い振る舞いは見過ごせない。俺たちの信念にのっとった行動だ」

ウォーレンさんもハイルの隣から一歩進み出ると、低く落ち着いた声を重ねる。

「村長殿《むらおさ》、我らが隊長もこのように申しております。それに、彼の言葉は我らが全員の総意。――どうぞお顔をお上げくだされ」

その言葉に、村長さんはようやく少しずつ顔を上げた。

「かたじけない……。そう言って頂けるのであれば、これ以上お気持ちを困らせる言葉は止めましょうぞ」

村長さんは、しわがれた声でさらに言葉を紡ぐ。

「しかし、是非ともお礼は受け取って頂きたい。このような小さな村ゆえ、ご用意できるのはささやかな品ではありますが。どうぞこちらをお受け取りくだされ」

懐《ふところ》から取り出した袋――多分重さと形から、金貨もしくは銀貨が入っているのだろう。それを村長さんはハイルの手に握らせようとする。

しかし、ハイルは袋を受け取ろうとしない。

「ありがたいが、その気持ちだけ頂いておく」

「しかし――」

村長さんが眉を寄せ、困惑した風に背の高いハイルを見上げる。

彼の青い瞳が、真摯《しんし》に村長さんを見つめ返す。そして落ち着いた口調で語り掛けた。

「それは、村のために大切に貯めてきたものだろう。これから厳しい冬が来る。いざというときにそれが入り用になるはずだ。俺たちに渡さずに大事に仕舞っておいた方がいい」

「そ、それは……ですが……」

村長さんの白い眉毛の下の瞳が動揺に揺らぐ。

さらに、ウォーレンさんが安心させるような穏やかな声で、ゆっくりと続ける。

「我々はあまり目立つことを望んではおりませぬ。それに剣一つで旅する身、身の丈に合わない金品を持てば、不埒《ふらち》な輩《やから》に狙われることもありましょう。そのような輩《やから》にみすみす奪われては、村の方々に合わせる顔がございませぬ。どうぞそちらはお仕舞いくだされ」

ハイルが誠実な言葉と眼差しで相手の心を揺らがせ、そこをウォーレンさんの穏やかな言葉でまとめ上げる。これまで対人折衝《せっしょう》はこの二人が行ってきたのだろうなと思えるような、息の合ったやりとりだった。

二人の欲のない眼差しと同じものを、黙って後ろに控えるセスさんとジャックも村長さんに向けている。村長さんは唇を震わせて言う。

「――慈悲深きお言葉、感謝致しまする」

私も村長さんと同じく、深々と頭を下げる。

彼らの無欲な心が――そして、小さな村の将来を考えてくれるあたたかな心が、ただありがたかった。

ひとしきり感謝を伝えると、村長さんは少し躊躇《ためら》いがちに思いを口にする。

「実を申しますれば……感謝の気持ちを込めまして、今宵《こよい》はささやかな宴《うたげ》を催《もよお》すつもりでおりました。ですが、あまり人の目を引きたくないとのお言葉から察するに、もしやそれも……？」

「ああ。気持ちだけで十分だ。俺たちはこれから仕事があるので、夕方前にはここを発《た》つつもりでいる。申し訳ないが、村の人々にもそのように伝えてほしい」

「そうですか……」

村長さんが残念そうに肩を下げる。私も彼と同じ気持ちだった。

彼らが大切な任務を押してここに来てくれているのは重々承知している。

そして、戦いの場では仕方なかったとはいえ、元々正体を隠して旅している身だ。できるだけ人目を引きたくないというのは当然のことだろう。

――だが、せっかくこうして会えたのに、また離れてしまうことに言いようのない寂しさを覚えてしまう。

それに、ここまでしてもらって全くお返しできないというのは、なんだかやりきれない。なにか良い方法があれば良いのだけど……

ふと思案してから、私は勇気を出して口を開く。

「あの……それでは、少しだけ私の家に寄って行かれませんか？」

そう大きな声でもなかったのだが、皆の視線が一斉に私に集まる。そのことにわずかに緊張しつつ、努《つと》めて穏やかに微笑んで続けた。

「私の家は村の中でも外れにあるので、ほとんど人の目がありません。それに、あれだけの戦いを終えた今はさすがにお疲れでしょう。ほんの少しでも、身体をお休めになった方が良いのではないでしょうか？」

押しつけがましくならないよう、彼らを見回しそっと尋ねる。

もしかしたら、話を零れ聞いた村の皆からこっそり差し入れが来るかもしれないが、それくらいは彼らも許容範囲だろう。戦ってくれたことに比べれば小さすぎる恩返しだけれど、私たちとしても、もてなしで返せる。これなら双方の事情を踏まえた上での妥協点かなと思ったのだが……

どうか、うんと言ってほしい。内心ドキドキしながら見つめる私の前で、ハイルは少し考えたのち、頷《うなず》いた。

「……そうだな」

そして私の顔――頬の辺りをじっと見つめ、小さく微笑むと彼はこう続けた。

「静かな場で仲間と相談したいこともあるので、お邪魔させてもらおう。……それになにより、ソーマの怪我を手当てする必要もある」

あ、やっぱり手当てするのか……

内心頬を引き攣《つ》らせたが、私はそれ以上に嬉しい気持ちで頷《うなず》いた。もう少し彼らと共に居られる。

それが無性に嬉しかった。

「はい、ではこのまま参りましょう」

＊＊＊

そうして村長さんの家を辞したあと、私の家に向かったのだが――

「ソーマ。お願いだから、もっと俺の方を見てくれ」

「は、はい……」

「違う。――こっちだ」

そっと顎《あご》に男らしい長い指を添えられ、俯《うつむ》きかけていた顔を上向きにされる。

家に着いて早々、お茶を出そうとした手を止められ、椅子に座らされた。ハイルが私の頬の傷を手当てするというのだ。

二度目だから手慣れたもので、ハイルは私から水桶《おけ》を借りる許可を取ると、テーブルに傷薬などの道具を並べ、手当ての準備を始めた。

あっという間に彼は準備を終わらせ、気がつけばすでに処置が始まっていた。今は濡らした布で頬を清めてくれている。

とてもありがたいのだけれど、こんなはずではなかった
……もてなそうとしていた気持ちを持て余し、困惑する。しかも、ハイルの整った顔が間近に

あって動揺してしまい、顔をわずかに逸《そ》らしてしまう。

これでは傷の手当てができなくて彼を困らせてしまうだろうに、気持ちとは裏腹に身体が勝手に動くのだ。ハイルに傷や腫《は》れて痣《あざ》になりかけた頬を——情けない姿をじっくりと見られたくはなくて。

他の誰に見られてもなにも感じなかったのに、なぜそう思うのかは、自分でもわからないけれど。

私が薬を塗る際の痛みに怯《おび》えていると思ったのか、ハイルが真摯《しんし》な声で囁《ささや》く。

「俺は決してソーマを傷つけたりはしない。——優しくする」

声量が抑えられ、掠《かす》れたような男らしい声が鼓膜を震わせる。

「え、ええと、十分優しく手当てして頂いているのですけれど……そうではなくて……」

自分でも上手く言えず、戸惑いつつ否定を返す。だが、いつまでもそうしているわけにもいかない。

ええい、と思いきって顔を上げると、ばっちりとハイルの青い瞳と目が合った。

すると彼は、顔を綻《ほころ》ばせる。

「——やっと目が合ったな。俺は、ソーマとはいつでもこうして目を合わせて話がしたい」

いつもはあまり感情を見せないのに、今の彼は無防備に感じられるほど気を許した笑顔だ。

もう、駄目だ……

私は、ぷしゅうと空気の抜けた風船のように力なく崩れ落ちると、膝《ひざ》の上に顔を伏せる。多分、顔は真っ赤に染まっていることだろう。

だが自分ではどうすることもできない。今の私にできるのは、少しでもおかしな熱の集まった顔を見られないよう伏せていることだけだ。

「ソーマ?」

「すみません、どうか気にしないでください……」

もしかしたら、私はハイルみたいな綺麗な顔に弱いのかもしれない。

特に面食《めんく》いの自覚はなかったけれど、こうまで反応してしまうということは、きっとそうなのだろう。だけど、いつまでもこんな状態では、心配してくれる彼の気持ちにきちんと応えられない。

私も彼を大切に思っているという気持ちを返したいのに……

そんな私たちの様子をテーブル越しに見守っていたジャックが、のんびりと口を挟む。

「ハイルさん、もうその辺で許してあげたらどうですか。先生、なんか困ってるみたいなんで」

ジャックは、先ほどまで頭の後ろで両手を組みながら面白そうに私たちの様子を見守っていたのだが、さすがにこれは間に入らなければ話が進まないと思ったようだ。

「許すもなにも、俺は怒っているわけではないんだが」

不思議そうに首を捻《ひね》るハイルを見て、ジャックが苦笑する。

「そりゃわかってますよ。けど、ハイルさんの顔はよくできた美術品みたいなんで、慣れない人が間近で見ると変に緊張するんですって」

そこに、ジャックの隣に立っていたウォーレンさんも加勢に入る。

「数多《あまた》の目を惹きつけ、威圧するは武人として羨《うらや》ましい限りですが、学士であるソーマ殿には少々刺激が強過ぎるかもしれませんな」

こちらも穏やかな口調の中に、多少の苦笑が入っている。

ハイルの己《おのれ》の容貌に対する無自覚さに苦笑を感じつつも、好ましくも思っているのだろう。

ウォーレンさんの態度は上司に対すると言うより、年の離れた弟に接するようなものだった。

セスさんだけが一人、「隊長の台詞《セリフ》がおかしいと思ったのは私だけでしたか……」と淡々と呟《つぶや》いていたが、他の二人に黙殺されていた。

ともあれ、彼らのやりとりを聞いているうちになんとか頬の熱が治まってきたので、私は顔を上げる。

「あの、ハイル。皆さんが仰《おっしゃ》ったように、本当にもう大丈夫ですので。こうして傷口も清めて頂きましたから、後は自分で手当てできます。ありがとうございました」

「そうか……」

ハイルの声は、心なしか残念そうだった。本当に彼は、一度懐《ふところ》に入れた相手にはとことん世話焼きになるのだなと思う。

丁度話にひと区切りついたので、私は椅子から立ち上がると、顔を引き締めて全員の顔をぐるりと見回した。

「そして……改めて皆さんにもお礼を申し上げます。先ほどは、ハイルにしかきちんとお伝えできなかったので」

「ソーマ、それはもう――」

ハイルが遠慮がちにかけた声に、私はゆっくりと首を振る。

「言わせてください、ハイル。――いいえ、『金獅子《きんじし》レオン』殿」

私がそう口にした途端、すっとハイルの瞳が細くなる。それをまっすぐに見据えたあと、ウォーレンさんたちに視線を移す。彼らもまた真剣な表情に変わっていた。

「そして、『剛腕《ごうわん》ウォーレン』殿、『死神セス』殿、『狩人《かりうど》ジャック』殿。ご事情を察するに、本当はその名で呼ばれたくはないかもしれませんが、敬意と恩義を込め、今だけは許してください。……ありがとうございました。四人の高潔なる騎士殿」

私はすっと居住まいを正し、深くお辞儀する。彼らは、黙ってそれを見ていた。

初めに口を開いたのは、ジャックだった。テーブルに片肘《ひじ》をつき掌《てのひら》に顎《あご》を乗せるという、ゆったりした姿勢ながら、その萌黄《もえぎ》色の瞳は恐いほど真剣だ。

「たまたま同じ名前だって思わないんですか？　先生」

「一度はそう思いました。彼の英雄と呼ばれる騎士たちは、各々《おのおの》違う騎士団に所属する身。その騎士団を離れ、彼らが共に行動するのは現実的ではないだろうと。……けれど、今は確信しています。深い事情はわかりませんが、そうするだけの理由があるのだろうと」

「わかっていて、口にしないでいたわけか……」

今度はハイルがぽつりと呟《つぶや》く。私はそれに静かに頷《うなず》き返した。

「ええ……。貴方がたが望んでいないことならば､私がおいそれと口にできることではありません」

それは本心だった。それに彼らがいかに高名な騎士であろうと、私が親しみを覚えていることには変わりない。ただ口にしたのは、彼らから受けた恩義に対してきちんとけじめをつけるためだった。

和気藹々《わきあいあい》とした雰囲気で流すのではなく、きちんと本来の彼らの名前を呼び、感謝の念を伝えたくて。

そんな私の気持ちが伝わったのか、ハイルが深く息を吐く。

「いや……ソーマが俺たちの正体を悟っているなら丁度良い。俺が皆に相談したいと思っていたのは、これに関わる件なんだ」

「――隊長」

ウォーレンさんがハイルに声を掛け、考え深げな視線を向ける。

ハイルは、ウォーレンさんを安心させるように静かな眼差しを返した。

「実を言えば、俺は今抱《かか》えている任務の件でソーマに協力を仰ごうかと考えていた。それについて、お前たちの考えを聞かせてほしい」

そして彼はウォーレンさんだけでなく、三人全員の顔をゆっくりと見回す。私はとりあえず今はなにも言わない方が良いらしいと察し、黙って見守る。

最初に口を開いたのはジャックだった。テーブルについていた片肘《ひじ》を外し、私を一瞬見遣ると、ハイルに向かって言う。

「俺は賛成です。先生なら信用できますし、学者さんならこの辺りのことだけでなく色々な知識があって見識も深いでしょうから。そういう人をこれから別に探すってなると、大変だとも思うんで」

次に口を開いたのはセスさんだ。

彼もまた、私にちらりと目を向けた後、いつもの抑揚《よくよう》のない口調で言葉を紡ぐ。

「私も特に異論はありません。できる限り秘密裏《ひみつり》に行動せよとのお達しでしたが、協力を仰ぐことまでは禁止されていませんでした。情報が思うように集まらない今、新たな道を模索するのも一つの方法でしょう。——彼ならば、適役かと」

「そうか……」

セスさんが賛成したことに、ハイルは一瞬意外そうに目を見開いた後、考え深げに答える。

最後にウォーレンさんが意見を述べた。

「お三方が納得しておられるのならば、私も異論はございません。私はソーマ殿とはまだ二言三言交わしたばかりですが、こうしてお三方の信頼を得られているご様子。あとはご本人も了承なさるのであれば、歓迎致しましょう」

三人の意見を受け、ハイルはゆっくり頷《うなず》く。

「……お前たちの考えはよくわかった」

そしてハイルは私に視線を移す。それはこちらの心を奥まで透かし見るような、まっすぐな眼差しだった。

「ソーマ。——貴方に聞きたい」

「は、はい……」

胸の鼓動がどんどん速くなる。

果たして私が聞いて良いことなのだろうか。だが、彼らの抱《かか》える秘密を知りたい。そんな相反する感情を胸に抱きながら。

「俺たちは、とある任務を受けてこの辺りの森や町を巡っている。それはソーマも知っていることだな」

「はい……」

「協力を了承してもらえるまでは、詳しいことを話すことはできない。そんな状態でなにをと思うかもしれないが、もしそれでも俺たちの力になっても良いと思ってくれるのなら、是非ソーマの協力を仰ぎたい」

ハイルはわずかに目を伏せ、続ける。

「ただ、危険なことをしたり、悪事に手を染めているわけではない。――それだけはどうか信じてほしい」

その言葉に、私は弾かれたように顔を上げる。

「それは……それはもちろん、信頼しています。貴方がたがそのようなことをなさるとは、一度も思ったことはありません」

彼らの正体はもちろんのこと、その人柄を思えば、不安に思うことなど全くない。ただ一つ心配なのは、私が彼らの役に立てるかどうかだけだ。

学者という肩書と、これまでのやりとりで信用してくれているようだが、本当はこの世界の常識すらままならない身の上なのだ。私自身、こちらの世界のことを手探りで探っている状態なのに、どれほどの役に立てるだろうかと迷いが生じる。

――だがその迷いよりも大きいのは、彼らの恩義に報《むく》いたいという気持ち。できる限りのことをして役に立ちたい。純粋にそう思う気持ちだった。

私は心を決めると、すっと息を吸い、ハイルを――そして三人の仲間たちを見つめた。

「私でよろしければ、どうぞ協力させてください。改めてよろしくお願いします、皆さん」

すると、ハイルはどこか安堵《あんど》したように頷《うなず》く。

「ありがたい……。そう言ってもらえると助かる」

ハイルははっきりと口にはしなかったけれど、きっと任務が重要なものだと伝えることすら、いけないことだったのだろう。私が受けてくれるだろうと信じ、こうして選択の余地を与えてくれたことに嬉しさを感じる。

彼は、真剣な眼差しで続きを口にした。

「ならば、詳細を話そう。……俺たちは情報収集をしていると前に言ったが、正しくは人探しをしているんだ」

「人探し……？」

訝《いぶか》しげな私の言葉に、ハイルはゆっくりと頷《うなず》く。

私とハイル以外は後ろで口を閉ざして見守り、静寂を保っている。

「俺たちが探しているのは、精霊の賢妃と呼ばれる人物なんだ」

私は、小さな声で繰り返す。

「精霊の賢妃……」

窓硝子《まどガラス》から薄青い光が差し込み、古ぼけた黒木の床を照らす部屋の中で、私のその呟《つぶや》きはやけに響いて聞こえた。

精霊の賢妃――それは、初めて聞く言葉ではない。

確か、空き家だったこの家を掃除した際に見つけた、チェスターお爺《じい》さんの手記に書いてあった。古い時代、この国の王と結婚した人物。だが私の記憶が正しければ、その人はもう――

私は目を伏せ顎《あご》に片手を当てると、疑問を口にする。

「あの……私の記憶違いでしたら申し訳ありません。その方は、何代も前の国王陛下とご結婚され、今はもうご逝去されているのではなかったでしょうか？」

ハイルは感心したように息を吐き頷《うなず》いた。

「ああ、そうだ。以前にこの国に現れた精霊の賢妃は、すでに百年以上も前に亡くなられている。――ソーマはこの国の生まれではないだろうに、よく知っていたな。さすが広く知識を集めているだけはある」

どうやら私の記憶は間違っていなかったらしい。

だが評価されたことよりも、私は彼の語った言葉が気になっていた。

この国に現れた――そう彼は言っていた。なぜか、胸がざわめく。かすかに波立つ胸のうちを感じながら、私は慎重に言葉を重ねた。

「その……皆さんが探していらっしゃる精霊の賢妃と呼ばれる方は、この国の方ではないのですか？」

「ああ、この国の方ではない。——正しく言えば、この世界のどの国の生まれでもない。精霊の賢妃は、遥か遠い異邦《いほう》の地からやって来た人だと言われている。そして今、古き時代に現れた彼《か》の人と同様に聡明な女性が国内のどこかに現れたのだそうだ。だから俺たちは便宜上、精霊の賢妃と呼んでいる」

「………」

頭一つ高い位置にあるハイルの青い瞳を見つめ返しながら、私の胸はいつの間にかどくどくと煩《うるさ》く音を立てていた。やけに大きな音で耳を打つ鼓動が、言葉の意味を理解しようとする邪魔をする。

いや、まさかそんな……そんなはずはない。

多少気になる単語があったとしても、きっとそれは全く別の人を指してのこと。

だって私は、身の上を悟られるようなことはなにもしていない——していない、はずだ。

身近にいる村人たちは別としても、ハイルたちや、会ったこともない彼らの雇い主に別の世界から来た人間だと悟られるようなことはなにも……

そんな動揺に揺れる私の様子を見たハイルは、現実味のない話に対しての戸惑いと思ったのか、頷《うなず》き返す。

「ソーマが困惑する気持ちもよくわかる。この世界の果てにあると言われる異邦《いほう》の地など、誰も見たことはないし、そもそもあるのかどうかさえわからない」

そしてひとつ呼吸を入れると、彼はより真剣な眼差しで私を見つめ返した。

「――だが、先の時代に現れたその尊《とうと》き女性は、どんな賢者でさえも為し得なかった、世界に眠る古き言語の数々を読み解き、深い知識と見識を持っていた。だから皆、彼女が異邦《いほう》の地から来たと納得したという。そして、当時の陛下に見初《みそ》められ王妃となられたんだ。以降も、この国に新たな知恵や技術をもたらし、繁栄の礎《いしずえ》となったと言われている」

「そう、だったのですか……」

私は力ない掠《かす》れ声で呟《つぶや》く。すると力強く落ち着いたハイルの声が、それに答えた。

「ああ。その女性がこの国に現れたのは、精霊の森近くだったと史実に残っている。まるで眠る彼女を守るように、魔物を寄せ付けない破邪《はじゃ》の木々が周りに生い茂っていたのだと。それゆえに彼女は、精霊の加護を持つ賢い女性――精霊の賢妃と呼ばれるようになったんだ」

その言葉は、どこか遠いところで聞こえるようだった。

頭に浮かぶのは、私がこの世界に来て初めて目覚めたときのことだった。

カナックが――精霊の御遣《みつか》いと呼ばれる鳥が、すぐ傍の森で鳴いていた。

それで私は近くに森があることを知り、その鳥が鳴く枝の下を急いで通り抜けて町を目指したのだった。後にマチルダさんからそこが精霊の森なのだと教えてもらうまでは、普通の森だと思っていたけれど。

私は、服の胸辺りの部分を無意識にぎゅっと握っていた。

動揺を悟られないよう落ち着いた声を心掛けたものの、わずかに掠《かす》れる声で問う。

「ですが……その過去に現れたのと同様、精霊の賢妃と呼ばれるような女性が今また現れたとして。

どうして貴方がたは――いいえ、貴方がたに任務を託された方は、それを知ったのですか？」

それが一番の謎だった。

この世界には、魔法のような超常的な能力はないはずだ。二週間以上この世界の人々と共に過ごしているが、見たことも聞いたこともない。

だから、異世界トリップ小説でよくあるような、誰かに魔法で召喚されたというわけではないのだろうと考えていた。

けれど、本当はそういう力を持つ人がいるのだろうか。

「もしかして、貴方がたの依頼主が、その女性をなにか儀式のようなもので呼び出したとか……？」

そして、呼び出したとき同様、送り帰すことができるのだとしたら――

一度は諦めかけていた、元の世界に戻れるかもしれない可能性を見出《みいだ》し、かすかな期待に胸を躍らせる。

だがハイルは、無情にも首を振った。

「いや、俺たちの依頼主――陛下であられるが。類《たぐ》い稀《まれ》なる叡智《えいち》をお持ちの陛下でも、さすがにそのような神の御業《みわざ》まではおできにならない。国一番の知者でも、その方法の端緒《たんしょ》さえ見つけることは難しいだろう。只人《ただびと》にできるようなことじゃないんだ」

そして彼は冷静に続ける。

「陛下のお話では、今回も古き時代と同様、その女性は突然現れたとのことだった。天変地異や聖職者へのお告げのような前触れもなかったと聞く」

「そう、ですか……」

私の声には、隠そうとしても隠しきれない落胆が滲《にじ》んでいたと思う。

戻れる可能性はほぼないのか……。わかっていたことだけれど、その事実が胸に重く圧《の》し掛かる。

懐《なつ》かしいあの家に、家族が待つ場所に、もう戻れない。その事実が私の心に虚《うつ》ろな穴を作る。

だが、今は落ち込んでいてはいけない。

私はそう自分を叱咤《しった》して、なんとか問いの続きを口にした。

「では、どうやってその女性の存在を知ったのですか？」

「ああ。とある貴族の一人が、陛下に捧げ物をしたことがきっかけなんだ」

「捧げ物……？」

すると、ハイルはやにわに懐《ふところ》から小さな革袋を取り出した。丁重な仕草で、その中に入っていた物を取り出して見せる。それは――

「ハンカチ……」

私は呆然と呟《つぶや》いた。

目に入ったそれは、行商人のニコラスさんと物々交換した私のハンカチだった。

水色と薄紫で紫陽花《あじさい》の絵柄が描かれた、よくあるブランド物のハンカチ。今着ているこの服を手に入れるため、悩んだ末に交換をお願いしたものだ。

確かにプリント技術や織りの方法はこちらにないのかもしれない。それに、もしこの世界に紫陽花《あじさい》に似た花がなければ、なんの花だと疑問に思われるかもしれない。だが、これだけで精霊の

賢妃と結びつけることができるのはなぜなんだろう。

「これはハンカチと言うのか？　俺は婦人の持ち物には詳しくないんだが。どうも旅の行商人から買い付けた貴族が、素晴らしい意匠《いしょう》にこれぞと思い、陛下に献上したらしい」

ハイルの声に、はっと気づく。

そういえばマチルダさんもニコラスさんも、これを見たとき単に布地と言っていた。ハンカチに近い概念のものがないか、もしくはこの世界ではもっと別の名称で呼ばれているのかもしれない。

そう気づき、慎重に言葉を返す。

「あ……いえ、私の祖国では、このくらいの大きさの布地をそう呼ぶものですから。ですがハイル、これは確かに見事な品かと思いますが、だからと言って、それだけで精霊の賢妃の持ち物と断定するのはなぜなのでしょう？」

自身の持ち物であることはとりあえず隠し、まずは疑問を解消すべく質問する。

ハイルが頷《うなず》いて答えた。

「ああ、俺も最初はそう思っていた。陛下の御前《ごぜん》でこれを拝見したとき、確かに見たこともない花が描かれているが、ただそれだけではないかと。実際には存在しない植物を意匠《いしょう》に描《えが》く場合だってある。――だが、これを見てくれ」

ハイルがハンカチを裏返す。

その端の方に、見落としそうなほど小さな刺繍《ししゅう》が入っていた。

ブランド物のハンカチらしく、ブランド名が英語で。――この世界にはない、言語で。

くらりと目眩《めまい》がする。ハイルが語り続ける声が、ずっと遠くの方で聞こえていた。

「これをご覧になり、陛下は精霊の賢妃が現れたと判断されたのだそうだ。陛下は元々、古き時代に現れた精霊の賢妃の研究を熱心に行われていた。だから、当時の尊《とうと》き女性の遺物に刻まれていたものと同じ文字にお気づきになったんだ」

ハンカチを丁重に折り畳み、革袋の中に戻しながらハイルが続ける。

「よって、これこそが当代に現れた精霊の賢妃の持ち物だろうと——そしてまだ真新しい状態から見て、この国に現れて間もないと判断されたんだ」

「そう、でしたか……」

呆然とする私の心に、かすかな悔恨《かいこん》が生まれていた。

なぜ私は、あのときもっとよく考えてからハンカチを交換しなかったのだろう。いや、刺繍《ししゅう》は目に入ってはいたけれど、甘く考えていたんだ。

英語が刺繍《ししゅう》されていると言っても、本当に小さな文字が五文字だけ。見る人が見なければ、ただの模様の一部と思うだろうと高をくくっていた。だが逆に言えば、見る人が見ればわかるということだ。

様々な国の言語に精通していたり、文化への造詣《ぞうけい》が深い人から見れば、この世界にあるはずはない言語だと。

甘かった。上手くやろう、失敗しないようにしようとして、最初の時点で躓《つまず》いていた。

無意識にくしゃりと前髪をかき混ぜる。

もし……もし彼らが探しているのが真実私だとして、名乗り出たらどうなるのだろう。

その不安が不意に胸に湧き起こる。

――それはきっと明るい未来ではない。

精霊の賢妃が探されているということは、それだけの知識や役割を望まれているということだ。国王のもとへ連れて行かれたとして、そのまま物珍しい客人扱いされる可能性は低いだろう。精霊の賢妃にそれなりの利を期待しているからこそ、こうして英雄と呼ばれる騎士たちを動かして探させているわけであり……

私は焦燥を感じながら、口を開く。

「あの……もしも、その女性が見つかったらどうなるのでしょう」

それに答えたのは、今まで黙って後ろで控えていたセスさんだった。

すっと前に歩み出ると、抑揚《よくよう》のない声で流れるように言葉を紡ぐ。

「その女性は、陛下の御許《みもと》で生涯保護されることでしょう。その尊《とうと》き女性は類《たぐ》い稀《まれ》な知識を持つ一方、それゆえに様々な権力に利用され害悪になる恐れがありますから」

「害悪？」

不穏な響きに、どきりとする。

「ええ。古き時代に精霊の賢妃が現れたとき、国に新たな勢力が生まれました。――精霊派と呼ばれる人々です。彼らは表向き陛下に従っていますが、その実誰よりも精霊の賢妃という存在を崇拝している。彼らがその存在を知れば、彼《か》の女性を擁立《ようりつ》し王政に反旗を翻《ひるがえ》すだろうことが目に見えています」

「セス殿」

はっきりと口にしたセスさんを窘《たしな》めるように、ウォーレンさんがやや渋い表情で名を呼ぶ。

主《あるじ》に忠誠を誓う騎士という立場上、主君に反する者の存在を安易に口にしてはいけないということだろうか。

それにセスさんが首を横に振る。

「確かにあまり口にすべきことではありませんが、事実です。そして、たとえ精霊派でなかったとしても、その女性を利用しようとする者は多く出てくることでしょう」

その言葉に、椅子に座っていたジャックが、うーんと腕を上げ背伸びしつつ補足を入れる。

「精霊の賢妃がなんたるかわからなくても、貴《とうと》い身分の人が探してるってことだけで拐《かどわ》かそうとする奴らも出てくるでしょうしね。主に身代金目的で」

その萌黄《もえぎ》色の瞳にはどこか苦いものが滲《にじ》んで見えた。

彼は腕を下ろすと、飄々《ひょうひょう》と肩を竦《すく》める。

「だから俺たちに白羽の矢が立ったんです。あまり大人数で探しても、精霊の賢妃がいるって触れ回ってるようなもんですし。だからって少ない人数で捜索に向かっても、それなりの腕がなきゃ、拐《かどわ》かされる場面に遭遇しても上手く立ち回れないですから」

ジャックの隣に立つウォーレンさんが、重々しく頷《うなず》いた。

「それに、各々《おのおの》別の騎士団に属する者が集《つど》うことで、有事の場面では通行手形にもなるというわけです。不測の事態により援護を頼む必要が出た際、どの四方騎士団にも顔が利きますからな」

「四方騎士団……」

呟《つぶや》いた私に、ウォーレンさんがわかりやすく教えてくれる。

「東のノルヴェス、西のメレル、南のイスカ、北のガリマーの四つの騎士団を総称してそう呼んでおります。我らとは別に中央に近衛騎士団もございますが、あちらはどうもまた別に動いておるようですな」

「なるほど……」

様々な情報が一度に入ってくるのはありがたいが、なかなか整理が追いつかない。

――だが、確実にわかったことは一つ。

私が名乗り出て王のもとへ連れて行かれた場合、多分一生王宮から出ることは難しいだろうことだ。

今の王様がどのような人かはわからないが、大した能力もないのに国を揺るがす危険因子になりそうな者を、王宮内にただ留《と》め置くことはしないだろう。

私ができることと言えば、目の前にある本を読むことくらいだ。

それだって、以前に現れた同じ境遇の女性が、同様のチート能力で書物を読み解き終えているのだとしたら、それこそ私のできることなどない。

他に政治に利用できるほどの有用な知識もない者を、果たして王は保護し続けてくれるものだろうか。良くて、王宮で一生飼い殺し。悪くすれば、害悪になる前に排除される可能性だって否定できない。

排除……。そこまで考えて、ぞっとする。

「どうした？　ソーマ。顔色が悪いようだが……」

心配そうに見つめるハイルに、はっと顔を上げ慌てて首を振る。

「あ、いえ……驚くようなお話がいっぱいで、少し混乱しているようです。すみません……」

「いや、謝らないでくれ。確かに、困惑させる話ばかりだっただろう。……だが、そういった事情ゆえに、俺たちはできるだけ早くその女性を見つける必要があるんだ」

そしてハイルはわずかに目を伏せると、その整った顔を曇らせる。

「俺たちの事情は別としても、その女性自身きっと心細い気持ちでいることだろう。見知らぬ土地で女性が身一つで過ごすことは厳しいはずだ。なにか危険に巻き込まれていなければいいが……」

「ハイル……」

彼の言葉に、一瞬胸が詰まりそうになる。

ただ事務的な任務としてこなすのではなく、その女性の——私の気持ちまで考えようとしてくれるのが、嬉しくてただ切なかった。

なぜなら、彼がどんなに心配してくれていたとしても、もう私に名乗り出る気持ちはなくなっていたからだ。

私は、精霊の賢妃という尊称も、王宮での贅沢な暮らしも要らない。

もしも元の世界に戻ることが叶わないのだとしたら、せめて大好きなこの村で一生を静かに暮ららしたい。だが、そんな気持ちを彼らに伝えたとしても、きっと困らせるだけだろう。

彼らはなによりも王命に殉《じゅん》ずる騎士だ。その誇り高さと、主君への忠実さはよく知っている。

――だが、友としての彼らは優しい。それも私は知っている。

私が精霊の賢妃だと名乗り出て、けれど王宮には行きたくないと言えば、彼らに板挟みの苦悩を与えるだけだろう。

いや……どれだけ彼らが優しくても、やはり王命に背くことができず、私を強制的に連れて行くことだってあるかもしれない。それでも、彼らはきっと罪悪感にさいなまれてしまう。

もし彼らがすべてを知った上で、私の思いの方を尊重してくれたとして、後々それが明らかになれば、主君の意に背いた咎《とが》を追及される可能性だってある。どう考えても、私が名乗り出て良い方向に向かうとは思えない。

なら私は……どんな手を使ってでも隠し通そう。私が精霊の賢妃であることを。そして女性であることを。

そう心に決め、ぎゅっと唇を噛む。

もし彼らが精霊の賢妃の捜索を続けても、その存在の欠片《かけら》さえも掴《つか》めなければ、彼らの主《あるじ》である国王も、やはりそんな人間はいないのだと判断し捜索を諦めるだろう。

そのときは彼らも、今のイレギュラーな任務を終え、通常の騎士の仕事に戻れるはずだ。それなら私は、それまでの間仮初《かりそ》めの協力者でいよう。

そして――決して彼らに正体を明かさない代わりに、彼らの身を陰《かげ》ながら守ろう。

心の中でそう静かに決意する。

私が悪漢に拐《かどわ》かされているわけでも、それ以外の事件に巻き込まれているわけでもないことは、私自身がよく知っている。ならば私は、彼らを向かわなくてもいい危険から遠ざけることができるはず。間違った情報に踊らされないよう、彼らの行動をそっと傍で正しい方向へ軌道修正するのだ。

それが——歪《いびつ》かもしれないけれど、私なりの彼らへの友情だった。

心を決めた私は、ようやく口を開く。先ほどとは違い、揺ぎのない目で、ハイルを見上げた。

「ハイル、そして皆さん。……お話はよくわかりました。驚く内容でしたが、先ほどお伝えした通り、できる限り協力させて頂きたいと思います」

「ああ、よろしく頼む」

小さく微笑んで、ハイルがすっと手を差し出す。

見上げるとハイルが、私を優しげな瞳で見ていた。いつもの——信頼のこもったまっすぐな眼差しで。

それに心が揺れる。言わないと決めたのに、本当のことをつい口にしてしまいたい気持ちになる。

彼なら……彼なら私の現状を受け止め、親身に考えてくれるのではないかと。

だが、私は唇を引き結んで堪《こら》えた。

いや、そんなことはできない。それは彼の優しさに対する甘えだ。彼を困らせることがわかっているのに、口になどできるわけがない。

私は動揺に震えそうになる手を叱咤《しった》し、ぎこちなく彼の掌《てのひら》に重ねると、すぐにそっと離した。握り返す前に離れた掌《てのひら》に、ハイルが不思議そうに呟《つぶや》く。

「ソーマ?」

「……そうだ、そろそろお昼にしましょう。すぐ準備しますので、少しだけ待っていてくださいね。皆さん」

彼の言葉に気がつかなかった振りをして、他の三人の方へ笑顔を向け、明るく声を掛けた。

視界の端にやや戸惑ったようなハイルの顔が映る。それに、心の中でごめんなさいと呟《つぶや》く。

彼の向けてくれる友情を、今は受け止められなかった。

そんな真摯《しんし》な眼差しを向けてもらえるような資格はないと思ったのもあるかもしれない。

胸のずっと奥の方でぎしりと、なにかが軋《きし》むような音が聞こえる。

——運命の歯車が今、静かに回り出していた。

10　古代の逸話《いつわ》に思いを馳せましょう

あの日、ハイルたちに協力すると決めてから、私の日常はほんの少しだけ変わった。

と言っても、彼らの精霊の賢妃探しに同行し、遠くへ出掛けるようなことはなかった。あくまで村の中、もしくはその近隣でできる範囲での協力でいいとのことだ。

もし戦いのような穏やかではない事態が起きても、私がいたら足手まといにしかならない。それに、私には私の生活があるだろうからと、彼らがそこまでの協力は求めなかったのも理由の一つだった。

『俺たちが任務から戻った際、合流する地点として、ソーマの家をしばらく貸してほしい』

そうハイルに言われ、私が主に協力しているのが、私の家を合流場所として提供すること。

――そして、私が精霊の賢妃に関係がありそうな情報を見聞きしたら、彼らに伝えることだった。

ハイルたちだと、明らかに武人という見た目のため、警戒されやすいらしい。だから、自分たちより私の方が、村人や町人から有益な情報を引き出すことができるのではと考えたらしい。

また、自分たちとは違う観点を持つ人間からの意見もほしいので、気がついた点があればなんでも言ってほしいとのことだった。

ちなみに、彼らがこの辺りを特に念入りに回っているのは、ニコラスさんからあのハンカチを手に入れた貴族が、それを隣町のモンペールで入手したと聞いたからだった。

貴族にハンカチを売ったニコラスさんは本当に流れの商人だったらしく、その後どこに向かったのか消息は掴《つか》めていないという。だから、貴族がハンカチを入手したこの近辺を唯一の手掛かりとしている。

つまり、ハンカチを元々持っていただろう精霊の賢妃の情報も、モンペールの町近辺に転がっている可能性が高いだろうということらしい。

また過去の精霊の賢妃が森に現れたことから、今回も町だけではなく森――特に精霊の森になにがしかの情報があるかもしれないと考え、重点的に回っているそうだ。

今、ハイルはモンペールの町の北にある森に一人出掛けている。

セスさんは、モンペールの町を越えてさらに東に向かった先にある、メスカイトの町に。

またウォーレンさんは、一度国王陛下に経過を報告しに行く必要があるとのことで、王都へ戻っている。

そして、他の三人より一足早く近場の森から戻ったジャックは、書物整理の手伝いをしてくれていた。

「先生、これどこに片付けます？」

ジャックにふいに声を掛けられ、私ははっと意識を戻して顔を上げる。

玄関から向かって左側の壁に作りつけられた書架の前で、彼は両腕に十冊ほどの本を抱《かか》えていた。

本を立ったまま読みつつ、考え事をしていた私は、慌てて応える。

「あ、すみません。それは最上段にお願いします」

「はい、了解しました」

ジャックは手に持っていた本を、やや背伸びして書架の一番高い段に収めてくれる。彼は私よりほんの少しだけ背が低いが、腕の力があるので、分厚い書物を片づける際とても役立ってくれた。

窓の外を見れば、今はまだ青空が広がる午後四時頃だ。

秋も深まり、わずかに灰色がかった感じの青空だが、それでもまだ明るい。

しかし、これが五時を過ぎれば段々と薄暗くなり、明かりの少ないこの世界では移動が困難な夕闇になる。だから恐らく、数時間もしないうちにハイルも戻ってくることだろう。

セスさんが今日向かったのは遠方の町なので、明日戻る予定だ。

ウォーレンさんはさらに遠い王都なので、明後日以降に帰ってくるとのことだった。

そんなわけで、今日の夕飯は三人分だな、と朝から段取りを考えていた。

ちなみに少し離れた棚の前にはメアリーもいて、同様に本の整理をしてくれている。

彼女は、やや古めの本が並ぶ奥の棚の前でパラパラと本を捲《めく》り、傷《いた》んでいるページがないか確認する作業をしていた。だが、なぜかほんの少しむくれているようだった。

ジャックが作業に加わるまでは、いつも通りだったのだけど……

メアリーは、なぜか心持ちジャックを睨みつつ、幾分《いくぶん》低い声で私に声を掛けてくる。

「先生。あたしもそっちを手伝いたい」

「ありがとうございます、メアリー」

彼女の申し出に、けれどゆっくりと首を振る。

「ですが、こちらは少々腕力が要りますから、男性の方が適していると思います。それに今あなたがしてくださっている作業は、繊細な女性の手でお願いしたいので、どうかそのままそちらを進めていただけないでしょうか？」

「でも……あたしも先生の方に行きたい」

わずかに膨《ふく》れ、ぽつりと素直な感情を口にする少女に、私は思わずくすりと微笑む。時々彼女は、こういう幼い妹のような顔を見せるので、可愛らしい。

それに彼女は普段あまり人に甘えない子だから、少しずつ心を開いてもらえているのだなと思えて、嬉しくもある。

「わかりました。ずっと一人で作業してくださっていましたものね。では、私がそちらに行きましょう」

「うん」

私が手元の本を閉じてすっと歩み寄ると、メアリーの緑色の瞳が目に見えて輝く。

その様子を、ジャックは書架に肩を凭《もた》れるようにして、どこか面白げに眺めていた。

＊　＊　＊

「なんていうか、先生も罪作りな人ですよね」

メアリーが今日の仕事を終えて家に帰り、ジャックと二人きりになった家の中。テーブルを挟んで向かいに座った彼に、ふいにそんなことを言われた。

彼は今、テーブルの上で針と糸を器用に操《あやつ》り、深緑色の外套《がいとう》を縫《ぬ》っていた。

先日の戦いで、ジャックたちはたいして攻撃を受けなかったが、すべてが無傷とはいかず、装備に少し傷《いた》みが生じたらしい。慣れた手つきで、その小さく裂けた綻《ほころ》びを縫《ぬ》い上げていく。

そんな彼の向かいで、夕飯用の野菜の皮をナイフで剥《む》いていた私は、手を止めて疑問を返す。

「罪作り？」

「あのメアリーって子のことです」

「ええと……彼女がどうかしましたか？」

私が知らず知らずのうちに、彼女を傷つけるようなことをしたということだろうか。

だが心当たりがなく首を傾《かし》げると、ジャックが苦笑した。

「ハイルさんもそうですけど、先生も相当ですね。あーあ、俺はちっとも色恋に縁がないのになー」

ジャックはぼやくようにそう言うと、どさっと勢いよく椅子の背に身を預ける。そのコミカルな仕草に思わずくすりと笑みが零れる。

最初に言われた台詞《セリフ》はよくわからなかったが、今彼の口を衝《つ》いて出た本音は微笑ましいものだった。それに彼の卑下は若干正しくない。

「ジャックは十分、妙齢のお嬢さん方に好意を持たれていると思いますよ。今日だって、道を歩く度に声を掛けられていたじゃないですか」

「あれはただ、気軽に話し掛けられる弟みたいに思われてるんですって。それか、ハイルさんやセスさんと繋《つな》ぎを取るためです。なんだかんだ言って、あの人たちもてますから」

私の言葉を本気にした風もなく、ジャックは肩を竦《すく》めてそんなことを言う。

「うーん、ジャックも同様だと思うのですけど……」

この村に彼らがよく足を運ぶようになって以来、ハイルやセスさんが年頃の女性たちに頬を染めながら声を掛けられたり、遠目に熱っぽい眼差しを送られている光景は目にしていた。

貴公子然とした容貌のハイルもそうだが、セスさんも上品に整った顔立ちをしているので人目を引く。あまり感情を見せない謎めいた雰囲気も、どうやらお嬢さん方の心をぐっと捕らえているらしい。

ちなみにウォーレンさんは、三十代以降の大人の女性たちにかなりもてていた。男らしく武骨な見た目に反し、紳士的な所作が酸《す》いも甘いも知る女性たちの心を鷲掴《わしづか》みにしているようだ。

そしてジャックは、その明るく屈託のない性格から、幅広い層に好まれていた。

つまりは四人とも、村の人々――特に女性陣に、受け入れられているのだった。

彼らが村を助けてくれたことを思えば当然だが、それ以上に彼らの人柄が皆を惹きつけているのだろう。

それに、年頃の少女たちが特に彼らを見て騒ぐのには理由があった。

私はわずかに苦笑して、思い浮かんだそれを口にする。

「もうすぐ村の祭りも始まりますからね。村の女性は、貴方がたに踊りの相手になってほしいと思っているのでしょう」

凭《もた》れていた椅子の背からむくりと身を起こし、ジャックが問い返してくる。

「ああ、確か気になる相手と踊るっていう祭りでしたっけ」

「ええ。聞いた話では、その踊った相手とのちに結婚する人が多いそうですよ」

身近なところでは、ダグラスさんとマチルダさんがそうらしい。それと、レナさんとその旦那さんもそうだったか。

私の話に、ジャックが興味深そうに眉を上げた。

「へぇ。じゃあ、全員と順番に踊るって感じじゃないんですね」

「そうみたいですね。私も詳しくは知りませんが、唯一の相手を決めて申し込み、最後までその人とだけ踊るのだそうです」

「そりゃ、ますます下手に踊れないですね。責任重大じゃないですか」

「そのようです。ですので、全く踊れない私は不参加なんです」

ジャックは私の言葉を聞いて、不思議そうに返す。

「先生、参加しないんですか？」

「ええ。そのような相手もいませんし、もし参加したとしても、踊る人が見つからなかった女性が私に割り当てられてしまったら、可哀想なことになってしまうので」

「うーん、でもあの子はきっとなぁ……」

ジャックがなんとも言えない表情でぼやく。

その奥歯に物が挟まったような物言いに、不思議に思い問い返そうとしたときだった。

家の近くを通りすぎていく村人の声が、扉越しに聞こえた。多少くぐもっているが、嬉しげな声だ。

それも一人ではない。何人も同じような声を上げ、走っていく音がする。

なんだろう……今日は特に催《もよお》し物はないはずなのだけれど。

「なんでしょう？　俺、ちょっと様子を見て来ますね」

ジャックは外套《がいとう》と裁縫道具をテーブルの上に置くと、軽快に椅子から立ち上がる。

「あ、私もご一緒します。少し気になりますので」

丁度野菜の皮も剥《む》き終えたところなので、きりも良かった。

私は、ナイフと身綺麗になったじゃがいもに似たでこぼこの野菜を皿の上に置き、ジャックと共に家を出た。


先ほど走って行った村人たちは、どうやら村の入り口で誰かを出迎えているようだった。

すでに十人ほどの人たちが集まり、驢馬《ロバ》に乗った六人の若い男性を和気藹々《わきあいあい》と出迎えている。

どれも初めて見る顔だが、かなり親しげなので、彼らも村の一員なのだろう。たくさんの荷物を驢馬《ロバ》の背に括《くく》りつけ、ややくたびれた旅装をして村に戻ってきた様子から、もしかしたら遠くまで行商にでも出ていたのかもしれない。

今は長旅から帰った彼らを、家族が喜びと共に迎えているという感じだろうか。

「ああ、遠方の町にでも物売りに行ってたんですね。そんで、また別の集団が入れ替わりに出て行くわけだ」

同様のことを思ったのだろう、隣でジャックが呟《つぶや》く。

彼の言葉通り、今迎えられた男たちの他に、新たにこれから出発する様子の男性たちの姿があった。きっと村に常時男手を残しておくため、こんな風に交代で旅に出ているのだ。

見送る側の家族の中には、レナさんの姿もあった。

彼女が見つめる先には、驢馬《ロバ》の横に立つ男性。彼も初めて見るが、多分あれが旦那さんなのだろう。

レナさんはその男性に駆け寄ると、首に両腕を回し――なんと、熱烈な口づけをした。

「え⁉　ええと……」

思い切りその場面を見てしまって、慌てて視線を逸《そ》らす。他人のそういう色っぽい場面を目にするのは初めてだったし、不躾《ぶしつけ》に見て良いものでもない気がしたからだ。

だが、視線を逸《そ》らした先でも同じような光景が繰り広げられていた。夫婦、もしくは恋人同士という間柄なのだろう。どのカップルも周りが目に入らないといった様子で、熱烈な口づけを交わしている。

「うわぁ……」

そんな声しか出てこない。どうしよう。どうしてこうなったんだろう。

今までこの世界の人々が激しいスキンシップをしているところを見なかったので、白色人種系の見た目に反し、気質はどちらかというと奥手な日本人に近いのかなと思っていた。だが、それは単に私が気づかなかっただけなのだろうか。

どこに目を遣っていいかわからず、ほとほと困って隣のジャックを見る。彼は目の上に片手を当てて遠くを見るような仕草で、のほほんと呟《つぶや》いていた。

「あー、盛大にやってますねぇ」

全く気にした風がない。むしろ面白がっている様子だ。

私は慌てて、ジャックの袖をくいっと引く。

「あ、あの、ジャック。あまりまじまじと見ない方が――」

「いや、旅の門出の風物詩ですから。先生も見といた方が良いですよ」

さらには、よくわからない返事が返ってくる。

「風物詩って……」

戸惑う私の声音に、ジャックが眉を上げてこちらに視線を向ける。

「あれ、もしかして先生、知りません？　加護の口づけにまつわる逸話《いつわ》のこと」

「ええと、逸話《いつわ》ですか？　いえ……」

私は、なんのことだろうとジャックを見つめ返す。すると彼はのんびりと口を開く。

「ほら、前に大昔の精霊の賢妃の話をしたじゃないですか」

「え？　ええ」

ふいに出た単語に、一瞬どきりとする。そんな私に気づかずジャックは話を続けた。

「その精霊の賢妃が、夫である国王陛下を戦地に送り出す際に口づけを贈り、精霊の加護を願ったっていう逸話《いつわ》があるんです。その結果、命さえ危ぶまれるような状況だったにもかかわらず、陛下は傷一つない姿で帰ってきたっていう話です」

そしてジャックは、斜め上方向に視線を向けた。

「つまりあれは、熱烈な愛情表現っていうか……んー、まあ、それもあるんでしょうけど、要は縁起担ぎみたいなものなんですよ。あなたに精霊の加護がありますように、っていう」

「無事に帰ってくるようにという、祈願の意味での口づけなんですね。なるほど、それであういうことをされているんですか……」

説明を聞いて、ほっと胸を撫で下ろす。いつも平気であぁいうことをしているわけではないらしい。良かった。文化がそれほど違わなくて本当に良かった。

そう思って眺めると、先ほどの光景も艶《つや》っぽいというより、どこか厳《おごそ》かな光景のように見えた。

今は唇を離し、首に腕を回したまま旦那さんを見つめるレナさんの瞳が、切なげに細められる。

そこには心配の色が滲《にじ》んでいるように見えた。

そんな妻の視線を受け止める旦那さんも、愛おしげな眼差しをしている。お互いの気持ちが……深い愛情が伝わってくる。

それを穏やかな気持ちで見守っていると、ジャックがのんびりと言った。

「先生は、ハイルさんにしないんですか？」

「げほっ」

気管に変な風に空気が入った。

「え……な、なんで⁉」

若干噎《む》せつつも、急いで問い返す。動揺のあまり敬語が抜けてしまった。

一体どこをどうやったら、ハイルと私がそういうことをする話になるんだろう。

だが、ジャックはのほほんとした様子を崩さない。それどころか、ごく当たり前のことのように聞いてくる。

「だって先生たち、親友でしょ？」

「そ、それは……ええ、大切な友人だとは思っていますが」

ハイルがそこまで思ってくれているかはわからないので、親友と明言するのは避けておいた。私にとっては、それに近いくらい彼の存在は大きかったけれど。

だが、いくら親しいからといって、普通友人同士でそんなことはしないだろう。

……いや、ちょっと待てよ。私がそう思っているだけで、こちらではそれが普通なのだろうか。

「あの……もしかして、この国では男性同士で普通にそういうことをするんですか？　ジャックもハイルにそういうことをしたり……」

恐る恐る尋ねた私に、ジャックは目に見えて顔を顰《しか》めた。

「いや、それはないです。いくらハイルさんのこと尊敬してても、ハイルさんがやたら整った顔立ちしてても、俺は男は勘弁です。するなら可愛い女の子がいいです」

やはり元いた世界とそう感覚は変わらないらしい。

ならどうして……と困惑しつつ問い返そうとすると、ジャックがそれよりも先に口を開く。

「けど、恋人同士や夫婦だけじゃなく、とびきり親しい間柄だったらしたりもしますから。家族とか、親友とかで。俺はハイルさんの親友ってわけじゃないですからね」

「つまり、普通はしないけれど、とみに親しければすることもある、ということなのですね」

うーん……それなら多少はわかる気もするけれど。

……いやいや。だからと言って、私がハイルにそれをするというのは到底考えられない。

そもそも私は、恥ずかしながらこの歳にもなって、そういうことを一度もしたことがない。

そんな私が、いくら縁起担ぎとはいえ、あの眩《まばゆ》いばかりのハイルの顔に自分から——駄目だ、想像するだけで、恐れ多すぎる。考えれば考えるほど、おかしな汗がだらだらと流れてくる。

大体、ハイルだって男の友人にそんなことをされたら嫌だろう。旅の無事を祈願するどころか、出発前に余計なダメージを与えかねない。

……うん。私にとってもハイルにとっても精神衛生上良くないと思うので、今の話は聞かなかったことにしておこう。そう心のうちで結論づける。

それに、ただでさえ最近ハイルとは少しぎくしゃくしているので、これ以上おかしな波風を立てたくないという気持ちもあった。

いや、正しくはハイルはいつもと変わらずに接してくれているが、私が彼と上手く接することができずにいるのだ。そのことに、敏感なハイルが気づかないはずもない。

――そう、昨日だって私は彼と上手く会話できなかった。

ぼんやりと私は、昨晩のことを思い出す。

＊＊＊

昨晩、二階の屋根裏部屋に上ったときだった。

基本的に、ハイルたちが滞在している間は、屋根裏部屋を休憩や就寝に使ってもらっているため、私が二階に上ることは少ない。

だが、今は私以外の四人は出払っているため、その間に洗濯物を置いておこうと思ったのだ。

任務の協力者になってから、少しでも彼らの役に立ちたくて、私は細々とした家事を引き受けていた。

ハイルたちは当初、そこまでしてくれなくてもいいと遠慮したけれど、それでもできるだけ気持ち良い状態で過ごしてほしい。そう思い、私は彼らの上衣などが汚れたタイミングを見計らっては申し出て、空いた時間に少しずつ洗っていた。

「よいしょ……っと」

綺麗に畳んだ衣類を両腕に抱《かか》えながら、ギシギシと軋《きし》む階段を上る。

ジャックとウォーレンさんは、さっき夕飯を食べた後、森で弓矢や剣の鍛錬をしてくると言って出て行った。セスさんとハイルも、その少し前に馬の世話などで出掛けていた。だから、誰もいないと思ったのだが――

「あ……ハイル」

目に入った姿に驚いて、かすかな声音で呟《つぶや》く。いつの間にか彼だけ戻って来ていたらしい。

寝台の上に横になり、右腕を枕にする体勢でハイルは眠っていた。

そういえば、こんな風にちゃんと就寝している姿は初めて見る。まるで野生の狼《おおかみ》が眠っている場面に遭遇したような、ちょっと貴重な感覚だ。

見ればハイルの瞼《まぶた》はしっかりと閉じられ、伏せられた長い睫毛《まつげ》は微塵《みじん》も動く気配はない。どうしよう、と私は少しの間逡巡《しゅんじゅん》する。

彼は人の気配に鋭いから、近寄ったら起こしてしまうだろうか。でも、ぐっすり眠っているみたいだし……

結局、静かに行動すれば大丈夫だろうと思い直し、私は足音を消して部屋に入ることにした。

この屋根裏部屋には寝台しか家具がないので、床に置くのを避けようとすれば、どうしても彼のいる寝台の上に置く形になる。

——あの精霊の賢妃の話を聞いてから、彼らに隠し事をしていて申し訳ない気持ちを持ち続けているが、ハイル以外の三人とはなんとか自然に接することができていた。

けれど、ハイルの前だと、どうしても襤褸《ボロ》が出てしまいそうで、ほんの少しだけぎこちなくなってしまう。

だから、今も彼が眠っているうちに——できるだけ顔を合わせないで済むうちに、用事を終えてしまいたいと思ったのだ。

私はそろそろと足音を極力立てないようにして、ハイルから少し遠い寝台の端にそっと衣類を置いた。そして、そのまま離れようとしたのだが——

「わっ‼」

突然下から左手首をぐいと引っ張られ、私はバランスを崩す。上手く寝台の上に倒れ込む形になったが、私を受け止めたのは柔らかな寝具ではなかった。

——それよりもずっとあたたかく、しっかりとしたもの。

「いたた……なに？」

驚いて顔を上げる。私は、仰向《あおむ》けに横たわるハイルの胸の上に、うつ伏せの状態で倒れ込んでいた。ハイルの肩口に額《ひたい》を預け、折り重なる体勢だ。

服越しに、彼の程よくついた筋肉とその温もりが感じられ、私は火傷《やけど》したときのように慌てて離れようとする。しかし、彼の腕でしっかりと押さえつけられていてそれも叶わない。

「えっ……な、なんで？」

一体、どうしてこうなったんだろう。一瞬前までは寝台の横に立っていたはずなのに。

動揺する私の耳に、ふいに涼しげな声音が届いた。

「――悪い。驚かせた」

「ハ、ハイル……。起きていたのですか」

驚きつつも、少しだけほっとする。どうやら眠っている彼を重みで圧迫してしまったわけではないらしい。

見れば、ハイルの青い瞳ははっきりと開かれ、眠りを引きずっている気配は見えなかった。

――考えてみれば、以前は少し近寄っただけですぐ目を覚ました彼だ。もしかしたら今だって、私が階段を上ってきた音で、すでに起こしてしまっていたのかもしれない。

結局彼の睡眠を妨《さまた》げてしまったことを申し訳なく思い、私は口にする。

「あの、早々に起こしてしまったようですみません。……けれどハイル、不意打ちなさるからちょっぴり驚きました」

本当にびっくりしたので、最後に少しだけ拗《す》ねたような口調で付け足す。

私のそんな言い方が珍しかったのか、ハイルが凛々《りり》しい目元をかすかに緩めた。

「悪い。珍しくソーマの方から近寄ってきたから、離れるのが惜しくなってつい引き留めた」

「お、惜しくてって……さっきも夕飯をご一緒したと思うのですが」

しかも向かいの席で、近い距離にいたと思うのだけど。

私はハイルのまっすぐな言葉にたじろぎつつも、そう返す。

「ああ。だが同席することはあっても、ソーマから俺に近寄ってくることは最近なかっただろう。……だから嬉しかったんだ」

「ハイル……」

それとなく距離を置いていたことを知られていたのだ。私は動揺のあまり目を伏せる。

それに、この体勢もさっきからずっと落ち着かなかった。

――横になっているハイルに抱きとめられているような体勢だ。

服越しにハイルの呼吸が伝わってくる。他人の体温に慣れないせいだろうか、やけにどぎまぎしてしまう。

「そ、そうだ、ハイル、ひとまず起きましょう！　すみません、先ほどから重かったですよね」

「前にも言ったが、ソーマは別に重くない。むしろ軽い方だ」

ハイルは身を起こそうとしない。ゆったりと横になったまま、私の手を掴《つか》まえている。

「ですが、重くなくてもご不快では……」

可憐な女性相手ならともかく、男の友人相手ではこうしていても微妙なだけだろう。

だが、ハイルは静かにかぶりを振る。

「嫌なら、そもそもこんなことはしていない」

言われてみれば、それもそうだ。うーん、ハイルが気にならないなら、別にいいのかな……

近しい友人だからだろうか、私も嫌というより、むしろハイルの体温が心地良いという気さえ起こる。

戸惑いながらも、私はぽてんとハイルの肩口に額《ひたい》を戻す。

手を乗せるのに丁度良い位置にあったのだろうか、ハイルの広い掌《てのひら》が私の後頭部を撫でた。まるで幼い小猫にでも触れるような、壊れ物を扱うような仕草だった。

相変わらず優しい彼の手に、私は思わず目を瞬《またた》かせる。そして、ふふっと笑みを零した後、目を閉じてぽつりと呟《つぶや》いた。

「ハイル、なんだかあったかいですね」

「そうか？」

「ええ。ハイルの手、すごく気持ちいい……」

「…………そうか」

ハイルの返事は、なぜかやけに間が空いていた。手も一瞬ぎこちなく止まったような気がしたけれど、すぐにまた撫で始めたので、私の気のせいだったのかもしれない。

心地良過ぎて、ちょっとだけうとうとしてくるなぁ……

そう思った途端、私ははっと我に返る。

いや違う、まったりしてる場合じゃない。やっぱり男の友人同士、普通あまりこういうことはしないんじゃないだろうか。

でも、どうなんだろう。ハイルに気にする様子は一向に見られないし、男同士って意外とこんな風に親睦を深めるものなのかもしれない。いや、でも……

考え出すと余計にわからなくなって、頭の中にぐるぐると疑問符ばかりが増えていく。

――そうだ、あまり会話していないから、変に気になってしまうのかも！

なにか世間話でもしよう。そう意気込んで、私は顔を上げる。

こう、ハイルの興味のありそうなものから少しずつ話を広げて……

「あの、ハイル。今なにを考えていらっしゃいますか？」

「今か？　ソーマのことだ。どうしたら、またこうして傍に来るのかをずっと考えていた」

「あ……そ、そうでしたか。あの、なんというか、色々考えてくださってありがとうございます……」

なんだろう、余計に気恥ずかしくなった気がする。私はじわりと赤くなった頬を隠すように、ハイルの肩口にまたぽてんと額《ひたい》を預けた。

どうしよう。速攻で世間話が終了してしまった。

いつも思うけれど、ハイルの友情表現はすごくストレートだ。嬉しいのだけれど、奥手な日本人気質の私は同じだけの気持ちをどう返したらいいのかわからず、反応に困ってしまう。

そんな風に焦る私に、ハイルが言う。

「――それに、最近のソーマがなにを悩んでいるかも俺にはわからない。だから、こうして距離を縮めれば少しはわかるかと思ったんだ」

「ハイル……」

驚いて見上げれば、ハイルの真摯《しんし》な瞳が私を見つめていた。あの心の奥まで見通そうとするかのような、まっすぐな眼差しで。気がつけば、私はぎゅっと身を固くしていた。

彼に本当のことを言いたい。けれど口にできない。そんな相反する気持ちがまた蘇《よみがえ》りかけたのだ。

——やっぱり、こんな風に不用意に彼に近づくべきではなかったかもしれない。そう静かに思い直す。

彼が悪いわけじゃない。秘密を持ったまま彼らの任務を手伝おうとする私が悪い。

だが、私の悩みも正体も知られるわけにはいかなかった。この世界で穏やかに暮らしていくために。そして、彼らを危険から遠ざけるために。

私は、今度こそ彼から離れて寝台から起き上がると、謝罪を口にした。

「……すみません。結局お邪魔して、あなたの休憩を妨《さまた》げてしまいました」

「邪魔じゃない。——嫌ではないと、さっきも言った」

寝台から離れて床に立った私と視線を合わせるため、ハイルも身を起こして寝台の上に腰掛けた。

私は小さく微笑んで言う。

「そう言って頂けると、ちょっとほっとします。……ですが、そろそろ下で片付けをしなければならない時間ですので」

「ソーマ」

ハイルの声と瞳は、話を切り上げようとする私をかすかに責めていた。

なぜ口にしてくれないのかと切に思っているハイルの気持ちが伝わってくる。

――だが、私は答えられない。

下手なことを口にすれば、襤褸《ボロ》が出そうになるだけ。今体重を預けたように、心地良い彼の体温に寄りかかりたくなってしまうだけ。それがわかっていたから。

そんなとき、階下からジャックの声が聞こえてきた。

「あれ？　先生もハイルさんもいない？　……おっかしいなぁ、出掛けたのかな」

次いで、ウォーレンさんとセスさんの会話も聞こえてくる。

「さて。表に馬が繋《つな》いだままですから、遠出はされていないご様子ですが」

「あの人のことですから、またご友人を捕まえて離さずにいるのでは？」

「いや、うん、しそうですけど。無茶苦茶ハイルさん、そんな感じのことしそうですけど」

どうやら三人揃って外出から戻ってきたらしい。

ようやく家の中に二人きりではなくなったことにほっとして、私は階段の方へ向かう。

「皆さんご一緒に戻って来られたようですね。そうだ、もう夜ですから、玄関の鍵もかけておかないと……」

そう口にして部屋から出ようとした私の手首を、立ち上がったハイルが後ろから掴《つか》んだ。

「――ソーマ。まだ話は終わっていない」

だが、私はそっと視線を伏せて、小さく就寝の挨拶《あいさつ》を口にする。

「もう夜も更けましたから、お話は今度にしましょう。……おやすみなさい、ハイル。また明日」

そして私はお辞儀をすると、あとは振り返らずに階段を降りた。ハイルのかすかな溜息を背後に聞きながら。

＊＊＊

そんな風に、ハイルのもの言いたげな瞳に気づき、悟られないようにしなければと私が距離を置く――最近はそれの繰り返しだった。

だから正直に言えば、今日もジャックがここにいてくれてありがたかった。

ハイルと二人きりでは、自然な態度で過ごせるかわからなかったのだ。

「さて。見送りも終わったみたいですから、そろそろ俺たちも戻りましょうか」

ジャックの言葉にはっと顔を上げ見回すと、驢馬《ロバ》に乗った一団はもう出発していた。見送りの家族たちも、ちらほらと帰路につき始めている。

「あ……ええ。そうですね」

見れば、空の端はほのかに橙色《だいだい》に染まり、夕焼けに近づいてきていた。もう夕餉《ゆうげ》の時間だ。同じことを思ったのか、ジャックが興味津々といった様子で振り返る。

「そういえば先生、今日の夕飯ってなんですか？」

「猪肉《ししにく》と野菜の葡萄《ぶどう》酒煮込みです。丁度、新鮮な猪肉《ししにく》のお裾分けを頂いたものですから」

「やったー！　今の時期の猪は脂《あぶら》が乗ってて旨《うま》いんですよね。俺も作るの手伝います」

「ええ。ありがとうございます」

屈託ないジャックの様子に、思わず笑みを誘われながら、私も帰路につく。

ハイルがいつ戻ってきても良いように、就寝の準備も整えておかなければ。

――その晩。家に戻った私たちが、なかなか帰ってこないハイルを案じつつ遅い夕飯を終えても。

その後、深夜になり寝静まる時間になっても。

ハイルがその日のうちに戻ってくることはなかった。

11　友の無事を祈りましょう

夜が更けてもハイルが戻ってこなかったので、ジャックには先に二階の屋根裏部屋で休んでもらうことにした。私は彼が帰ってきたら鍵を開けるため、一階で待っていようと思ったのだ。

ハイルは、基本的に時間や約束事をきちんと守る人で、これまで理由もなく遅れたり、約束を反故《ほご》にするようなことはなかった。

遠方なら、移動に予想外に時間を取られたのかと考えることもできたが、彼が向かったのは簡単に日帰りできる近場の森だ。天気も良好だったので、風雨で足止めされたわけでもないだろう。

なにか帰れなくなるような異常事態が発生したのではと、気が気でなくて眠れなかった。

ジャックもその辺りは気にしているようだが、それ以上にハイルへの信頼の方が大きいらしい。

昼間のやんちゃな様子が嘘のように、真剣な萌黄《もえぎ》色の瞳で彼は言い切る。

「先生、あの人なら大丈夫ですよ。なにがあっても下手を打ったりはしませんから」

彼らの旅の中では、今のような状況は特に心配するほどのことでもないのだろう。

――いや。案じてはいるが、それ以上に先を見ているのだ。

「もし万が一なにかあったとしても、俺たちが動くとしたら明日です。こんな真っ暗闇の中じゃ、思うように動けない。明朝すぐ動くためにも、俺は今眠っておきます」

彼の言葉は、きっと正しい。

だが私は、すぐにそう思うことはできなかった。

私が待っていても、ハイルの帰りが早くなるわけではない。それがわかっていても……たとえ自己満足だったとしても、彼の無事を確認してから眠りにつきたかった。

それにジャックと違って、私は気楽な自宅稼業だ。

明日空いた時間に仮眠を取ることができるので、今は起きていよう。

私はジャックに就寝の挨拶《あいさつ》をすると、一階のテーブルにつき、ハイルの帰りを待つことにした。


かたん、と、かすかな物音が聞こえた気がした。

私は机に伏せていた顔をはっと上げ、身を起こす。いつの間にか、椅子に座ったままうたた寝していたらしい。

周囲を見回せば、薄闇の中、テーブルの上に置いた燭台《しょくだい》の灯りだけが静かに揺らめいていた。先ほど見たときと比べ蝋燭《ろうそく》の長さがあまり変わっていないので、眠っていたとしてもほんの少しの間だったのだろう。

今は深夜二時辺りだろうか。梟《ふくろう》に似た夜鳥の鳴き声と、木々がさわさわと揺れる音だけが、窓越しに聞こえてくる。

だが、先ほど聞こえた物音は外からのものではないようだった。

玄関の方から聞こえたような……

もしかすると、ハイルが戻ってきたのかもしれない。私は椅子から立ち上がると、音が聞こえた方向に足を向けた。

「ハイル……！」

予想通り、そこにはハイルがいた。

玄関扉のすぐ右脇の壁に背を預け、どこか疲れた様子で床に腰を下ろしている。

「帰っていらしてたんですね……良かった。おかえりなさ――」

彼の姿に、ふと違和感を覚えて言葉を止める。

なんだか様子がおかしい。それに鉄錆《てつさび》に似た匂いが鼻を掠《かす》めた気がした。まるでそう、血のようなーーいや、ようなじゃない。血だ。

薄闇に徐々に慣れた目で見れば、彼の服には血飛沫《ちしぶき》のような跡が点々と飛んでいた。外套《がいとう》だけでなく、頬や手にも無数についている。それを目にした瞬間、さっと私の顔から血の気が引く。

「ハイ……ル、ち、血が……」

喘《あえ》ぐように口にする。噎《む》せ返るような血の匂いに、気が動転しそうになった。だが動揺している場合じゃない。

私は青褪《あおざ》めた顔のままぐっと拳《こぶし》を握り、震えをどうにか抑える。

「すぐに……すぐに手当てします。どうかこのまま動かないでいてください」

早く、とにかく急いで手当てしなければ。逸《はや》る思いで、台所の方へと踵《きびす》を返そうとする。

だが、ハイルは座った体勢のまま私の手首を掴《つか》んで引き留めた。

「……大丈夫だ、ソーマ。これは俺の血じゃない」

薄闇の中に聞こえたのは、静かで落ち着いた声音だった。

いつもよりわずかに覇気がないようだが、特に痛みを感じている風でもない。それに私の手首を掴《つか》む彼の手は、ちゃんと温かく、力強い。

そのぬくもりに、私の肩から力が抜ける。

「ほ、本当ですか……？　あの、一体なにが……」

彼の傍の床に片膝《かたひざ》をつく形で、私はそっと腰を下ろす。

ハイルは私の手首から手を離すと、ぽつりぽつりと話し始めた。

「帰る途中、馬車が襲われているところに行き当たり、助けに入った。俺の血じゃない、賊の返り血だ」

「返り血……」

それは、彼が躊躇《ためら》いなく剣を振るったということだ。

できる限り人を殺《あや》めることを良しとしない彼が、迷わずそれをしたということは、襲われた人々の中に命を落とした人がいたのだろう。

いや、もしかしたら全員がすでに手に掛かって……

血の気が引いた私の顔を見て、思っていることを悟ったのだろう。ハイルが静かに言う。

「全員命を奪われたわけじゃない。――一人だけ、まだ幼い少年が生きていた。その子供を町医者に送り届けていたら、今の時間になった。……遅くなってすまない」

「いえ、謝られるようなことでは……。そう、でしたか……そんなことが……」

私は小さく首を振り、途切れ途切れに呟《つぶや》く。それ以外、なにも言えなかった。

一人だけ助かったことを喜ぶには、あまりにも惨《むご》い。

それに淡々と語る彼の胸のうちを思うと、尚更なにも言えなかった。

彼は助けたけれど、助けられなかったのだ。本当の意味では。

少年の命を救うことはできたけれど、他の何人もの人間は助けられなかった。

そして……こういった惨い場面にすら身を進ませ、戦い抜くのが彼の仕事なのだと、今さらながら思い至る。剣を振り、国を――民を守るのが、騎士である彼の仕事なのだ。

今は旅の剣士姿だが、彼の心には騎士道が揺るぎないものとして常に存在しているのだろう。だからこそ、賊に襲われた人々を見過ごせなかったのだ。

さらに、いつの間にか安穏とした生活に慣れている自分にも気づかされる。

先日の傭兵たちとの戦いで死者は出なかったけれど、それこそが稀有《けう》な事例だったというのに。

この世界はいつだって危険がすぐ傍にあって、日本にいるときよりもふいの凶事で命を落とすことが身近にあるのだ。それを今までの私は、遠いもののように思っていた。

どんなに彼らの腕前が確かなものでも、決して死は遠いものではない。

そして、ハイルはこれからもこうした凶事や戦いの最中《さなか》に身を置いていくのだろう。

精霊の賢妃探しの任務でも、それが終わり騎士団に戻っても、討伐や戦《いくさ》という危険の中に身を投じて……。彼の生きる道はいつだって、戦いの中にある。

その事実に、私は冷水を浴びせられたような心地になった。

常に友を失う可能性があるのだと、そんな当たり前のことに気づかされたのだ。

私の揺れる瞳を見て、血に怯《おび》えを抱いたと思ったのか、ハイルはそっと私から身を引いた。

「離れた方がいい。ソーマまで血で汚れる」

「そんな、汚れなんて……」

どんなに汚れようと、それは気にするようなことじゃなかった。むしろ、本当に彼の身体に傷がないのか、その方がずっと気に掛かることなのに。

「少し疲れているだけだ。――ソーマは先に眠っていてくれ。しばらく休んだら、俺もじきにいつもの状態に戻る」

こんな状況であってもこちらを思い遣ろうとする彼に、胸が締めつけられる。

彼にとって今のように血を浴びることは、あくまでも日常なのだ。

人の死も――恐らく自分が死ぬことさえも、きっとごく身近にある。

人の命を奪う覚悟だけでなく、自分の命が奪われる覚悟も持って日々を生きているのだろう。

今日だって、もしかしたらハイルは帰ってこなかったかもしれない。

――遠い、手の届かない場所へ旅立って……

昼間ジャックに聞いた精霊の賢妃の逸話《いつわ》が、ふと胸に蘇る。家族が恋人が、そして友人が、戦や旅へ向かう際に加護があるようにと願いを込めた口づけ。

無事でいてほしい。今と変わらぬ笑顔で帰ってきてほしい。そう願い、迷信だと知っていても彼らはきっと、贈ることを止めないのだ。

その気持ちが、今なら痛いほどにわかる。ハイルが無事でいてくれる。無事に帰ってきてくれる。……それが今の私の、切なる願いだった。

ファーストキスとか男同士とか、そんなことを気にしていた自分がどうしようもなくちっぽけに思えた。それよりももっと、大切なことがあるのに。ハイルが無事に戻ってきてくれるなら、それはほんの些細《ささい》なことだったのに。

それに私が本当に精霊の賢妃なら、過去の逸話《いつわ》のように、なにがしかのチート能力で加護を与えることだってできるかもしれない。

その事実にすら思い至らなかった自分に、情けなくなる。だが、反省している暇があるなら、行動に移さなければ。

勇気が要るけれど、今ならきっと自分にもできる。……そう思った。

「ソーマ？」

不思議そうに呼びかけるハイルの声に、私はなにも答えず静かに首を振る。

そして、血に汚れた彼の頬に両手を伸ばす。座る彼のすぐ傍に膝《ひざ》をついた体勢だったから、それは難なくできた。

普段は過酷な訓練に明け暮れているだろうに、触れると思ったよりずっと滑《なめ》らかな肌だった。

血や泥のような汚れがついたその頬に、大切なものに触れるように、ゆっくり両手を添える。

これから自分がすることを思い、少しだけ手が震えた。私は口づけなんてしたこともされたこともない。きっと笑われるくらい拙《つたな》いだろう。

それでも、私も祈りたかった。彼の無事を。

伝えたかった。――帰りを待っている者がいるのだと、彼に。

ハイルの青い瞳が驚きに見開かれる。

それをまっすぐ見つめたまま、私はわずかに顔を傾け、そっと啄《つい》ばむように口づけた。触れた瞬間、掌《てのひら》の中のハイルの顔が、小さく震える。

「ハイル……貴方に、精霊の加護がありますように」

唇が離れ、私はそう囁《ささや》いた。慣れぬ行為に思わず声が掠《かす》れる。

視線は最後まで逸《そ》らさなかった。照れくさいけれど、こうして友の無事を願うことは恥じることではないと思ったからだ。

「ソーマ……」

ハイルは、私が離れてからもしばらく固まっていた。当然だろう。いくら慣習とはいえ、私たちの間では初めての行為だったのだから。

にわかに気恥ずかしい思いが湧き起こり、私は笑って誤魔化《ごまか》すように口にする。

「ええと……あの、昼間にジャックから聞いたんです。この国では親しい友人同士、こうして無事を願い合うのだと。けれど、やっぱり少し緊張するものですね。皆すごいなぁ……なんて」

それを聞くや否《いな》や、ハイルは息を深く吐き出した。

そして、なぜかぐったりと疲れた様子で瞼《まぶた》の辺りを片手で覆う。

うん？　一体どうしたんだろう。

「ソーマ……すまない」

「え？」

しばらくして目元から片手を外したハイルの口から出たのは、謝罪だった。

わけもわからず私は、きょとんと見返す。

彼は珍しいことに、視線をわずかに泳がせていた。今度は口元を片手で押さえ、ものすごく申し訳なさそうな声で口にする。

「それはジャックの出鱈目《でたらめ》だ。……通常、友人同士でこうして口づけを贈り合うことはない。こういった行為をするのは、あくまで夫婦や恋人同士だけなんだ」

「……でたらめ？」

一瞬、なにを言われたのかわからなかった。だが徐々に脳が言葉を理解していく。

「あ……」

かあっと、全身が火を噴いたように熱くなった。

どうしよう、なんだか、なんだかすごく居《い》た堪《たま》れない。

「普段から悪ふざけの多い奴だが、今回は本当に勘違いさせるようなことを口にしたんだろう。……後で強く言っておく。すまない」

「あ、そ、そうだったのですか。それは、あの、すみません。こちらこそ」

そうなのか。そうだったのか。確かにジャックは普段から口が達者で、さらっと冗談を言うことがよくあったが、今回もそれだったのか。

思い返せば、あのとき彼はほんの少し目を逸《そ》らしていたような気もする。

冗談を本気にとった自分が恥ずかしくて、穴があったら今すぐにでも入ってしまいたかった。

真っ赤になった顔を上げられずにいる私に、ハイルが声を掛けてくる。

「ソーマ、顔を上げてくれ」

「は、はい……いえ、あの、しばらく床を見つめていたい気分で」

もう自分でもなにを言っているのかわからない。

ハイルは優しい声で続ける。

「勘違いだったかもしれないが、俺は嬉しかった。……ソーマが俺の無事を願ってくれたことが。俺にも帰る場所があるのだと、そう言ってもらえた気がした」

「ハイル……」

ハイルの言葉に、嘘や変な気遣《きづか》いは感じられなかった。

本当にそう思って言ってくれているのが、誠実な声音から伝わってくる。

彼は優しい人だ。慣習でもなんでもないならば、男に口づけられた瞬間不愉快になるところだろう。なのに、自分よりも私の気持ちの方を気に掛けてくれる。

それならば、私も変に気にしていても仕方ない。

まだ気恥ずかしさが残っていたけれど、なんとか前向きな方向に思考を切り替えられた。

私はようやく顔を上げた。

そして、嬉しさと照れくささを誤魔化《ごまか》すように微笑んで立ち上がる。

「ありがとうございます。そう言って頂けて、こちらの方こそ……」

彼と友人になれて本当に良かったなぁ、と言おうと思ったが、最後まで口にするのはさすがに照れくさかったので、途中で止めてしまった。

「そうだ、なにか拭く布を持って来ますね。手当ては必要ないとしても、血の付いた部分を拭き清める必要があるでしょうから」

もうだいぶ染みてしまっている部分もあるみたいだが、それでもできるだけ早く拭かないと、さらに血が取れなくなってしまうだろう。

そう思い台所に行こうとしたが、ぐっと手首を引かれ、ハイルの傍へと戻された。いや、さっきより距離が近い。まるで彼の腕の中に閉じ込められるような形だ。

「あ、あの、ハイル？」

突然引き寄せられ、その反動でぶつかりそうになった彼の胸に手を添え、驚きつつ顔を見上げる。するると、私を見返す彼の瞳も、驚いたように見開かれていた。なぜ引き留めたのか自分でもわからないと言わんばかりの表情だ。

ハイルもこんな顔するんだ……

珍しい表情にまじまじと見つめると、一瞬目が合ったが、すぐに視線を逸《そ》らされた。それもまた珍しいことだった。彼はいつも、まっすぐ過ぎるほどまっすぐに、こちらを見返すのに。

「いや……なんでもない」

ハイルは視線を逸《そ》らしたままそう言うが、私を閉じ込める腕は解《ほど》かない。

どうしたんだろう。なにか言いたいことがあって、けれど途中でそれを忘れたとか、そんな感じなのだろうか。過酷な戦いを終えて疲れているから、頭が上手く回らないのも当然に思えた。

私はじっと言葉の続きを待つ。

だが、しばらく経っても彼は続きを口にしない。

どうしよう。このままでは、彼の服や肌についた血を拭き取ることができない。

それに、なぜかさっきから胸の鼓動が落ち着かなくて、またぎこちない態度を取ってしまいそうになる。私は仕方なく先ほどと同じような台詞《セリフ》を、ほんのわずか上擦った声で口にした。

「あの、それでは本当に布を取って来ますので……。放して頂いてよろしいですか？」

言ってみるが、それでもハイルは手を放さない。

少しの間なにか考えている様子を見せた後、彼はぽつりと呟《つぶや》いた。

「ソーマは……嫌じゃなかったか？」

「え？」

「俺と……そういうことをして」

「あ、ええと……いえ、それは全く」

本心からそう思ったので、首を横に振る。嫌だったら、そもそもしようとは考えなかった気がする。

緊張はしたけれど、嫌悪感のようなものは一切なかった。他の男性相手ではちょっとできそうにもないけれど、心を預けた友人なら大丈夫らしい。そう自分の心を分析する。

「そうか……」

どこかほっとしたように呟《つぶや》き、ようやくハイルは私を見た。

彼は私の頭の位置までわずかに身を屈《かが》めると、掠《かす》れた声で耳元に囁《ささや》く。

「——なら、もう一度したい」

「え……あの」

「俺にもソーマの無事を祈らせてくれ」

一瞬驚いたけれど、ああ、そういうことかとすぐに納得する。

友情に篤《あつ》い彼のことだから、義理堅く私の無事も祈ってくれようとしているのだろう。それにさっきは前置きなく自分からしておいて、ハイルからの申し出を断るのもおかしな話だ。

だから戸惑いつつも私は、了承の返事を返す。

「は、はい……」

――とはいえ、どうしたらいいんだろう。

さっきは無我夢中だったし、する側だったからさして気にしていなかったけれど、こういうときは目を閉じた方がいいんだろうか。こういった行為に不慣れな私は、それさえも知らない。

私は戸惑いながらハイルを見る。するとこちらを見つめる静かな青い瞳の奥に、熱情みたいなものが見えた。

それが怖いような、心が震えるような、よくわからない心地になって、目を開けて見ていられなくなる。

私がそっと瞼《まぶた》を閉じたのと、ハイルが頤《おとがい》を持ち上げ、上から被さるように唇を重ねてきたのは、ほぼ同時だった。

ぬくもりを感じた瞬間、なぜか胸の奥が切なく、締め付けられた気がして、私はさらにぎゅっと瞼《まぶた》を閉じる。

静かに揺れる燭台《しょくだい》の灯りだけが、重なる私たちの影を見ていた。

《幕間》謁見《えっけん》の間にて

馬で二日半の行程を掛け、王都ローヴァに辿り着いたウォーレンは、王宮内で最も奥まった位置にある本宮の長い廊下を歩いていた。

本宮の中でもひときわ大きく絢爛《けんらん》に作られた、謁見《えっけん》の間へと続く廊下だ。

磨き上げられた床に深紅《しんく》の絨毯《じゅうたん》が敷かれ、居並ぶ柱には精緻《せいち》な彫刻が施《ほどこ》されている。

その廊下を、ウォーレンは旅の戦士風という、床の豪奢《ごうしゃ》さとは正反対の武骨な姿で歩いていた。

迷いのない足取りで進む彼を見て、反対側から歩いてきた若い侍女が驚いた様子で足を止めた。

「なぜ、このような所に……」

来る途中ですれ違った年かさの女官や侍従たちは、幾度か謁見《えっけん》に訪れたことのあるウォーレンを見知っていたため、頭を下げて道を譲ったが、恐らくはこの侍女は配属されたばかりなのだろう。

なぜ主君の住まいにほど近いこの場に、このようなならず者がいるのかと、見開かれた淡褐色《たんかっしょく》の瞳が、雄弁に物語っている。

王の住まいがあるこの本宮に仕える女性は、女官としての能力の他に相応の品格や教養、なにより確かな出自が求められるため、下流貴族以上の身分が必要だった。

目の前の栗色の髪を結い上げ、楚々《そそ》とした女官服に身を包んだ侍女も、それに近い身分のはずｓ。

だから、彼のような荒々しい戦士風情の男を目にする機会がこれまでほとんどなかったのだろう。彼女の細い身体はかすかに震えていた。

かと言ってみだりに叫んだりと取り乱さなかったのは、貴族ゆえの矜持《きょうじ》がそうさせたに違いない。

ウォーレンはそれに苦笑を禁じ得ない。自分の厳《いか》めしい見た目は、戦いの場だけでなくこんな所でも無駄に人を怯《おび》えさせてしまうらしい。

「――失礼」

彼はすっと近寄ると、流れる所作で侍女の足元に片膝《かたひざ》をついた。姿絵に描かれる、騎士が愛する女性に誓いを立てるような恭《うやうや》しい姿勢だ。

単にそれは、身長が抜きん出て高い彼が小柄な彼女と目線を合わせるためだったのだが、男性にそのような体勢で真摯《しんし》な目を向けられたことのない娘は、わずかに頬を染めた。そんな彼女に、ウォーレンは低く落ち着いた声で語り掛ける。

「どうぞ驚きめされませんよう。我が名はウォーレンと申します。このような形《なり》ではさぞ貴女を怯《おび》えさせてしまうでしょうが、私は陛下の忠実なる家臣です」

「ウォーレン、様……」

侍女は、か細い声で名を繰り返す。

やがて彼女は、はっとなにかに気づいたように彼の顔を見返した。

耳にした名と彼の猛々《たけだけ》しい見た目に、英雄として名高い騎士の姿が脳裏に浮かんだのだろう。

ウォーレンはにっこりと人好きのする笑みを浮かべた。

「左様。またこちらを訪れた際、お会いすることもございましょう。どうぞお見知り置きくだされ」

「は、はい……ウォーレン様」

厳めしい顔がやにわに作った朗《ほが》らかな笑みと低く落ち着いた声音に、いつの間にか娘の怯《おび》えはどこかへと消えていた。代わりにぽーっとした目で彼を見返している。

娘の顔から怯《おび》えが消えたのを見て取り、どうやらこれで大丈夫そうだとウォーレンは胸を撫で下ろした。そして流れるような礼と共に彼女のもとを立ち去る。

王宮に仕える者――特に奥深くに仕える侍女や侍従たちに顔を見知ってもらわなければ、これから先訪れた際も具合が良くないだろうと思ったのだ。

精霊の賢妃探しの任務について二週間弱だが、この先も経過報告にここを幾度も訪れるのだから。

そもそも彼がこうして任務の経過報告のため、王への謁見《えっけん》の役目を名乗り出たのは、立場上自分が適任だと思ったからだった。

正しく言えば、現在彼が上司と仰ぐハイルレオンか、自分が適任だと。

ハイルレオンは、国でも名の知れた公爵家の嫡男《ちゃくなん》である。小貴族ではあるが、自分も子爵家の出だ。家督を継ぐわけでもない次男坊だが、それでも貴族の一員と言える。

――だが、ジャックとセスは違う。

ジャックは町人の家の生まれであり、セスに至っては貧しい農村の出身だ。

そんな身の上から立身出世を果たした彼らを褒め称える声がある一方で、その出自を理由に貶《おとし》める声があるのも事実だった。

ジャックやセスはそんな外野の声を気にはしないが、仲間が貶《おとし》められるのはウォーレンの好むところではなかった。

「無論、陛下は臣下を身分で寄り分け、不合理な差を付けられるような方ではないが……」

自分にだけ聞こえるぐらいの小さな声音でウォーレンは独りごちる。

そうであればそもそも、ジャックやセスが任務に選ばれることはなかっただろう。

主《あるじ》は仕える家臣の能力を正しく見出《みいだ》し、適所に配置する能力に長《た》けていた。

賢君という呼び名をほしいままにし、だがその名に驕《おご》ることなく、素晴らしい政治手腕と慧眼《けいがん》で国を治めている。ウォーレンは心からそう思う。

しかし主君がそうであっても、側近である貴族たちまでもがそうとは限らない。

卑《いや》しい身でありながら陛下の重用をよくもほしいままにしてと、やっかみの目を向ける者も多い。

もちろん、貴族の中にも彼らに好意的な目を向ける者はいるが、身分が高くなればなるほど、彼らを蔑《さげす》んだ目で見る者が増える。

貴族とは言っても、ウォーレンの家柄は全体から見れば下位の部類だ。侯爵や伯爵といった上位身分の貴族たちに侮《あなど》られることはあったが、この巌《いわお》のような肉体と威圧的な強面《こわもて》のためか、直接なにかを言ってくる者は少なかった。

遠巻きに言われることはあっても、外皮の固い果実を握り潰してでも見せれば、彼らは口を閉ざしてすごすごと引き下がった。と言っても、常に果物を携帯しているわけではなかったし、そんな曲芸のような真似事を毎回するわけではなかったが。

――そこまで考えたところで、ウォーレンは両開きの扉の前に辿り着いた。

背の高い重厚な扉の左右には、槍を握った兵士が立っている。謁見《えっけん》の間を守る兵士だ。

彼らはウォーレンの姿を認めると、構えていた槍を下げた。

「どうぞお入りください。陛下がお待ちです」

それに頷《うなず》き、ウォーレンは兵士の手によって開かれた扉をくぐる。

謁見《えっけん》の間は広く、無機質な美しさを誇っていた。白い柱や壁には精緻《せいち》な彫刻が施《ほどこ》され、豪奢《ごうしゃ》ではあるが色味がないため派手には見えない。

部屋の奥まった場所に、一ケ所だけ踏段を備えた高い台がある。その中央には玉座が据えられていた。その玉座たる黄金で象嵌《ぞうがん》された肘《ひじ》掛椅子に今、国王オーガスタスが悠然と腰を下ろしていた。

肩まで流した白に近い淡い金髪に、炯々《けいけい》たる灰色の瞳。豪奢な上着の下にあるのは、壮年を越えてなお引き締まったままの痩躯《そうく》。王に剣術の嗜《たしな》みがあることがわかる。

ウォーレンは主《あるじ》の前までまっすぐに進むと、足元に恭《うやうや》しく跪《ひざまず》く。

齢《よわい》五十を過ぎて久しい王は、実年齢よりも老成した印象を与えるしわがれた低い声で、ウォーレンを出迎えた。

「よくぞ参った。ガリマーの勇猛なる騎士、ウォーレンよ」

「はっ」

体勢を崩さないまま深く頭を垂れる。許しがあるまでは、決して顔を上げてはならないのだ。

常ならばここで、ご機嫌伺いの挨拶《あいさつ》を口にするのが決まりだった。

ウォーレンは言葉を必要以上に飾ることが得手ではない。だが、高貴な人と相見《あいまみ》えるには相応に守らねばならない作法があることは、よく理解している。

だがオーガスタスは、ウォーレンが口を開く前にゆっくりと手を振った。

「無駄な前口上は要らぬ。——面《おもて》を上げよ。疾《と》く報告を」

「はっ。……それでは、恐れながら申し上げます」

主《あるじ》であるオーガスタスもまた、長く飾りの多い言葉のやりとりを好む人ではなかった。どのようなときでも、実利主義であり効率主義なのだ。

だからこそウォーレンは、主《あるじ》の御前《ごぜん》でありながら旅人風情の姿のままで訪れた。着替えに使う時間があるのなら、少しでも早く報告に現れよという主《あるじ》の考えを慮《おもんぱか》ってのことだ。

その無駄のない姿勢に敬意を抱くと共に、ウォーレンの中にわずかに緊張が走る。主《あるじ》を退屈させるような無駄な部分はすべて省《はぶ》かなければならないと悟ったからだ。

顔を上げ、幾分《いくぶん》硬い声で報告する。

「恐れながら、精霊の賢妃と目される方の足取りはいまだ掴《つか》めておりません。姿を現された場所も、その後お通りになられたであろう道筋もまた未確定です。しかし、それは彼《か》の方が危険に巻き込まれた可能性が低いことをも示しているのではないかと考えております」

一つ息を吸い、落ち着いた声音を心掛けてウォーレンは続ける。

「それらしき身よりのない女性が、賊に攫《さら》われたという情報もいまだ耳にしておりません。驚くほどに彼《か》の方は、あの布地以外ご自分への道筋を残してはおられない。ならば見知らぬ世界で生き抜けるようご自身の身の上を隠し、市井に身を潜めているのではと、僭越《せんえつ》ながら考えております」

「ほう……彼の者が上手く民の中に溶け込んでおると、そうそなたたちは見ているわけだな」

面白げに口の端を上げ、オーガスタスが笑う。

「それが自然な流れと考えますれば」

重々しく頷《うなず》き、ウォーレンは続ける。

「そしてこの度、一人の協力者を得ました。学者を生業《なりわい》とするソーマという者です。まだ若い身ながら近隣の村人たちの信頼を得ており、また知識も一角《ひとかど》の様子。住まいも我らが中心的に回る地域であるミレーユの村にあるため、今回協力を仰いだ次第です」

「ほう……学者か。あの近隣は鄙《ひな》びた村しかないであろうに、文士の類《たぐ》いがいるとは珍しいことよ」

大きな町だけでなく、小さく貧しい村の現状も知っている。それは、王が国の隅々に目を向ける広い視野を持っていることを示していた。

主《あるじ》に畏敬《いけい》の念を抱きながら、ウォーレンはさらに姿勢を正し、深く頷《うなず》く。

「まことお言葉通りかと存じます。なればこそ彼は貴重な存在でもあると感じております。文字を読めぬ者が多い地域で、なかなか協力を仰げる人材はおりませぬゆえ」

「文字を読める……か」

オーガスタスはゆっくりと口にする。

五十代を超え皺《しわ》の刻まれた容貌に、低く張りのある落ち着いた口調。その彫り深い整った顔にある瞳は、いつも何者かを射抜くように鋭い光を放っていた。全く心の内を読むことができない。……いや、読もうと思うことすら不敬なのか。

オーガスタスの斜め後ろには、一人の青年が控えている。秘密《ひみつ》裏の任務を請け負っているウォーレンが来るとあり、事前に人払いされていたが、事情を知るその青年だけはそのまま残るよう言われていたのだ。

その銀髪の青年――イライアスが柔和な声音で口を開く。

「陛下。僭越《せんえつ》ながら、口を挟むご無礼をお許しください」

「構わぬ。好きにせよ」

「ありがたき幸せ」

白地の修道服に似た――だがそれよりも幾分《いくぶん》洗練された衣服を纏《まと》った青年は、主君に優雅に一礼するとウォーレンへと向き直る。

変わらず柔和な表情ではあるが、向けるその眼差しは違う。菫《すみれ》色の瞳には、オーガスタスに対したときとはまるで違う、冷たい侮蔑の色が浮かんでいる。

「ウォーレン殿。その学士は本当に信用が置けるのでしょうか。誉《ほま》れ高き猊《げい》下《か》の情報を知り、それを賊に売り渡す恐れは全くないと言い切れますか？　――多少学があるとはいえ、身分は卑《いや》しい様子。そのような輩《やから》は、金をちらつかればすぐに尻尾を振るものです」

優美な口調の中に混じった明らかな嘲《あざけ》りに、ウォーレンの表情がわずかに険しくなる。だがイライアスに鋭い視線を向けつつも、変わらぬ落ち着いた口調で返した。

「彼《か》の青年は、そのような人物ではございませぬ」

青年と、彼の人物を呼ぶのはいささか抵抗があったが、それは腹のうちに留めた。そして滔々《とうとう》と続ける。

「我ら四人の目で人となりを確認し、その上で協力を仰ぐことを決めたのです。なれば我ら全員の目が濁っているということになりましょう」

「しかし、だからと言って——」

なおも針を刺すような言葉を続けようとしたイライアスを、ウォーレンは途中で遮《さえぎ》る。

「そしてそれは、我らをお選びくださった陛下の御目を疑うことに繋《つな》がるのではありませんかな？　イライアス殿」

「ウォーレン殿！　言うにこと欠いてなんたることを……‼」

イライアスは優美さをかなぐり捨てて顔色を変えた。オーガスタスは肘《ひじ》掛椅子に悠然と片肘《ひじ》をつき手の甲に顎《あご》を乗せ、くつくつと笑っている。

一見寛《くつろ》いで見える姿勢だが眼光は変わらず鋭い。

「これはイライアスの方が一本取られたようよの。愛しの精霊の賢妃のことだからとて、余計なやっかみを口にしたそなたの負けだ」

「恐れながら陛下、私はそのような浅ましい感情を抱いてなどは……」

硬い声で返したイライアスに、オーガスタスがゆるりと視線を向ける。

「そう言いきれるか？　イライアス。そなたが至上の女神と仰ぐ者の情報に、自分より先に近づこうとする人間がいて、全く羨《うらや》ましくはないと？」

「それは……」

イライアスが悔しげに黙り込む。どうやら図星のようだ。

そんな二人のやりとりをウォーレンはやや苦い気持ちで見守る。彼は、このイライアスという貴族の青年がどうも好ましく思えなかった。

――いや、最近こうしてとみに顔を合わせる機会ができてから、苦手になったと言った方が正しい。それまでは、若い身の上ながら大した青年もいるものだと感心していたのだ。

イライアスは二十代半ばにして、精霊廟《びょう》を司《つかさど》る祭司長の位に就いていた。

若くしてその地位に就いたのは、彼の家柄が代々神職に縁深い侯爵家であることもあったが、なにより精霊の賢妃に関する学識の深さを買われてのことだった。

精霊廟《びょう》はその名の通り、過去の偉大なる精霊の賢妃を祀《まつ》り、そして新たに現れる彼《か》の女性を迎え入れるための神聖なる堂だ。

王宮の中でも緑深い場所に建てられたその静謐《せいひつ》なる堂で、イライアスは日々研鑽《けんさん》を積んでいた。

精霊の賢妃のみならずそれに関わる様々な知識に通じ、その賢さとまるで銀細工の如《ごと》き麗《うるわ》しい容貌も相まって、王宮の女性たちの憧《あこが》れを一身に集めている。

ウォーレンもよく遠目にその様子を見かけたものだ。

だが、実際の彼は見た目こそ麗《うるわ》しいが、心根はまるで蛇のような男だった。

優美な外見と所作で人の目を惹きつけるが、その瞳はいつも狡猾《こうかつ》な光を宿し、獲物を呑みこもうと油断なく口を開けて待っている。ウォーレンにはそんな風に見えた。

しかも、彼が口を開けて待っているのは精霊の賢妃その人なのだ。彼《か》の女性が関わるとイライアスの目の色が変わる。

狂おしく欲する、崇高であり至上の女性。口にはしなかったが、そう思っていることが伝わってくる。そして陛下は、どうやらそんな青年の様子を面白く感じているらしい。

それにまたウォーレンは苦い思いを強める。酔狂な、などと不敬なことは決して口にしないが、それに近い感情はある。

また、ハイルレオンではなくこうして自分がこの場に来たのは、このイライアスが理由の一つでもあった。この男はなぜかいつも、ハイルレオンを目の敵《かたき》にしていたからだ。

恐らくそれは、自分ではなく、彼が真っ先に精霊の賢妃を探すよう命じられたことが面白くないのだろう。

先日オーガスタスが、ハイルレオンに精霊の賢妃の持ち物とされる布地を手渡したときなどは、射殺さんばかりの目で彼を睨んでいた。

――彼《か》の女性《ひと》の持ち物にこの野蛮《やばん》な男が触れるなど汚らわしい。そう菫《すみれ》色の瞳が言っていた。

もちろんオーガスタスがハイルレオンを選んだのは、剣術など武力の面が理由だった。あくまで神官であるイライアスでは戦うこともできず、できることが限られている。

それもわかっているのだろうが、それでも面白くはないのだ。自分よりも先にハイルレオンが、彼《か》の女性に会うだろうことが。

そして恐らくは、様々な女性の目を惹きつける人柄と容貌を併せ持った彼が先に彼《か》の女性に会うことに、危機感を抱いてもいるのだろう。

それくらいには、部下であるウォーレンから見てもハイルレオンは魅力に溢れた青年だった。

イライアスが麗《うるわ》しい銀細工の白鳥であるとすれば、ハイルレオンは金を雄々しく彫り上げた獅子の彫像だ。趣《おもむ》きが違うとはいえ、いずれも数多《あまた》の女性の目を惹きつけてやまないだろう。

だが二人並んだとき、精霊の賢妃がどちらの手を取るか——ウォーレンの中でその答えは明白だった。美しさで隠せないほど心根が歪んだ男よりも、男らしくも誠実な魅力に溢れた我が上司の手を取るだろうと。

いや、精霊の化身と言われる彼の女性が、只人《ただびと》の手を取ることはないのかもしれない。だが、もし人の娘と同じ感情を持っているのなら、十分あり得ることだ。

そのときイライアスがどんな感情を露《あら》わにするかと思えば……あまり考えたくなかった。怒り狂い我を忘れるか。それに留《とど》まらず、凶行にまで走るか。

万が一にでもそのようなことが起これば、そのときは自分がハイルレオンの盾になろう。ウォーレンはそう思っていた。それほど、彼はあの気持ちの良い気質の青年のことを気に入っているのだ。

そんなことを考えながら、ウォーレンは途中訪れた町や村の様子など細かな情報も伝え、王への報告を続けた。

やがて、オーガスタスがウォーレンに退室の赦《ゆる》しを与える。

「そなたたちの現状は理解した。これからも粉骨砕身し任務に励むが良い。——今日はもう良い。下がれ」

「はっ」

ウォーレンは最後まで跪《ひざまず》いたまま、深々と礼をした。

恙《つつが》なく報告を終えられたことに安堵《あんど》しつつも、蛇のようにいまだ絡みつくイライアスの視線に、どこか心地悪い思いを感じながら。

ウォーレンが退室してもなお、イライアスの狂気を宿した菫《すみれ》色の瞳は、扉を睨み続けていた。

まるでウォーレンの後ろ姿に、憎い男――ハイルレオンの背中を重ねているかのように。

12　新たな町を目指しましょう

朝目が覚めると、二階の屋根裏部屋からなにやら声が聞こえてきた。ジャックがハイルにこってりと絞られているらしい
階段を上っている途中から賑《にぎ》やかな声が漏れ聞こえたが、上り終えて目に入ったのは案の定、騒々しい光景だった。

「うわー！　すみません！　ほんとすみませんって！」

「すみませんで済んだら、騎士《オレたち》は要らないだろう」

どこかで聞いたことがあるような台詞《セリフ》を、ハイルが低い声で口にしている。

昨夜は全身に血飛沫《ちしぶき》が散った凄惨な姿だった彼だが、今は頬や髪についていた血や泥を拭き取り、

汚れが酷かった上衣も清潔な衣服に着替えている。

ハイルは、部屋の中央付近でジャックのこめかみに両拳《こぶし》を押し当て、ぐりぐりと力を加えている。

よくいたずら少年が親に怒られるときにやられるような、あのお馴染《なじ》みの制裁方法だ。

どの世界でも悪ふざけの懲《こ》らしめ方は変わらないらしいと、私は思わず苦笑する。

見れば、力の加減はしているようだが、ハイルの元々の腕力が強いのでそれなりに痛そうだ。

拳《こぶし》で両耳の上を圧迫されたまま、ジャックが叫ぶように釈明する。

「いや、だって二人とも最近なんかぎくしゃくしてる風だったから！　話のきっかけっていうか、笑いの種になればなーなんて思って……」

「その気配りは重畳《ちょうじょう》だがな……」

やや据わった目をしているハイルが続けた声が、さらに低くなる。

「――友人から急に口づけられて、すぐに和《なご》やかな笑いに持っていけるか！　お前は一体、俺をどんな会話の達人だと思ってるんだ」

「いや、ハイルさんならなんでもそつなくこなすかなーって。それにもし万が一しちゃっても、ハイルさんは先生のすることだったら嫌がらなそうかなーって……ぎゃー！　いたいいたい！」

悪びれないジャックの台詞《セリフ》に、ハイルが無言で手に力を加えた。元の世界の、ギブ、ギブ！　といった様相でジャックが手をばたつかせている。

その痛がり具合に、私は慌てて二人に駆け寄った。

「あ、あの、ハイル。もうその辺で許してあげませんか」

兄弟のじゃれ合いのようである意味微笑ましい光景ではあったが、さすがにこれ以上はジャックの頭部が心配だ。

すでに私の気配に気づいていたのだろう、ハイルは驚いた様子もなく青い瞳を向けてくる。止められたのがなんだか少し不満そうだ。

「だがな、ソーマ」

「ほら、先生もそう言ってますし！　なんか二人とも仲直りしたみたいだし、万事解決じゃないですか。問題なし、なにも問題なしですよ！」

「お前な……」

こんな状況でもよく口の回るジャックに、ハイルが怒りよりもむしろ呆れたような視線を向ける。だがさすがにやり過ぎてはいけないと思ったのか、彼はやれやれといった様子でようやくジャックのこめかみから拳《こぶし》を離した。

ジャックは、こめかみを両手で押さえながら目の端にわずかに涙を浮かべ、キッとハイルを見上げる。初めて見る、ジャック逆ギレバージョンだ。

「そ、それに！　本当にしちゃったわけじゃないんでしょ？　なら良いじゃないですか！」

その瞬間、私とハイルの動きが石の如《ごと》くぴしりと固まった。

そんな私たちの様子を見て、ジャックも一拍遅れて動きを止める。

「え？　えーと……あれ？」

彼は恐る恐る、私たちを見比べた。聞いちゃいけないような、けれど聞かずにはいられないといった感じで口を開く。

「あの、まさかですけど……本当にしちゃいました？　いや、けどハイルさんならいくらなんでも避けられるはずじゃあ……」

ハイルが答える代わりに大きく咳払いする。石化からの復活は彼の方が早かったようだ。

「――とにかくだ。ソーマをからかうのは金輪際《こんりんざい》止めろ。俺だったから良かったものの、他の人間にしていたらどうするつもりだ」

「いや、さすがに先生は他の人にはしないと思いますけど。ていうか、ハイルさんが怒ってるのって結局そこなんですね……」

しみじみといった調子でジャックが呟《つぶや》く。

二人の会話が少しばかり気恥ずかしい。私は早くこの話題を終わらせようと、慌ててハイルに向き直る。とにかく、彼にこのまま引いてもらうのが一番だと思ったのだ。

「あの、ハイル。ジャックも私たちを心配してくれてのことだったようですし、今回の件は私がこの国の常識に疎《うと》すぎたせいもありますから、ここまでにしましょう。それに、こういった行為は本当に初めてで、恥ずかしながら勝手が掴《つか》めなかったというか……」

すると私の言葉に、ハイルが驚いたように青い瞳を向けた。

「……初めてだったのか」

そして、どこか申し訳なさげに言葉を紡ぐ。

「すまない、それなのに俺は二度も……」

その台詞《セリフ》に、横にいたジャックが「二度？」と変な顔をした。なんだか、どんどんおかしな方向に話が向かっている気がする。

私は焦りと動揺のあまり、思わず声を張り上げた。

「あああの、もう済んだことですから！　終わりにしましょう、この話は。に、任務！　任務の話をしましょう！」

「あ、ああ……。そうだな」

珍しい私の勢いある剣幕に、やや気圧《けお》されたようにハイルが頷《うなず》いた。

そんな私たちの横でジャックが「二度……なんで二度……」と呟《つぶや》いていたが、あえて聞かなかったことにした。聞かれても上手く答えられる気がしなかったし。

やや釈然としない様子のジャックではあったが、今が切り抜ける絶好のチャンスとも思ったらしい。うーんと腕組みしつつ口を開く。

「なんかもう、色々突っ込みたい部分はありますけど……とりあえず任務の話題も出たんで、俺、ちょっと行って情報収集でもしてきますね」

言うや否《いな》や、そそくさとこの場を抜け出ようとする。

見ればジャックはすでに身支度を整えていた。いつもの弓士の服装の上に、お馴染《なじ》みの深緑の外套《がいとう》を着込み、あとは弓矢と矢筒を背負えばすぐに出掛けられるような格好だ。

案の定、眉を顰《ひそ》めたハイルに止められる。

「おい……ちょっと待て」

「いやぁ、待ちたいのは山々なんですけど、ほら、思い立ったが吉日って言葉もありますし。それになんか俺、今日はやる気に満ち溢れてるんですよね。そういう絶好の機会って、やっぱり逃しちゃもったいないじゃないですか」

飄々《ひょうひょう》と言いながら壁際まで歩き、立て掛けていた弓矢と矢筒を手に取ると、ジャックは慣れた仕草でひょいとそれを背負った。

最後に一度振り返ると、鼻の下を人差し指で擦《こす》り、悪戯《いたずら》っぽくにっと笑う。

「そんなわけなんで、ハイルさんは先生とゆっくり朝食でも食べててください。俺、夕方には戻りますから！」

「おい待――」

だが、ジャックの行動は素早かった。ハイルの制止の声もなんのその、後ろ手にひらひらと手を振ったかと思うと、瞬《また》く間に階下へと駆け去る。見事なまでの逃げ足の速さだった。

小柄な後ろ姿が消えた方向を見つめたまま、ハイルが深々と嘆息する。

「全くあいつは……」

場の切り抜け方の上手さとどこまでも達者な口に、ハイルは呆れを通り越して感心したらしい。

そんな二人のやりとりが微笑ましく感じられ、私はくすりと小さく笑みを零す。

――なんというか、前よりも二人の距離が近づいたというか、良い意味で遠慮がなくなったように感じられたのだ。

多分出会った頃のジャックなら、ハイルに畏《かしこ》まってここまでやんちゃな行動は取らなかっただろうし、ハイルはハイルでこんな風に距離の近しい怒り方はしなかったはずだ。

少しずつ彼らは、相手に自分の素を見せられるような仲間になってきている。それが、なんだか嬉しかったのだ。

私は穏やかに微笑んで口にする。

「今はあんな調子でしたけれど、ジャックも昨夜は貴方をとても心配していたんですよ」

まだ日が上ったばかりの早朝だというのに、ジャックがすぐに任務に向かえる装備を整えていたことを思えば、ふざけた態度の裏側にある彼の気持ちがわかる。

隣にいるハイルをそっと見上げた。

「だから、こうして無事に帰って来てくださって本当に嬉しかったのだと思います。もし貴方が帰って来ていなければ、すぐに探しに向かうつもりだったのでしょうから」

「ああ……そのようだな」

ハイルもそのことに気づいていたらしく、素直に頷《うなず》く。そして小さく嘆息した。

「あいつも、なかなか本音を見せない奴だからな。……まあ、心配を掛けた俺が言えたことじゃないが」

幾分《いくぶん》自嘲を込めた、ハイルの言葉。彼は彼で、さっきの行動は嬉しさを素直に表せなくてついしてしまったのかもしれない。

私はまたくすりと微笑んで続ける。

「なんだか少し意外でした。あなたがあんな風に、やんちゃというか砕けた行動を取ったところは今まで拝見したことがなかったので」

「……ああ。さっきのあれか」

ハイルは、自分でもらしくないと感じたのか、わずかに顔を顰《しか》めた。旅を経て、ジャックの陽気さに感化された部分も多少あるのかもしれない。

「ええ。ハイル、なんだか弟を叱るお兄ちゃんみたいでしたね」

「お兄ちゃ……確かに俺には妹が一人いるが。――ソーマ、頼むからあまり茶化さないでくれ」

くすくすと私に笑われ、珍しく弱った風な彼の様子に、また愉快な気持ちが湧き起こる。

「ふふっ、す、すみません。だって、なんだか面白くて」

止めようと思っても笑いが止められない私を見て、ハイルが次第に憮然《ぶぜん》とした口調になっていく。

「ソーマ。――あまり笑うようなら、次は口を塞ぐぞ」

「ふふ、それは困ります。それでは息ができな……」

言いかけた私の言葉が、ふと止まる。

それは脳裏に、昨夜の光景が不意に思い浮かんだからだ。

ハイルから二度目の口づけを受け、緊張のあまり無意識に息を止めてしまった。

そして、ぐったりと彼の胸に身を預けた私の頬を、どこか慈《いつく》しむように撫でたハイルの手があたたかくて――

かあぁっと、私の顔が瞬《また》く間に真っ赤に染まる。

「あ……ええと……」

さっきまでは、その話題が出てもジャックがいてくれたので意識しないでいられた。それに賑《にぎ》やかで騒々しくて、そんな雰囲気じゃなかった。

けれど今は違う。この狭い室内にハイルと私の二人きりだ。それがさらに私の動揺に拍車をかける。

ハイルは急に様子の変わった私を、驚いたように見つめていた。

だがそのうち彼も、自分の台詞《セリフ》で私がなにを思ったのか気づいたらしい。ゆっくりと視線を逸《そ》らし、ややぎこちない口調で言葉を紡いだ。

「いや……なんというか……その、すまない」

「い、いえ……こちらこそ」

お互い、よくわからないまま相手への謝罪を口にする。

別に謝ることでもなんでもないのだけれど、他になにを口にしたら良いのかわからなかったのだ。

私の動悸はなかなか収まってくれない。

彼の側にいると、妙に胸が煩《うるさ》くて落ち着かなかった。私が私じゃなくなる。――上手く言えないけれど、そんな気がした。

だからつい、一歩ずつ後ろに下がり、彼から距離を取ってしまう。

多分、離れたらさっきまでみたいに普通に話せると思ったのだ。

だが、ここは寝台の他には、床に所々本の山がうずたかく積まれた、狭い屋根裏部屋。

意識して避けて歩かなければ、それらにぶつかってしまう場所だった。

案の定、私の足は本の山にぶつかり、それを無惨に倒した。そして倒れたうちの一冊を踏みつけ、背後にずるりと転びそうになる。

――だが、私がそのまま間抜けに転ぶことはなかった。

「ソーマ！」

機敏に反応したハイルが手を伸ばし、すぐに私を自分の方へぐいっと引き寄せたからだ。引き寄せられた反動で、私は彼の腕の中に収まる。

咎《とが》めるような、だがそれ以上にほっとしたようなハイルの囁《ささや》きが、吐息と共に耳を掠《かす》めた。

「――危ない。もっと足元に注意してくれ。怪我をする」

「は、はい……すみません」

だが私はそれどころではなかった。早くこの腕から出なければと思うのに、彼の腕があたたかくて出たくない。

相反する思いに、頭の中がぐちゃぐちゃになる。

――こんな思いを、私は知らない。

どうしたらいいかわからなくて、私は間近にあるハイルの顔を見上げた。

彼の青い瞳には、泣きそうな表情をした私の顔が映っていた。まるで迷子の子供の如《ごと》く、縋《すが》るような眼差しで彼を見つめる私が――

ハイルの目が、なにかを堪《こら》えるようにふいに細められる。

「ソーマ……」

どこか苦しげに呟《つぶや》いた彼は、やがて私に目線を合わせるみたいに上半身をわずかに屈《かが》めた。

そして、彼の呼吸が少しずつ近づき……

——その時だった。

「ただいま戻りました」

セスさんの淡々とした声が階段の方からかすかに聞こえた。私たちは驚くほどの速さでお互い距離を取る。緊張感とよくわからない熱のようなものを孕《はら》んだ空気が、一瞬で霧散した。

び、びっくりした……

けれど、ありがたかった。なんだか今までにないぴんと張り詰めた空気だったから。

私は胸を片手で押さえ、深呼吸して息を整えながら、やや離れた場所にいるハイルに声を掛ける。

「え、ええと……セ、セスさん、戻っていらっしゃったようですね」

「ああ……そのようだな」

彼はなぜか、壁に額《ひたい》と片手をつき深く息を吐いていた。

なんだろう。がっくりしているというか、ちょっぴり落ち込んでいるようにも見える。

そうか、ハイルは人の気配に敏感だから、セスさんが帰ってきたことに直前まで気づかなかったのがショックだったのかもしれない。

私は彼を少しでも元気づけようと、意識して明るく声を掛ける。

「それでは下へ行きましょうか」

「……ああ」

ハイルの返答はまだ力ない感じだ。戦いを生業《なりわい》にしている彼からすれば、そういった気配の察知や隙を見せない心構えといった部分が大切なのだろう。

やっぱり私みたいにのんびりした人間とは違うんだなぁ……

そう内心で感心しつつ、まだわずかにおかしな熱が残る頬を手の甲で冷ましながら、私はハイルと共に階下へ向かったのだった。


セスさんは、居間で土埃に汚れた外套《がいとう》を脱いでいた。

私たちに帰宅の挨拶《あいさつ》を済ませると、セスさんはこう口にする。

「旅先で、少々気になる情報を耳にしました」

すらりとした肢体を際立たせる黒装束を着たセスさんに、疲れた様子は見えない。

想像していたよりずっと早い帰宅の時間を思えば、道中休みなく馬を走らせて来たのだろうに、けろりとしている。

ハイルもそうだけれど、セスさんも大概《たいがい》タフだなぁと、私は密かに感心する。

絹のような黒髪といい、抜けるような白い肌といい、病弱な貴族の青年と言っても通じるほど儚《はかな》げな容貌なのに、至って健康体らしい。

もちろんそうでないと過酷な騎士の仕事は務まらないのだろうが、外見から受ける印象と実際とのギャップが大きいなと思う。

そんなセスさんが、精霊の賢妃に関する情報収集のため今日まで出掛けていたのは、メスカイトという名の町だった。

村の東にあるモンペールをさらに越え、街道沿いに北東に向かった先にあるやや大きな町だ。私はまだ訪れたことはないけれど、それなりに人の出入りも多く活気のある町なのだとか。

「気になる情報か……。精霊の賢妃の足取りが掴《つか》めたのか？」

窓際付近の壁に背を預けたハイルが胸の前で両腕を組み、部屋の中央にいるセスさんと私を見る。見事に輝く彼の金髪も、均整の取れた長身を覆う生成《きな》りの筒袖《シャツ》に黒の下袴《ズボン》も、今は灰青がかった窓硝子《まどガラス》から差し込む陽差しに染められ、どこか青く陰《かげ》って見えた。

だがそれさえも、彼の凛々《りり》しく整った容貌の前では憂《うれ》いを醸《かも》し出す演出になる。

美形ってすごいものなんだなぁとしみじみ思う。

「彼《か》の方も、できるだけ近くにおられれば幸いなんだがな……」

そう心配そうに口にするハイルは、冷静な指揮官の表情をしていた。

そんな彼の言葉に、彼らの探している賢妃本人である私は一瞬どきりとする。だが、考えてみれば特別取り乱す必要はなかった。

なぜならその町は――というかミレーユとモンペール以外の村や町は、訪れたことがないからだ。行ったこともなければ、そこからやって来た人々と関わりを持ったこともない。だから自分の情報があるはずはないと確信していた。

けれど、セスさんはそこで一体なにを聞いてきたのだろう。

そわそわと見守る私の前で、セスさんは淡々と言う。

「そこまで明確な情報ではありません。あくまで噂《うわさ》の域を出ない話です。それにその話の出所は、どうやらメスカイトからさらに北東に向かった先にあるダラスの町のようです」

「ダラス？」

町の名を聞いて、ハイルがぴくりと顔を上げて反応する。それにセスさんがちらりと藍色《あいいろ》の瞳を向けた。

「ええ。――ダラスの町にはどうも今、精霊の賢妃の再来と呼ばれる人物がいるのだとか」

「えっ……!?」

驚きのあまり、私は思わず声を上げていた。

すぐに二人の眼差しにはっと気づき、慌てて目を伏せる。

「す、すみません……。まさかこんなにすぐ、彼《か》の方が見つかるとは思わなくて……」

なんとかもっともらしい理由を返す間も、私の胸は煩《うるさ》いほど強く鼓動を打つ。

精霊の賢妃の再来と呼ばれる人物がいる……。それはつまり、私以外にもこの世界に異世界トリップしてきた人がいるかもしれないということだ。

実を言えば、その可能性は早いうちから考えから除外していたものだった。もちろんこれまで読んだことのある異世界トリップ小説でも、同時期に複数の人が異世界に渡るというのは、別段珍しい展開ではなかった。

けれど、この世界では百年以上も前に一人現れたきり。そんな風に滅多に目にできない希少な存在がゆえ、国王や騎士たちが必死に探しているのだと理解していた。

だからきっと、この世界に紛れこんだのは私だけなのだろうと、そう思い込んでいたのだ。けれど……本当は違うのだろうか。

もしかしたらこの世界に、私と同じ境遇の人がいるのかもしれない。新鮮な驚きと共に、胸の中に小さな希望の灯がともる。

私にも同朋と……仲間と呼べるような人がいるのではないかと。

動揺を見せた私に、幸いにもセスさんに気にした様子はなかった。彼はいつもの抑揚《よくよう》のない声音で続ける。

「驚くお気持ちはよくわかります。これまで姿らしい姿も掴《つか》めなかったのに、いきなりこのように使える情報と思《おぼ》しきものが出てきたのですから。——ただそれも、使えるかどうかは怪しいところですが」

「怪しい……？」

首を傾《かし》げた私の疑問に答えたのは、ハイルだった。

彼は相変わらず落ち着いた眼差しをしている。

「……ああ。セスが引っ掛かっているのは多分、『精霊の賢妃の再来と呼ばれる』という部分になんだろう」

その言葉に、セスさんがすぐに頷《うなず》いた。

「ええ。伝説の偉人に並ぶほど能力が高いという触れ込みは、自らの名を世に知らしめたい者が用《もち》いる常套《じょうとう》文句ですから」

「ああ……。つまり、人目を引くために偉人を比較に出した謳《うた》い文句であって、本人を指しているわけではないだろうと。そういうことなんですね」

『平成の織田信長』とか、『クレオパトラも真っ青の美貌！』とか、そんなキャッチコピーみたいな感じだろうか。そうか、そっちの方が考え方としては自然なのか。

私はなんだか拍子抜けしたような気分になって、息を吐いた。下手に大きな希望を抱く前で良かったなぁ、と思う。

私の弁に頷《うなず》き、セスさんが淡々と話を進める。

「宣伝文句に聖人を引き合いに出すのはどうかと思いますが、我が国の歴史の中で賢者として名高いのは、どうしても精霊の賢妃になりますから。学問の上で名を馳せたい者が用《もち》いている可能性はあるでしょう」

彼は私に藍色《あいいろ》の瞳をちらりと向けると、静かに続ける。

「――もちろん、ご本人である可能性も否定はできません。ですが、このような噂《うわさ》が流れているのに、彼《か》の方を神と崇《あが》める精霊派が動いている節がないところを見れば、別人である可能性の方が高いかと思われます」

すると、ハイルが考え深げに口にする。

「つまり、精霊の賢妃を貶《おとし》めるような噂《うわさ》であれば、彼の者たちが逆に報復に動くが……そういう不穏な動きも見られないということか」

「今のところは。少なくとも精霊派にとっては、真剣に向き合う必要もない些末《さまつ》な噂《うわさ》の一つということなのでしょう」

それに、とセスさんは続ける。

「メスカイトの町で聞いて回った限りでも、それを精霊の賢妃の噂《うわさ》と信じている者は全くと言っていいほどいませんでした」

「全く信じられていない……？」

それもまた不思議で、私は目を瞬《またた》かせる。

セスさんはわずかに肩を竦《すく》めた。

「ええ。むしろ、またかと呆れた様子の者が大半です。噂《うわさ》の出所であるダラスは賑《にぎ》わいのある大きな商業街で、旅芸人の興行がある度にそういった大袈裟《おおげさ》な触れ込みをよくするそうですから」

「なるほど……。その町では、そういった噂《うわさ》は珍しくないものなのですね」

しみじみと頷《うなず》いた私に、ハイルが苦笑のような表情を浮かべ説明を付け足す。

「ダラスでは、目抜き通りを歩けば大道芸人たちの姿がいやでも目に入るからな。楽師たちが競うように曲を奏でていたり、伝説の赤毛の巨人もかくやという巨体だと謳《うた》い客を呼び込む者たちがいたりする。良くも悪くも賑《にぎ》やかな見世物には事欠かない町なんだ」

どうやら彼にとってはよく見知った町らしい。

「そうなのですか……。そのような方々もいらっしゃるなんて、本当に大きな町なんですね」

思わずほうっと息を吐いて感心すると、さらにハイルが説明する。

「ああ、人も多いが店も多い。王都ほどではないが、交易が盛んで様々な職業の者たちが集《つど》っているからな。革小物屋、仕立て屋、雑貨屋……多種多様な店の他に、学士もいるから代書屋や書物屋もある」

「へぇ……。文化も発展している町なのですね」

そこまでいくと、町と言うよりも最早《もはや》一つの都市と言った方が近いのかもしれない。

ミレーユの村のような質素で素朴な土地しか知らない私にとっては、新鮮な話だった。

それに本屋のようなものがあるというのにも驚いた。この近辺では識字率が低いこともあり、書物の売買ができるような店は全くと言っていいほどないのだ。ダグラスの町には、もしかしたら学校や塾みたいに学べる場所もあるのかもしれない。

精霊の賢妃の再来と呼ばれる人物が、謳《うた》い文句を用《もち》いただけの現地人である可能性が高いのは少し残念だったけれど、それも仕方ない。

異世界人が頻繁《ひんぱん》に現れていたら、そもそも私がこんなに探されている状況になっていなかっただろうし。それにそんなに世界の境界線がぶれていたら、この世界はもっと混迷に満ちたものになっていたに違いない。

私とハイルの会話がきり良く落ち着いたのを見て取ると、セスさんが話の終わりを結んだ。

「そういうわけですので、その御仁《ごじん》が賢妃ご本人である可能性は低いものの、何人かでダグラスの町に向かい、噂《うわさ》の真偽を見極めるまで逗留するのが得策かと思います」

「そうだな……。万が一という可能性もある、確認はしておくべきだろう」

ハイルが慎重に言葉を続ける。

「だが、かと言って多くの人数を割くこともできない。陛下の御許《みもと》から戻って来たウォーレンが、新たな指示を頂いている可能性もあるからな」

彼は口元に片手を当てると、深い睫《まつ》毛《げ》を伏せて考え深げに顔を俯《うつむ》ける。

本人はなに気なくしている仕草なのだろうが、整った容貌の彼がそうすると、男の色気みたいなものが滲《にじ》んで見える。

見つめているとそわそわと落ち着かない。よくわからないけれど、あまり見ていてはいけないような気がする。

私はハイルから視線を逸《そ》らし、誤魔化《ごまか》すように口を開く。

「そ、そうですね……。ウォーレンさん以外の全員がダラスに向かえば、もし別方向に動くような指示があった場合、すぐに動けなくなりますものね」

「ええ。ですので、行くとすれば精々一人か二人でしょう。私が向かっても構いませんが、ただダラスだと最早我がイスカ騎士団ではなく、東のノルヴェスト騎士団の管轄になりますから」

「ああ。俺が向かった方がなにかと立ち回りやすいだろう。地の利もあるし、店や場所に顔も通っている」

「それとも、二人で行動しますか？　なにかあったにせよ、なにもなかったにせよ、報告に戻る者がいても良いとは思いますが」

「そうだな。それに町の広さを考えれば、やはり二人は人手がほしい。ジャックにはウォーレンが戻るまで待機してもらい、今回は俺たち二人で向かうことにしよう」

真面目な二人らしく、無駄のないやりとりで今後の行動が決められていく。どうやら今回は、ハイルとセスさんの二人組で行動することに決まったようだ。

そんな彼らの会話を聞いているうち、ふとある懸念が浮かんだ。――その精霊の賢妃の再来と呼ばれる人の素性《すじょう》についてだった。

もしもその人が精霊の賢妃ではなく、その名を騙《かた》って成り代わろうとする悪意のある人物だったとしたら、まずいのではないだろうか。

ハイルたちは、精霊の賢妃がどのような人物なのか知らない。そんな彼らに賢妃本人であることを間違いなく見定めろというのは、酷《こく》な話に思えた。

過去の事例から、賢妃は王宮に招かれ豪勢な生活を送れる高貴な身分をもらえるらしい。

それだけでなく、数多《あまた》の民の憧憬《しょうけい》を受ける立場になれるとすれば、彼《か》の存在になりたい、成り代わりたいと考える人間が現れてもおかしくないのではないか。そしてそんな人物を、本物と信じて王宮へ連れて行ったとしたら……。

今の王がどのような人物かはわからない。

だが、その事実を知らなかったとはいえ王を謀《たばか》る行為を扶助したとなれば、その咎《とが》はハイルたちにも及ぶに違いない。それだけはなんとしてでも避けたかった。

私は正体を明かすことはできない。けれど、できる限りの手を使って彼らを危険から守りたい――その気持ちもまた揺らぐものではなかった。

馬も操《あやつ》れず剣も扱えない私だけれど、精霊の賢妃の再来と呼ばれる人の正体を見定めることで、少しでも彼らの役に立てるのだとしたら……

引いては、彼らを危険から遠ざけることができるのだとしたら。今はきっと躊躇《ためら》わず動くべきときだ。そう思った。

私はすっと息を吸い、ざわめく胸を落ち着かせると、ハイルとセスさんの方へと向き直る。

「あの……お話し中、申し訳ありません」

「どうした？　ソーマ」

俯《うつむ》きがちに今後の算段をしていたハイルと、静かにこちらへ眼差しを向けたセスさんに、私は遠慮がちに願い出る。

「そのダラスの町なのですが、もしもご迷惑でなければ私も連れて行って頂けないでしょうか？」

「なに……？」

突然の私の申し出に、驚いたようにハイルが目を見張る。セスさんも、無表情ながら意外そうな面持《おもも》ちでこちらを見つめていた。

そんな彼らを順番に見返し、私は慎重に言葉を選んで続ける。

「学士が多い町なのでしたら、皆さんよりも私の方が入って行きやすい場所もあるかもしれません。今まではなかなかお手伝いできませんでしたが、今回はなにか情報収集のお役に立つことができたら嬉しいなと思って」

そして、やや申し訳なさそうにそっと目を伏せて告げる。

「それに……すみません、こちらは私の勝手な事情なのですが、売却したい本があるのです。この辺りでは書物屋のような場所がないものですから、もしもダラスに行かれるのなら、お手伝いついでにそちらを売らせて頂けたら助かるなと思いまして」

それはついさっき、書物屋があると聞いたときにふと浮かんだ考えだった。

本の売却については、実を言えばできたらいいなぐらいで、無理なら無理で全く構わなかった。そこまで急いでいることでもない。

ただそれを理由にした方が、今回同行を買って出たことを自然に思ってもらえるのではと感じたのだ。

すると、セスさんが納得したように頷《うなず》いた。

「なるほど……。確かに貴方がいれば、場所によっては効率良く情報収集が行えるかもしれません。本を売買するという目的があれば、書物屋でも自然に話を聞いて回ることができるでしょう」

「そうだな。……ソーマも共に来てくれれば、人手も増えるし行ける場所の幅も広がる。顔が通っているとはいえ、すべての店ではないし、俺たちではどうしても武人の見た目ゆえ、警戒される場所もあるからな」

ハイルも考え深げに頷《うなず》く。乗り気を見せた二人の様子に、私は目を輝かせる。

「それでは……」

「ああ。ソーマが良いのなら、こちらの方こそ是非お願いしたい」

優しげな眼差しで告げたハイルに、ほっと微笑んで答える。

「良かった……！　あ……ただあの、お恥ずかしながら、私は一人で馬に乗ることができなくて。

道中お手数をお掛けしてしまうかとは思いますが……」

そう口にした私に、ハイルが静かに首を振る。

「それは気にしなくていい。ソーマくらいの体格であれば、二人乗りしてもそう馬に負担は掛からない。ただ、ダラスは馬で一日半ほど掛かる場所にあるから、数日逗留することを考えてもしばらく村から離れることになるが……」

「それは問題ありません。私が村でしていることと言えば本当に書庫整理くらいで、育てている田畑があるわけでもありませんから」

私は笑顔で答える。

ただ一つ気に掛かることがあるとすれば、助手をしに毎日家を訪れてくれるメアリーのことだ。最近では、村の祭りが迫っていることもあり、彼女もそちらの準備に時間を取られているのだが、そんな忙しい中、私の所に来てくれていた。だから、手伝いのできない状況が半ば強制的にできるのは、かえって良いことなのかもしれないと思い直す。

これで彼女も、気兼ねなく祭りの準備の方に専念できるだろう。

私は胸のうちでほっと息を吐く。

「――決まりですね。では、さっそく旅の支度に移りましょう」

セスさんが淡々と口にすると、ハイルもすぐにてきぱきと指示をする。

「ああ。さっきも言ったが、ダラスまでは馬で一日半掛かる。途中宿が見つからなければ、森近くで野宿することになる。比較的安全な場所で野宿に入るためにも、できたら半刻後には出発したい。

急で悪いが、ソーマもすぐ準備に入ってくれ」

「あ、はい。わかりました」

気を引き締めて頷《うなず》く。半刻後ということは……大体一時間後か。

二人乗りさせてもらうことを考えれば、馬の負担も考えて荷物は少ない方が良いだろう。持って行く物は簡単な着替えに携帯食糧、そして数冊の本。一時間もあれば用意するのは十分だ。

セスさんがすっと玄関の戸口へと向かう。

「私は馬に飼い葉を与えに行ってきます。隊長の馬も預かりますか？」

振り返ったセスさんに、ハイルは首を振る。

「いや、俺はジャックを探しに行ってくる。多分近場の森を巡っているはずだから、探しついでに、そこで馬に食事をさせて来るつもりだ」

「わかりました。それではお二人共、半刻後にまたこちらで」

セスさんは私にも視線を向けそう告げると、戸口の奥に消えた。

ハイルも壁に掛けてあった外套《がいとう》を羽織ると、颯爽《さっそう》とした足取りでその後に続く。

「俺も少ししたら戻る。――ではよろしく頼む、ソーマ」

「はい。お気をつけて」

ハイルの背も見送ると、一人になった室内が急に広く感じられた。

まだ半刻後まで時間はあるけれど、二人が戻ってくる前に、できるだけ早く支度を済ませておこう。

いまだ午前中の陽射しが差し込む部屋の中、私はよーしやるぞと腕まくりした。

13　可憐な服を愛でましょう

それからしばらくの間、私は旅の支度に専念した。

ダラスの町に持って行く予定の本を紐で縛ったり、着替えの服を畳んだり、作業は順調に進む。

ふと、コンコンと玄関の扉を叩く音がした。

セスさんとハイルが出て行ってからまだ三十分程しか経っていないから、彼らではないはずだ。

一体、誰だろう……？

首を傾《かし》げつつ、玄関に向かおうと床についていた膝《ひざ》を上げると、扉越しに明朗な女性の声が聞こえてきた。

「ソーマ先生、いるかい？」

マチルダさんの声だ。なんだか久々に聞いた気がする。

ハイルたち四人が私の家に出入りするようになってから、マチルダさん含め村の皆がここを訪れる頻度はぐっと減っていた。

私が学者としてハイルたちの仕事を手伝っていることと、その彼らがあまり目立ちたくないと考えていることを、村長さんからそれとなく聞いているらしい。皆仕事の邪魔をしないよう遠巻きに見守ってくれている。

唯一ここを頻繁《ひんぱん》に訪れる例外と言えばメアリーくらいだ。だからマチルダさんがこうして私の家の扉を叩くのは本当に久々のことだった。

「あっ、はい！　今行きます」

母のように親しみを感じている人の訪れに、私はほんのり嬉しい気持ちで玄関へ急ぐ。

「こんにちは、マチルダさん」

扉を開けると、そこには相変わらず恰幅《かっぷく》の良い赤毛の中年女性の姿があった。手には、風呂敷のような布でなにかを包んだものを提げ持っている。

微笑んで立っていた彼女は室内へ視線を向けると、顔を曇らせた。

「急に来ちまってごめんよ。今大丈夫だったかい？　先生」

「ええ。今は一人で、のんびり荷物の整理をしていたところですから」

今は仕事中でないこと、ハイルたちが不在であることを告げると、マチルダさんは安堵《あんど》した様子で息を吐いた。

「なら良かったよ……。ちょっと先生に見てもらいたいものがあったし、話もあってね」

「話？」

「ああ」

なんだろう。祭りに関する相談事だろうか。

するとマチルダさんは、よいしょ、と手の荷物を持ち直しつつ尋ねてくる。

「すまないけど、中に入らせてもらっても良いかい？」

「ええ、もちろんです。……あっ、すみません！　ちょっと散らかっていますが」

そういえば、どれを旅に持って行こうかと色々引っ張り出していた最中《さなか》なのだった。

大体の荷物は纏《まと》め終えたけれど、まだ本や服がいくつか床に散らばっている。焦った私に、マチルダさんは鷹揚《おうよう》に片手を振って笑う。

「そんなの構いやしないよ。それどころか、ソーマ先生の家は一人住まいにしちゃ綺麗に片付いてる方さ」

「あはは……だと良いのですが」

恥ずかしくなって、ぽりぽりと頬を掻《か》く。

そんな私の視線の先で、マチルダさんは部屋の中ほどにあるテーブルに、荷物を置いた。そして、持っていた風呂敷包みのようなものの結び目を、しゅるりと解《ほど》き出す。

「あたしが先生に見せたくて持ってきたのは……ほら、これさ」

そう言い彼女が包みの中から取り出したのは、以前見たことのある服だった。

ヨーロッパの民族衣装みたいなクラシカルなデザインのワンピースだ。雰囲気で言えば、ドイツの民族衣装であるディアンドルが近いだろうか。

——メアリーに渡すと言っていた、村の祭り用の晴れ着だ。

森を思わせる深緑色で落ち着いた雰囲気がある一方、胸元が引き絞られていて愛らしい。思わず目が惹きつけられる。

「これはメアリーの……もう出来上がっていたんですね」

さすが働き者のマチルダさんだ。仕事が早い。それに――

「もしかして、新たに刺繍《ししゅう》も入れられました？」

テーブルの上に広げられた服を覗き込み目を輝かせた私に、マチルダさんがふふっと嬉しそうに笑う。

「そうさ、よくわかったね。あたしの若い頃のものだからどうしても意匠《いしょう》が古くてね。今の娘《こ》の好みに合わせて、少し花の刺繍《ししゅう》を足してみたんだよ」

「へぇ……とても可愛らしいですね」

深緑色の服の胸元辺りに施《ほどこ》された刺繍《ししゅう》は、地色が濃いからこそ映《は》える黄色と白だ。まるで緑深い森と、そこに咲く野花を纏《まと》っているかのような、可憐さの中にも凛《りん》とした印象を受けるデザインだった。――うん、これは絶対にメアリーに似合う。

私は、早くもメアリーが着ているところを想像し、目を細める。すると、マチルダさんはもう一つ服を手渡してきた。深緑色のワンピースの他にも持って来ていたらしい。

「あれ？　これは……」

それは、澄んだ水色に染められたワンピースだった。こちらは白と青で花の刺繍《ししゅう》が施《ほどこ》されている。

これも確か、以前マチルダさんが私に見せてくれたものの一つだ。だがその際、メアリー用の候補から外れたはずだったのだけれど……。もしかして、二着あげることにしたのだろうか。それにしては、深緑色のものより丈が長い気がする。

不思議に思い首を傾《かし》げた私に、マチルダさんは静かに言った。

「それはね、先生のだよ」

「へぇ、私の……え？」

頷《うなず》こうとして、ぎくりと身体が強張《こわば》る。今、なんて……

――いや、私の聞き間違いかもしれない。

動揺に跳ねる胸のうちで、そう思い直す。

それにもし聞き間違いじゃなかったとしても、きっと違う意味合いで言ったのだろう。だって私は、村の皆には男として認知されているのだ。自分のパートナーとなる女性のために、気をきかせて用意してくれたに違いない。

そう判断し、ややぎこちないながらも微笑んで答える。

「あ、ええと……私に一緒に踊るような良い相手ができたら、そのお嬢さんに着て頂くということで仕立ててくださったんですね。ありがとうございま――」

けれど、私は最後まで言葉を続けることができなかった。

こちらを見つめるマチルダさんの眼差しが、水面《みなも》のように静かだったからだ。その瞳に縫《ぬ》い止められて、私は動けなくなる。

マチルダさんは、ゆっくりと首を横に振って言う。

「……違うよ。わかってるんだろう？　それは先生本人に着てもらいたくて仕立て直したのさ」

「マチルダ、さん……」

私は掠《かす》れる声で、途切れ途切れに返すことしかできなかった。ばくばくと心臓の音だけが煩《うるさ》い。なぜ、いつばれたんだろう。どうして。

——けれど、動揺に揺れる心の裏で、ああ、ついに来たか……と、静かに納得するような気持ちもあった。

自分でも、男の振りを完璧にできていないことはずっと自覚していた。胸にさらしを巻き、どんなに喉元《のど》や身体の線を隠す服装をしても、男と女では元々の骨格が違う。声だっていくら低く喋ろうとしても限界がある。

それでも、これまで誰にも指摘されなかったから、ひょろっとした軟弱そうな男だと納得してもらえているのだと思っていた。

——いや、そう思おうとしていた。その方が私にとって都合が良かったから。

けれど、やはり上手くいっていなかったようだ。

マチルダさんの言葉は、最早《もはや》疑問ではなく、確信を持っていた。その事実に、私はなんと返していいか思いあぐね、額《ひたい》に汗を滲《にじ》ませながらただ黙り込む。

マチルダさんは榛色《はしばみ》の瞳を、どこか申し訳なさそうにそっと伏せ、遠慮がちに口を開く。

「……多分、なんだけどさ。先生が男の振りを始めたのは、あたしが最初に先生を男と間違えたからなんじゃないかい？」

「それは……」

反射的に顔を上げ、けれどとっさに否定を返せなかった私に、マチルダさんがかすかに苦笑して続ける。

「最初はね、あたしも本当にそう思ってたんだよ。この国じゃあ、女が下袴《ズボン》を穿くことなんてないし、髪を短く切ることだってない」

そう言ってふっくらした手が水色のワンピースの表面を撫でる。幼子の頭を慈《いつく》しんで撫でるような仕草だった。

「それに、若い娘が一人旅することだって稀《まれ》だったから、やたらと細っこいけどそういう男もいるんだろうって思ったのさ。女が学者をしてるなんて話も聞いたことがなかったしね」

「そうだったのですか……」

どうやら職業も男と思ってもらえる一因になっていたらしい。

「それだけじゃなく、異国では男でもあたしらより細いのがざらにいるって聞いてたからね。……けど、それにしたっておかしいって思っちまったんだよ。国が違うからってこうまで違うもんかってね」

「それで、私が女だと気づいて……」

そして日が経つほど、疑問が確信へと変わっていったのだろう。それくらい、彼女と私はこの村に来る以前から深く関わり続けてきた。

でもね、とマチルダさんは続ける。

「いつまで経っても先生に性別を訂正するような節は見られなかったし、ずっとこうして男として暮らしてる。ならきっと、なにか深い事情があってそうしてるんだと思ったんだよ」

聞きながら、なんだか皮肉なものだなとぼんやりと思った。

確かに深い事情はあった。けれどそれは、本当にごく最近できたものだ。

それまでは、たとえもし女だとばれたとしても、ちょっと居た堪《い　たま》れないぐらいで済むだろうと考えていた。なのに、今まさにマチルダさんが言った通りの状況になっている。

一方で、不思議な巡り合わせだなとも思った。

この世界で一番初めに出会ったマチルダさんが男と勘違いしなければ、そしてその勘違いに便乗して男の振りをしなければ、今私がこうして精霊の賢妃探しの手を逃れることはできなかったのだから。

「生まれ育った国を出て性別まで偽《いつわ》って暮らすなんて、よっぽどのことさ。なにか辛いことでもあったんだろう。ならあたしも、余計なことは詮索しないで男として接していこう。……そう考えてたのさ」

「マチルダさん……」

呟《つぶや》きながら、胸の中にじんわりとあたたかな思いが広がっていく。

マチルダさんはワンピースに向けていた視線を上げると、どこか切なげに微笑んだ。

「でも……ここからはあたしの勝手な気持ちなんだけどね。いくら男の姿をしていたとしても、先生にも女の幸せってのを知っていてほしいって、そう思っちまったのさ」

「女の、幸せ……？」

目を瞬《またた》かせた私に、マチルダさんは強く頷《うなず》く。

「そうさ。女が男に守られるだけの弱い存在だなんて言わないよ。女には女の戦いの場がある。……けどね、剣だとか腕力だとか、どうしたって腕《うで》っ節《ぷし》の強い男に守られなきゃいけない場面ってのもあるんだよ。そういう男に守られる幸せってのを、先生にも感じてほしい」

「守られる、幸せ……」

ぽつりと呟《つぶや》く。言われたのが初めてなら、今まで考えたこともないことだった。

私が、女性として誰かに守られる……

それは今の私にとって、とても遠い言葉だ。この世界で、できるだけ自立しよう、そのためにも男として生きて行こう——そう考え、ただがむしゃらに目の前にある道を歩いてきたから。

揺るぎない眼差しでマチルダさんは続ける。

「それにね、村でのんびり学者をしてるだけならまだしも、最近じゃあ先生はあの剣士さんたちの手伝いもしてるだろう？　今よりもっと危険な目に遭うんじゃないかって心配なんだ」

マチルダさんは頬に片手を当て、小さく息を吐く。

「今までだって、傭兵崩れの前に出て行って殴られたり、危ないことが色々あったってのに……。なにかあってからじゃあ手遅れだって思ったんだよ。嫁入り前の身体で大きな怪我でもしたらと思うとね……はらはらしちまって」

「マチルダさん……」

だいぶ心配を掛けてしまっていたらしい。申し訳ない気持ちとありがたい気持ちで胸がいっぱいになって、私はそっと目を伏せる。

そんな私を元気づけようとしたのか、マチルダさんが明るい調子で口にした。

「それにね。これを着て村人全員が集まる祭りに出てくれたら、皆一目で先生の本当の姿がわかるだろう？　丁度いい機会なんじゃないかって思ってね」

「それで……それで、こうして仕立ててくださったのですか……」

それ以上なにも言えず、掠《かす》れる声でそう呟《つぶや》く。

そして、テーブルに置かれたままの水色のワンピースに手を伸ばした。

清々《すがすが》しい……まるで澄んだ青空みたいな色彩のワンピースだ。

私にはもったいないほど、清楚《せいそ》で可愛らしい女性の服。きっと大切に思いを込めて縫《ぬ》ってくれたのだろう。今のように、娘を見守る母のようなあたたかな眼差しで、一針一針……

――本当に、私にはもったいない。ワンピースに触れる直前で、ぎゅっと拳《こぶし》を握る。

マチルダさんの気持ちが嬉しかった。だが、これは受け取れないのだ。

なぜなら私は、もう誰にも女であることを明かすことができない――明かさないと決めたから。

周囲に女だと知られ、精霊の賢妃だとわかってしまったら、この村に――大好きな人たちの傍にいられなくなる。

私は、この人たちと共にいたい。たとえもう、女として生活できなかったとしても。

そう気持ちを固めると、私はワンピースから視線を上げ、まっすぐマチルダさんを見つめる。

「マチルダさん、お気持ちはとても嬉しいです。ですが、申し訳ないのですがこれは……」

「――着れないって言うんだろう？」

マチルダさんが苦笑と共に答える。もしかしたら、初めから予想がついていたのかもしれない。それに申し訳なく思いながら言葉を重ねる。

「はい……すみません。それと私の性別については、できたら他の皆さんには黙っていて頂きたいのです」

そして居住まいを正し、深く頭を下げる。

「せっかくのご厚意を受け取れない上、勝手ばかり口にして申し訳ないのですが……どうかお願いします」

詳しい事情を話せない以上、そうお願いする他ない。

男装をそれらしい理由で説明することもできたが、私をずっと思いやってくれていたマチルダさんにそれはしたくなかったし、していいこととも思えなかったのだ。

マチルダさんが小さく息を吐く。彼女の顔に浮かんだのは、諦めたような苦笑だった。

「わかったよ。先生ならきっと、そう言うような気もしてたしね。心配だけど、それが先生にとってどうしても必要だって言うなら、誰にも言いやしないよ」

「あ、ありがとうございます……！」

顔を上げた私に、だがマチルダさんは真剣な声音で続けた。

「――けど、この服だけはどうか先生が持っていてほしい」

「え？　いえ、ですがそれは……」

ワンピースを渡されそうになり、慌てて身を引こうとする。だがマチルダさんは、そこだけは頑として譲らなかった。

「先生を思って仕立てた服なんだ。もうこれは先生のものなんだよ。別にね、ずっと着なくたって構わないんだ。ただ先生の傍に置いてやっておくれ」

次いで真摯《しんし》な眼差しで私を見据える。

「そして、もし……もし着てもいいと思える日が来たら、そのときは一度きりでいいから、どうか袖を通してやっておくれ」

「マチルダさん……」

その日はきっと来ないのだとは、口にできなかった。

だけど、私を見る優しい榛色《はしばみ》の瞳が、郷里《きょうり》の母の眼差しに重なって――ただ私は、なにも言えず口を噤《つぐ》む。

マチルダさんは、ぎゅっと手を重ねて私にワンピースを持たせると、この話は終わりとばかりにからっとした明るい口調で言う。

「本当なら、女だってわかった時点で先生をうちの嫁にもらいたかったんだけどねぇ。全く、うちの息子があんなでなけりゃあ」

「ああ……そういえば、私と同じくらいの年頃の息子さんがいらっしゃるんでしたっけ」

ぎこちないながらも小さく微笑んで話題に乗る。

握らされたワンピースにまだ戸惑う気持ちもあったが、もうこの話は蒸し返すべきではないと思ったのだ。

嫁にと言うのは、さすがに話の流れを変えるための社交辞令だろう。もし本当にそう思ってもらえたのだとしたら嬉しいけれど、今はそこには触れないことにする。

「確か村を出て、遠くの町にいらっしゃるのでしたよね。どのような方なのですか？」

「ああ、そういや先生にはまだちゃんと話したことがなかったね。うちの息子は、そうだねぇ。一言で言うと――」

朗《ほが》らかに口にしていたマチルダさんだったが、途中からがらりと雰囲気が変わった。

「ろくでなし、なんだよ」

「ろ、ろくでなし？」

異様に声が低い。というか、妙にドスがきいていて驚いた。

それになんだか目も一瞬、剣呑に光ったような……。あれ？　もしかして聞いちゃまずいことだったのかな。

いつも朗《ほが》らかな彼女が見せた初めての姿に、内心だらだらと冷や汗を流す。

マチルダさんは、ぶつぶつと続きを呟《つぶや》いていく。

「いや、甲斐性なしって言った方が正しいかもしれないね。女好きで、定職にもつかないでふらふら……。あんなのと結婚したら、先生が苦労するのは今から目に見えてるよ」

「ええと……なんというか、奔放《ほんぽう》そうな息子さんなんですね」

他になんと言っていいかわからず、私は頬を引《ひ》き攣《つ》らせながら言う。

マチルダさんは頬に片手を当て、溜息を吐いた。

「見てくれはましな方だと思うんだけどねぇ。全く、なんだってああなっちまったんだか……」

「ああ……」

前半に零された言葉に、なんとなく納得する。

彫りが深く、ちょい悪親父風の顔立ちのダグラスさんと、ふっくらと肉づきが良くなってもなお目鼻立ちのはっきりとしたマチルダさんの血を受け継いでいるのなら、きっとその息子さんも結構な男前なのだろう。

うーん……つまり、女たらしのフリーターみたいな感じなのかな。

純朴に家業に精を出す村人たちが多いこの村では、ちょっと珍しいタイプの人柄なのではないだろうか。

マチルダさんのぼやきは止まらない。

「せめて、ちゃんとした居場所がわかりゃあいいんだけどねぇ」

「え……それは、行方知れずということですか？」

思わず目を見張る。それって、かなり心配な状況なんじゃないだろうか。

捜索願いとか出さなくて大丈夫なのかな。

だが、マチルダさんは特に焦った風もなく肩を竦《すく》める。

「ああ、手紙はくれるんだよ。今はどこどこの町でなにしてますってね」

「そうでしたか。それなら……」

一瞬ほっとしかけたが、マチルダさんの話はまだ終わっていなかった。

ふんっと鼻息も荒く、唸《うな》るような声音で続ける。

「けど、手紙が来る度に、町も違えば職業もがらっと変わっててね。しかも詳しい住所を書いて寄越さないもんだから、こっちからは連絡が取れないのさ。村にも戻ってこないんで、もう五年は姿を見てないよ」

「ご、五年もですか。それはまた長いですね……」

うーん。これでは、甲斐性なしと言われてもちょっと仕方ないかもしれない。

息子さんの自由闊達《じゆうかったつ》そうな姿を想像し、私はぽりぽりと頬を掻《か》きつつ苦笑を浮かべたのだった。


その後、夕餉《ゆうげ》の支度をするからとマチルダさんが帰ると、私は立ったまま先ほどのワンピースをそっと目の前に掲《かか》げた。

「本当に、可愛い服……」

まるでお伽噺《とぎばなし》に出てきそうなメルヘンなデザインのワンピースだ。

古ぼけた黒木の家具が並ぶ室内に、爽《さわ》やかな水色がとても映《は》えて見える。

「女性として守られる……か」

思い出してぽつりと呟《つぶや》いたのは、先ほどのマチルダさんの言葉だった。

私は、男の学者としてこれから先ずっと生きていく。そう心に決めた。——なのに、妙に胸に残った言葉。

私はそんな自分の迷いを振り切るように、小さく首を横に振る。

「……なに考えてるんだろう」

マチルダさんに性別がばれて、けれど隠しておくことを受け入れてもらえてほっとしたものの、まだ動揺しているのかもしれない。

――そう。マチルダさんは、誰にも言わないと約束してくれた。

男の振りを悟られてしまった点はもちろん反省すべきだし、自分でも情けなく思う。だが、理解者が現れたことで、私は不思議と落ち着きのようなものを感じていた。

身近で母のように感じている人が――国の思惑とは一切関係のない女性が、本当の姿を知ってくれている。

彼女と接している束の間だけは、『ソーマ』ではなく『智恵』でいてもいいのだと、そう言ってもらえたような気がして。

「でも、安心している場合じゃない。これからはもっと上手くやらないと」

そう自分に言い聞かせ、力強く頷《うなず》く。

これから私はハイルたちと遠くの町へ旅をするのだから、より気を引き締めなければならない。

昼夜行動を共にするということは、それだけ正体を悟られる可能性が増えるということなのだから。

私は手に持っていたワンピースをテーブルに置くと、軽く両頬を叩いて気合を入れ直す。

「……うん、よし！　続きをしよう」

そして、目の前の荷物の準備の続きに取り掛かった。

いまだ目にしたことのない、ダラスへ――新たな町へと思いを馳せながら。

窓の外にある樹の枝から赤い実がぽとりと落ち、一羽の見慣れない鳥がそれを咥《くわ》えて飛び去って行く。

チィパチィパ、ルルル……と、かすかな鳴き声を残して。

大学時代から近所のコンビニで働き続ける、23歳の藤森奏《ソ》楽《ラ》。今日も元気にお仕事――のはずが、何と異世界の店舗に異動になってしまった!　元のコンビニに戻りたいと店長に訴えるが、勤務形態が変わらないのに時給が高くなると知り、奏楽はとりあえず働き続けることに。そんなコンビニにやって来る客は、王子や姫、騎士など、ファンタジーの王道キャラたちばかり。次第に彼らと仲良くなっていくが、勇者がやって来たことで、状況が変わり……

◉定価：本体1200円＋税　◉ISBN978-4-434-20199-8　◉illustration：chimaki

青蔵千草（あおくら ちぐさ）
2013 年より web にて小説を発表。2014 年「異世界で失敗しない 100 の方法」で出版デビューに至る。

イラスト：ひし

本書は、「小説家になろう」（http://syosetu.com/）に掲載されていたものを、
改稿、加筆のうえ書籍化したものです。

異世界《いせかい》で失敗《しっぱい》しない 100 の方法《ほうほう》 2
青蔵千草（あおくら ちぐさ）

2015年 3月 5日初版発行

編集－阿部由佳・羽藤瞳
編集長－塙綾子
発行者－梶本雄介
発行所－株式会社アルファポリス
〒150-6005 東京都渋谷区恵比寿4-20-3 恵比寿ガーデンプレイスタワー5F
TEL 03-6277-1601（営業） 03-6277-1602（編集）
URL http://www.alphapolis.co.jp/
発売元－株式会社星雲社
〒112-0012東京都文京区大塚3-21-10
TEL 03-3947-1021
装丁・本文イラスト－ひし
装丁デザイン－ansyyqdesign
印刷－中央精版印刷株式会社

価格はカバーに表示されてあります。
落丁乱丁の場合はアルファポリスまでご連絡ください。
送料は小社負担でお取り替えします。

ISBN 978-4-434-20331-2 C0093